KB056659

그대의 마음에 닿았습니다

지식이 아닌 공감을 전하는
아홉 명의 정신과 의사 이야기

그대의
마음에
닿았습니다

지식이 아닌 공감을 전하는
아홉 명의 정신과 의사 이야기

9인의 정신과 의사 지음

FLOOR
WORX.

공감을 펼치다

내가 그대를 돕고 그대가 나를 돕는다. 내가 그대를 치유하고 그대가 나를 치유한다. 내가 그대를 살리고 그대가 나를 살린다. 마음의 고통을 치유하는 길 위에는 의사도 환자도 없다. 이 고통의 시간을 함께하며 서로를 위로하고 돕는, 사람과 사람의 동행이 있을 뿐이다. 아홉 명의 정신과 의사가 모여서 우리가 우리를 구하는 이야기를 펴낸다.

집필에 참여한 정신과 의사들은 모두 진료실 너머 고통의 현장에서 사람들을 만난다는 공통점을 갖고 있다. 아담한 진료실만이 아니라 극한의 감정이 들끓는 재난과 트라우마˚ 현장, 희망과 그리움이 교차하는 북한이탈주민의 정착 지원 시설, 마약 사범이 수감된 교도소, 남모를 우울과 불안이 떠도는 대학 교정, 정책이 세워지는 국회… 소명 의식을 가진 의사들이 사회 곳곳에서 헌신하고 있다는 것을 알리고 싶었다.

아홉 명의 저자들에게는 또 다른 공통점이 있다. 모두 너무 바쁜 나머지 한 번도 자신들의 단독 저서를 내본 일이 없다. 논문, 교과서, 연구

• 트라우마(Trauma)란 일반적인 스트레스의 범주를 넘어서는 충격적이고 압도적인 경험으로, 생명의 위협을 느끼거나 심각한 부상 혹은 성적인 위협을 수반하는 사건을 말한다.

보고서 등 공적 업무에 치이고, 공동 집필 서적의 한 챕터를 맡아 쓴 적은 많지만, 당장 사람을 돕고 치료하는 일에 몰두하느라 자신의 이야기를 오롯이 드러낼 시간조차 없었다. 그렇기에 더욱 이들의 이야기를 펼쳐 보이고 싶었다. 다행히 나의 진심이 통했는지 흔쾌히 이야기보따리를 펼쳐준 동료들에게 진심으로 고맙다.

존경하고 사랑하는 동료들에게 책을 펴내자고 제안하며, 단 한 가지 부탁한 것이 있다. 지식이 아닌 공감을 전해달라는 것이다. 공부와 수련만으로는 타인에게 공감할 수 없다. 삶의 온갖 체험과 오랜 숙고를 통해 고통받는 사람의 마음에 겨우 닿게 되는 것, 그것이 공감이다. 그때 우리는 환자가 아닌, 바로 고통을 가진 사람을 만나게 된다. 그래서 이 책은 의사와 환자의 이야기가 아니라 사람과 사람의 이야기다.

아홉 명의 정신과 의사 이야기가 많은 사람의 공감을 일깨우기를 바란다. 사람과 사람이 만나 서로 경청하며 대화하는 것이 얼마나 큰 힘이 되는지 전해지기를 바란다. 아픔을 치유하는 것은 기술이 아닌 진심이라는 것이 느껴지기를 간절히 바란다.

9인의 정신과 의사
정찬승

차례

2

그대의 상처에
우리의 위로를 보냅니다

1

그대의 마음에
나의 공감을 보냅니다

실패하고 방황해도 괜찮아

김은영 ― 서울대학교 의과대학 휴먼시스템의학과 교수

청년정신건강

학생들은 뭐든지 잘 해내야 하고, 뛰어나야 하며,
앞서야 한다는 마음에 동시에 많은 일을 너무 열심히 하다
지쳐서 나를 찾아온다. 정확히는 남들보다 빠르게 열심히
잘해야 한다는 생각에 마음이 탈진해 온다.
낙오자가 될 것 같아 휴학은커녕 며칠 쉬는 것도
못 하겠다면서 벌벌 떤다.

김은영

정신건강의학과 전문의. 서울대학교 의과대학 교수.
서울대학교 정신건강센터에서 학생과 교직원을 진료하고 있다.
타인의 삶 그 자체가 궁금해서 소설과 자서전을 즐겨 읽다가 직접 듣고
집중탐구를 해보고자 정신과 의사가 되었다. 읽고 배우는 열정이 좋아서
대학에서 일을 한다. 대학 정신건강, 직장 스트레스에 관심을 가지고
연구하고 진료하고 있으며 의과대학에서 학생들의 인성과 리더십
교육 프로그램을 개발하고 있다. 삼성경제연구소 SERICEO에서
2년째 리더의 정신건강을 주제로 강의하고 있다.

나는 서울대학교에서 학생들을 진료한다. 사람들이 서울대학교 학생에게 갖는 판타지에는 양면성이 있다.

'국내 최고의 대학에 입학한 학생들이니 힘들 일이 없을 거야.'

'다 가졌는데 부족할 게 없겠지.'

'똑똑한 애들은 달라도 뭔가 달라.'

반면, 잔인한 시선도 있다.

'서울대학교 학생들은 성격이 이상할 거야.'

'사회성이 떨어지고 자기중심적일 거야.'

'빵빵한 집안에서 엄청난 사교육을 받아 만들어진 영재들일 거야.'

이런 모순된 판타지는 학생들의 내면에도 고스란히 투영돼 있다. 정신과에 찾아오는 많은 학생들이 자신이 뛰어난 능력을 지닌(지녀야만 하는) 특출한 사람이라는(이어야만 한다는) 생각에 스트레스를 받거나 사실은 그리 똑똑하지도 않고 그저 우연히 운이 좋아서 혹은 사교육의 힘으로 입학했을 뿐이라고 생각한다. 특히 학업이든 인간관계에서든 남달라야 한다는 부담감과 자신만 무능하고 겉도는 것 같은 생각에 남모를 열등감을 오가며 힘들어한다.

"다른 애들은 다 뭔가 하나씩 잘하는 것도 있고 자기 목표가 있는 것 같은데 나만 별게 없어요. 적당히는 하는데 특별히 잘하는 것도 없고 사람들한테 관심도 없고, 너무 외로워요."

모든 이의 감탄을 자아내는 화려한 꽃다발과 같은 외양을 갖고 있지만, 화병 속 줄기는 어둠 속에 갇혀 시들어가고 있는 모양새다. 절대 남들에게 들키면 안 되므로 잠시 꽃다발을 빼내어 물을 가는 것도 쉽지 않다. 그러다 꽃마저 시들고 악취가 나면 깜짝 놀라 진료실에 오는 것이다.

불안의 두 얼굴

학생들은 뭐든지 잘해내야 하고, 뛰어나야 하며, 앞서야 한다는 마음에 동시에 많은 일을 너무 열심히 하다 지쳐서 나를 찾아온다. 정확히는 남들보다 빠르게 열심히 잘해야 한다는 생각에 마음이 탈진해 온다. 낙오자가 될 것 같아 휴학은커녕 며칠 쉬는 것도 못 하겠다면서 벌벌 떤다. 불확실한 미래는 끔찍한 재앙이므로 남들 다 하는 학점 관리, 스펙 쌓기는 기본이요, 고시든 취업이든 대학원이든 확실하고 빠른 결정을 내려 재앙에 대비해야 한다는 압박감에 시달린다.

사실 학생들의 불안에는 어쩔 수 없는 이유도 있다. 스스로 결정하고 책임지며 사회적 정체성을 조형해 나가는 것이 이들에겐 중요한 발달 과제인데 사회는 작정하고 방해라도 하듯 더 예측 불가능해지고 복잡하고 불안정해진다. 때문에 지금의 판단과 선택에는 늘 의구심이 뒤따른다. 3년, 5년, 10년 후에도 후회하지 않을 만한 선택인가? 답 없이 되풀이되는 질문 속에서 나만 무방비 상태라는 두려움이 차오른다.

예고된 재앙 앞에서 공포에 빠진 학생들은 일단 이리저리 뛰다 탈진하거나, 속수무책으로 주저앉아버린다. 열심히 잘해야 한다는 생각이 지나치면 실패에 대한 두려움과 좌절감으로 아무것도 못하게 되기도 한다. 대부분은 불안 때문에 마치 중독된 것처럼 뭔가를 하는 것에 집착하고 소수는 완전한 고립과 무력함에 빠진다. 속칭 '천재'들이 은둔 생활을 하며 세상과 단절되어가는 데에는 이런 이유도 있다.

불안에 빠진 이들은 현재를 온전히 살아가기가 어렵다. 관악산 옆에 자리 잡은 탁 트인 캠퍼스는 시시각각 계절의 정취와 변화를 느끼기 좋은 곳이어서 나는 가끔 학생들의 긴장을 풀어주려고 날씨나 풍경 이야기를 꺼내곤 한다. 그러면 학생들은 대부분 날씨가 '좋다', '나쁘다', '덥다', '춥다' 정도로만 대답한다. 몸은 땅 위에 서 있는데 학생들의 머릿속은 과거에 대한 상념이나 후회, 잘 그려지지 않는 미래에 대한 걱정으로 가득 차 있다. 바람의 숨결, 무형의 구름, 따뜻하고 차가운 공기, 생명이 피고 지는 아름다움뿐만 아니라 옆에 있는 이들의 희로애락을 예민하게 느끼고 몸을 치댈 새가 없다. 모든 인간적인 경험이 있는 그대로 자각되기보다 시간과 에너지의 단위로 환산되는 것 같다.

"친구를 만나면 시간이 아까운 것 같아서, 또 피곤해져서 해야 할 일을 못할까 봐 거의 일주일간 집에만 있었어요. 그런데 유튜브만 보게 되고 뭔가를 해야지 다짐하면서도 뭘 해야 할지 몰라서 누워만 있었어요."

무뎌진 감각에 투명하게 깨어 있지 못한 젊음의 시간들이 안타깝게 흘러간다.

마음을 쉬게 하는 법

정신과를 찾는 학생들은 "이것을 하면, 약을 먹으면, 남들만큼 잘할 수 있어요!" 식의 드라마틱한 해결책을 기대한다. 당장 마음의 휴식이 필요한데 자신이 뭘 못 하고 있는지, 어떻게 해야 지치지 않을 수 있는지에 완전히 몰입된 학생들에게 휴식은 참 낯설게 느껴질 것이다. 나는 학생들의 이야기를 공들여 경청하고 일단 잠시 마음을 내려놓자고, 잠시 쉬어가자고 말한다. 그리고 어떤 두려움과 소망이 마음의 휴식을 방해하는지 함께 탐구해본다.

왜 쉬지 못하는지, 왜 꼭 어떻게 돼야 한다고 집착하는지, 잘하고 싶은데 왜 자꾸 피하고만 싶은지는 비슷하기도 하고, 다르기도 하다. 안정적이고 성공적인 미래에 대한 야심은 모든 청년의 건강한 욕구다. 이 욕구는 삶의 강력한 내적 동기이기도 하지만, 집착이 되면 인간적 한계를 무시한 채 자신을 가혹하게 비난하고 혹사시킨다. 각자 생각하는 성공과 가치, 욕구도 다 다른데 그걸 모르면 그저 타인에게 인정받기 위해 맹목적으로 행동하다가 공허함에 빠지기 쉽다. 학생들은 게으르고 나약하여 현실을 회피한다고 스스로를 탓하지만 전혀 그런 문제가 아니다.

그러나 학생들에게 이런 깊은 이야기는 생각보다 와닿지 않는 모양이다. 한참 이야기를 나누고 진료실을 떠나기 전, 학생들은 흔들리는 눈빛으로 곤혹스러운 질문을 던진다.

"정말이에요? 저 정말 쉬어도 돼요?"

"며칠이나 쉬어도 돼요?"

"잘 쉬는 것은 어떤 거예요?"

"어차피 쉬고 나서도 다시 뭔가를 해야 하잖아요. 왜 열심히 살아야 해요? 뭣 땜에 내가 노력해야 돼요?"

"더 이상 열심히 살기 싫어서 뭔가 도전하기 싫어서 차라리 죽고 싶어요."

말문이 막힌다. 이들은 이미 너무 지쳐버린 것이다. 지금까지 달려오면서 한숨 돌리고 제대로 쉬어본 적도 없고 쉬는 방법도 모른다. 신입생 대부분이 이처럼 완전히 지친 상태로 입학한다. 그런데 또다시 도착지도 룰도 모른 채 경주는 시작된다.

나는 왜 열심히 했을까?

나는 지금보다는 훨씬 덜 각박한 시대에 태어나 얼떨결에 의대에 와서 진로가 반쯤 정해진 상태로 20대를 보냈다. 그렇다고 안온하게 산 것은 아니었다. 남편이 나를 처음 보고 강남에서 화초처럼 자란 줄 알았다고 했을 때 나는 깜짝 놀랐지만 내심 승리한 것 같아 기분이 좋았다.

나는 고등학교까지 시골에서 자랐다. 아주 어렸을 때 목장에 살았던 기억, 적막함 속에 울려 퍼지는 소들의 울음소리, 하얀 우유 저장고, 붉은 황토, 말을 못 했던 소꿉친구, 꿈인지 현실인지 모를 마루 밑 귀신이 두려웠던 기억들이 난다. 유아기에는 맞벌이였던 부모님 사정으로 친가와 외가를 옮겨 다녔다. 다들 따뜻한 분이셨지만 당시로서는 영문 모를 부모님과의 이별이 나를 너무 불안하게 만들었다. 어느 날 한밤중 서늘한 촉감에 홀로 잠에서 깨어 이불에 난 소변 자국을 봤을 때 아무리 소리쳐도 누구도 나를 안아주고 돌봐주지 않을 수도 있다는 두려움에 전율했다. 나는 울지도 못하고 수건으로 이불을 두드리며 흔적을 없애려 애썼다. 초등학교 때는 드디어 부모님과 살게 됐지만 순조롭지 않았다. 자라는 내내 '어리광이 너무 심하다', '산만하다'는 소리를 들어야 했다. 정신없이 엄마에게 매달리고 행적을 좇느라 학교나 친구에게 진지한 관심이 없었다.

초등학교 고학년이 되자 갑작스레 성적이 올랐는데, 당시에 확 달라진 사람들의 시선을 체감했다. 성적이 뛰어나거나 뭔가를 정말 열심히 하면, 게다가 상까지 뒤따라오면 달콤한 칭송이 기다린다. 적어도 그 순간만큼은 부모님의 눈이 맑아지고 얼굴에는 환희의 꽃이 피어난다. 나를 안아주는 엄마의 몸이, 나를 쓰다듬는 그 손이 한결 따뜻해졌다.

"얘는 뭐든지 혼자 알아서 해내고 성공할 애야."

부모님이 동네 사람들 앞에서, 우리보다 잘사는 도시의 친척들 앞에서 신세 한탄 대신 내 미래에 대한 확신을 선언할 때 나는 들뜨고 흥분했다. 부모님에게 하느님, 부처님의 품보다 더 편안한 안식처가 지상에 있다면 바로 여기구나. 노답의 부부 문제, 골치 아픈 친척 문제, 밑 빠진 독에 물 붓기 같은 돈 문제… 모든 문제는 내가 열심히 공부해서 이 촌구석에서 상상할 수 있는 최대치의 성공을 하면 다 해결되리라. 나는 점차 좀처럼 쉬지 않고 뭐든지 열심히 하는 사람이 되어갔다. 내 기억에 내 방도 내 책상도 따로 없었는데 중3 때는 남들 보기에 괴상할 정도로 공부를 했다.

부담스럽고 원망스러울 때도 있었지만 나는 대체로 그것을 즐겼던 것 같다. 부모님의 부담스러운 기대 또한 사랑이리라. 어려운 형편에 나를 공부시키려고 빚을 내고 직장을 잃을 각오를 했다는 비장한 말은 진정으로 나를 사랑한다는 말로 들렸다. 그리고 모든 것을 희생하고서라도 공부하는 것이 가장 중요하며, 앞으로도 이렇게 살아야 한다는 말로 들렸다!

사실, 내 기억에는 실제로 부모님이 뭘 하라고 강요하거나 하지 말라고 한 적이 많지 않다. 그러나 내가 무엇을 했을 때 혹은 무엇을 이루었을 때! 그 순간, 일상에 지친 부모님이 순간 나를 바라보았는가, 그들의 표정이 밝아졌는가, 만족스러운 웃음과 자부심 어린 칭송이 뒤따라왔는가, 나의 어떤 측면을 위해 그들이 고통을 감수하고 희생하는가….

이때 나의 심장이 두근거리고 그 순간이 몸과 마음에 깊이 각인된다. 이런 순간들이 인생의 중요한 결정의 순간 나도 모르게 나의 선택과 행동에 강력한 힘을 발휘한다.

부모의 정신적 유산

대부분 부모의 소망은 이렇게 자연스럽게 자녀에게 무형의 유산으로 전달된다. 모든 부모는 자신의 관심사가 아이의 행동과 일치할 때, 자신의 이루지 못한 야망을 실현해줄 조짐이 보일 때, 가문의 영광이 돼 자신들을 영원히 빛내줄 잠재력을 아이들에게서 조금이라도 발견할 때 열광한다. 자신이 갖지 못한 것을 아이들이 갖기를 원하며 다른 이들보다 특별하기를 원한다. 가문의 미해결 과제는 이렇게 대를 이어 내려온다.

아이들은 잉태의 순간부터 부모의 소망에 경계 없이 노출된다. 대부분의 서울대 학생들은 특히 학업적 성취와 소위 넘사벽의 우월한 집단에 속하는 것에 대한 부모의 특수한 관심과 열광에 길들어 있다. 이것은 때로 감당하기 어려운 압박이 되기도 하지만 성취로 이끄는 극도의 인내심과 성실성의 동력이기도 하다. 늘 그렇듯이 문제는 균형이다.

부모의 소망이 전해지는 방식에 강요와 강압이 있었는가. 부모의 소망과 일치하지 않거나 반대되는 행동을 했을 때도 충분한 사랑과 관심을 줬는가. 가망 없어 보이는 길에서 헤매거나 진창에 빠져 있어도, 심지어는 공격하거나 반기를 들어도 보복하지 않고 그 존재에 변함없는 지지를 해줬는가. 균형 위에 있을 때, 아이들은 부모의 소망을 자신의 고유한 소망과 조화롭게 통합한다. 자신이 누구이며 무엇을 추구하는지 분명하게 알고 부모에게 때때로 저항하거나 타협하기도 하면서 용기 있게 자신만의 삶을 살아간다.

부모들이 자녀의 욕구에 냉담하거나 강압적이거나 심지어 보복했을 때, 부모에게 절대적으로 의존할 수밖에 없는 나약한 우리의 자녀들은 저항하기를 포기하고 부모의 소망대로 살아간다. 이들의 내면에서 자신의 감정이나 욕구는 완전한 어둠속으로 처박힌다. 그리고 소화되지 않은 부모의 소망들, 무능함에 대한 두려움과 부모로부터 버림받을지 모른다는 불안만이 가득하다.

박사과정을 10년 가까이 하며 마흔을 바라보는 대학원생 L은 그의 유능함에 비해 늘 눈빛이 흔들리고 자신이 없었다.

"어릴 때부터 아버지가 꼭 교수가 되어야 한다고 했어요. 조금만 더 하면 되는데… 네가 게을러서 그런 거 아니냐고… 다른 길은 아예 생각해본 적이 없어요."

그가 진정한 자신의 삶을 되찾기까지는 오랜 시간이 걸릴 것이다.

완벽주의와 일 중독 뒤의 회피

어렸을 때부터 남다르게 부모의 욕심을 채워주며 성장했을 우리 학생들은 정도의 차이는 있겠지만 대체로 타인의 인정과 기대에 예민하다. 타인이 기대한 만큼 혹은 그보다 더 해내고 무능하게 보이지 않으려고 지나치게 애를 쓴다. 내가 무능할지도 모른다는 불안, 무능함을 들킬지도 모른다는 불안, 무능함 때문에 타인에게 비난받거나 거절당할지도 모른다는 불안으로 겉으로는 완벽을 추구한다.

유능해 보이는 가장 보편적인 방법 중 하나는 바쁘게 사는 것 혹은 바빠 보이는 것이다. 죽도록 바쁜 자신의 일상을 SNS에 습관적으로 과시하는 자를 보라. 그의 내면은 불안으로 가득하다.

"생산적인 일을 하지 않으면 불안하고 죄책감이 느껴져요."

우리 학생들의 단골 멘트다.

완벽주의적 성격의 J는 다른 학교 수의대를 포기하고 부모님의 권유로 서울대 자연대에 왔다. 그런데 두 가지 모두 관심 있는 분야가 아니다. 아니, 그보다 원래 관심 분야가 없다. 어찌 보면 당연하다. 서울대에 오려면 모든 과목에서 실수가 없는 것이 중요하지, 특별하게 뭔가에 관심을 보이거나 한 가지만 잘하는 것은 별 소용이 없다.

지친 상태로 입학한 후 쉬고 싶은 마음이 가득했지만, 놀면 안 될 것 같아 늘 해오던 대로 학점 관리도 하고 동아리 회장도 한다. 그러나 자신이 무엇에도 흥미와 즐거움을 잘 느끼지 못한다는 것을 자각하고 있다. 전공에도 관심이 없는 J는 스스로를 '시험 기계'라고 부른다. 시험은 잘 보지만 다음 날이면 머릿속에서 내용이 깨끗하게 사라져 쌓이는 느낌이 없는데 유독 자신만 그렇다고 한다.

"실은 내가 아무것도 모르고 별생각 없이 산다는 것을 사람들이 알아챌까 봐 두려워요. 늘 바쁘지만 대부분 의미 없게 느껴져 피로하기만 하고, 그렇다고 가만히 있으면 더 불안하고 무기력해지죠. 친구들을 만나면 즐겁지만 집에 돌아갈 때는 나만 열정도 없고 나태해 뒤처진다는 느낌이 끔찍해요. 스스로를 다독이며 새로운 계획을 세워보지만 결과에 대한 확신이 없어 오래가지 못하고요. 하고 싶은 것을 모르는데 무한 경쟁의 취업 시장은 두렵기만 하고, 그나마 익숙한 게 공부이기에 대학원이나 고시를 하겠지 생각하지만 버텨낼 자신도 없어요."

J는 공허함과 불안을 안고 피곤하게 살아가느니 지금 죽는 것이 낫다고 한다.

우리 학교의 수많은 J들은 주어진 과제를 완벽에 가깝게 할 줄은 알지만, 세상에 나와 스스로 가치 있는 목표를 세우는 것을 어려워한다.

우리 학생들의 마음에는 실수나 실패 없는 성취, 빈틈없고 효율적인 시간 안배, 생산성에 대한 집착, 인간의 물리적·정신적 한계를 부인하고 회피하는 성향이 다양한 정도로 뿌리박혀 있다.

'생산성, 완벽, 경쟁, 성공, 남들만큼, 불안, 무의미, 무기력, 회피, 게으름, 의지 부족, 낙오, 실패, 죽음'과 같은 단어들이 늘 진료실에서 떠돌아다닌다. 불안과 공허함을 외롭게 버텨내고 있는 가여운 학생들을 다독이고 위로해주다가도 연구실에 올라와 혼자가 되면 나 역시 텅 빈 마음에 두려움이 차오른다. 나도 그들과 같다. 나 홀로 세상과의 경쟁에서 지고 있는 것 같다. 무력하다. 늘 뭔가 계획하고 일을 만들면서 유능한 척 열심히 하려 애쓰는데 그 일의 의미가 쉽게 와닿지 않을 때, '내가 이것을 왜 하고 있지?' 하는 자괴감이 느껴지고 도망가고 싶다.

이 불안의 굴레에서 빠져나오려면 어떻게 해야 할까? 내가 보기에 (정신과를 찾는) 우리 학생들의 가장 큰 어려움 중 하나는 가치의 측면에서 자신이 무엇을 하기를 원하는지 모른다는 것이다. 내가 무엇을 좋아하고 어떤 상태에서 편안함을 느끼며, 무엇에 몰입하거나 헌신할 수 있는지를 잘 모른다. 어디서 내적 동기를 찾아야 할지 혼란스러워한다.

"무엇을 하고 싶어요?"

한 학생은 매번 반복되는 나의 질문에 거의 울면서 절규하듯 외쳤다.

"내가 뭘 좋아하는지도 모르겠고, 뭘 하고 싶은 생각이 들어도 그것이 진짜 내 생각인지 확신이 안 들어요! 그런 것을 도대체 어디서 찾아요? 편안해본 적도 없어요!"

이들의 내면은 자신만의 가치를 지닌 목표 대신에 어떤 경쟁에서든 우위를 차지해서 성공해야 한다는 맹목적이고 세속적인 욕망과 이 때문에 끝도 없이 자기 증식하는 불안으로 채워진다.

참 아이러니하다. 우리 학생들은 동년배들이 충동적이고 혼란스러운 사춘기를 보내는 동안 이에 동참하면서 느끼는 안전한 소속감과 동질감을 포기하고, (대입이라는) 목적을 위해 금욕적인 삶을 선택한 친구들이다. 놀고먹고, 자고 싶은 욕구들을 억누르면서 원하는 것을 대부분 얻어왔다. 이들이 학창 시절 얼마나 불안에 몸부림치며 공부했는지, 혹독한 자기평가 속에서 버텨왔는지 듣고 있으면 내가 탈진할 것 같다.

어떤 학생은 부모가 "이번 시험에서 실수가 하나라도 있으면 끝장"이라는 식으로 공포를 조장하기까지 한단다. 어떻게 이런 극단적인 시간을 버텨낼 수 있었을까. 각자 이유가 있겠지만, 무엇보다도 자신이 원하는 바(대학 입학)를 매우 분명하게 인식하고 있었기에 가능했을 것이다. 우리 학생들은 명확하고 현실적인 목표를 설정하고 목표를 위해 절제하고 인내하는 데는 타고난 재능이 있다.

그런데 별안간 대학에 와서야 자신이 원하는 것을 모른다니! 그것도 서울대 입학이라는 인생의 팡파르를 터뜨리고 나서 말이다. 보통 사람들의 예상은 이렇다. 서울대에 입학하면 이미 성공의 기반이 반쯤 다져졌다. 그러니 더욱 쿨하게, 남들은 쉽게 꿈도 꾸지 못할 거창한 목표를 세우고 그 똑똑한 머리를 써서 화려한 포트폴리오를 채워가며 신속하게 달린다. 거기에 드라마틱한 도전과 좌절의 스토리, 천편일률적인 시험 성적 밑에 숨겨졌던 특출한 잠재력을 찾는 스토리까지 더해지면 "역시 서울대구나"라는 감탄사가 절로 나온다.

이런 판타지를 실현하는 소수의 학생들이 있기는 할 테지만, 내가 만난 학생들과 그들의 동료들은 대부분 그렇지 않다. 상당수의 학생들에게 대학 입학 후 찾아오는 달콤한 기쁨은 생각보다 짧다. 내 것인지 부모의 것인지 아니면 집안의 사명인지 모를 대학 입학이라는 목표를 이루고 나면 마음에 깊고 텅 빈 우물이 비로소 정체를 드러낸다.

"제가 똑똑해서 온 게 아니라 공부를 억지스럽게 해서 온 거예요. 실은 뭐가 뭐가 몇 등급인데… 제가 진짜 능력이 좋은 게 아니고 운이 좋았어요. 진짜 똑똑한 애들은 따로 있어요."

"학생과 같은 사람들이 모여서 서울대가 구성되는 거예요. 진짜 서울대생이라는 것은 없어요."

"아닌 것 같아요. 다들 뭔가 해왔던 것도 많고, 학교에 와서도 계속 열심히 하는데, 나는 그냥 시키는 대로 공부만 했어요. 이제 뭘 해야 할지 모르겠는데 누가 좀 가르쳐줬으면 좋겠어요."

목소리는 자꾸 작아지고 내 시선을 피해 고개가 이리저리 돌아간다. 그의 수치심이 고스란히 전달된다. 차라리 한바탕 우는 것이 나을 텐데 우리 학생들은 이런 문제로 나약하게 우는 자신조차 경멸한다. '목표를 배운다'는 말을 그들로부터 듣는 것은 더 이상 낯설지 않다.

목적 없이 도달한 결승점

나 역시 입학의 환희는 그다지 오래가지 않았다. 합격을 확인하고 느꼈던 것은 우선 내가 할 일을 무사히 해냈다는 안도감, 이후에는 불안정한 도취감이다. 순수한 기쁨이라는 것이 있을까. 모든 감정은 이중적이다. 우월감으로 자아가 바다처럼 팽창되면서 세상의 중심이 나인 듯하면서도 겪어보지 못한 고독한 도시 생활에 나는 언제든 부서질 수 있다. 그러나 그때는 즐길 때였다. 불안은 덮어두자.

'똑똑하다며 날고 기는 애들 별거 아니네~'

입학 전 겨울 동안은 내가 영웅 신화의 주인공이라도 된 것 같은 기분에 취해 있었다. 나는 손발이 매우 시린 편인데, 겨울이 따뜻하게 기억될 정도로 내 인생에서 가장 마음이 편안했던 시간이었다. 그러다 입학 일주일 전인가 엄마는 기숙사에 한 보따리의 짐과 함께 나를 데려다주고 내려가버렸다.

"그동안 네 뒷바라지로 힘들었다. 대학을 보냈으니 이제 할 일 다했다. 등록금은 준다."

엄마는 정말이지 편안해 보였다. 그러나 나는 온기 없는 방에 혼자 멍하니 앉아 사무치는 외로움과 두려움에 목 놓아 울어버렸다. 소위 '어른으로 산다는 것'은 무엇일까? 어디서 누구를 만나야 하며, 믿지 못할 사람은 어떻게 가려내는가. 힘들 때는 어디까지 참아내야 하는가. 의미 있는 삶이란 무엇인가.

나는 무지했다. 주변의 어른들은 공부를 잘해내면 열정적인 칭송만 할 줄 알지 이런 것들을 진지하게 가르쳐주거나 모범을 보이지 않는다. 내가 서울대생이라는 정체성을 즐기는 것은 가족들의 몫이요, '뭐든 잘할 것'이라는 부담스러운 시선 속에 불안을 견디며 그럴듯한 삶을 사는 것은 이제 온전히 나의 몫이었다. 이어 입소한 룸메이트는 같은 학교 약대생이었는데 그녀 역시 밤마다 이불을 뒤집어쓰고 울었다. 적막한 분위기를 견디지 못하고 우리는 차례로 기숙사를 떠났다.

정체성 찾기

대학생이란 스스로 판단하고 결정하고 책임질 수 있는 성인이라는 오래된 사회적 통념은 이제 생명력을 잃었다. 오늘날의 대학생은 그저 청소년의 연장선상일 뿐이다. 대입에만 길든 가여운 학생들은 감정을 돌볼 새가 없어 감정으로부터 나오는 욕구를 알아차리기 어려워한다. 그러므로 자신이 도대체 무엇을 위해 이것을 하고 있는지 깊은 의미를 잘 알지 못한다.

　가치 있는 삶에 대한 자신만의 내적 기준과 욕구가 결여된 삶은 늘 방향을 잃고 아무리 무엇인가를 열심히 해도 공허하고 불안하다. 쉽게 동기를 상실하고 무기력함에 빠진다. 정신과를 찾는 서울대 학생들의 태반은 이런 문제를 겪는다. 대체로 1학년은 해방감에, 새로움에 들떠서 어찌어찌 넘기는데 빠르면 4월, 늦어도 3~4학년부터는 '현타'가 온다.

　불안이 옥죄어온다. 조급한 마음에 무엇을 하고 싶은지 스스로 제대로 고민도 못 해보고 일단 뭔가를 하려고 한다. 동시에 다른 이들이 나보다 얼마나 빠른 차를 타고 쭉 뻗은 미래를 향한 고속도로를 달리고 있는지 촉각이 곤두선다. '일단!' 학생들은 학점을 관리하고 취업에 도움 되는 동아리나 학회, 인턴, 공모전을 되는 대로 섭렵한다. 그런 다음 빠르게 진로 선택을 해야 하는데, 그 선택은 절대 후회하지 않을 선택이어야 한다.

　우리 학생들은 수년의 학창 시절을 바쳐 대학 입학이라는 목표를 이루었듯 대학 시절 몇 년을 바쳐 빈틈없는 준비와 오류 없는 선택으로 단기간에 인생을 결판내고 싶어 한다. 이런 조급함은 고시나 취업 준비에 재빨리 전념하는 힘이 되기도 한다. 그러나 불확실성과 빠른 변화로 끊임없이 사람들의 정체성을 혼란에 빠뜨리는 오늘날의 대한민국에서 홀로서기를 해야 하는 대부분의 대학생들에게 '확실하고 빠른 선택'이라는 환상은 정신적 감옥일 뿐이다.

　대다수의 대학생들은 한 번이라도 잘못된 선택을 하거나 실패하면 다시 일어설 수 없다는 공포를 느낀다. 물론 많은 학생들이 선택과 좌절의 시기를 거쳐 한계를 수용하고 자신이 원하는 것을 자각하며 감옥에서 탈출한다. 하지만 한편으로는 점점 더 많은 학생들이 자신이 정신적으로 문제 있는 낙오자일지도 모른다는 불안, 실패와 좌절에 대한 심각한 공포를 안고 남몰래 정신과에 찾아온다. 이 사회는 학생들에게 자신이 무엇을 원하는지 탐색할 수 있는 충분한 시간도, 무엇인가에 헌신하고 좌절하고 다시 일어서며 고유한 정체성을 빚어갈 수 있는 안전한 기회도 주지 않으면서 학생들이 세속적인 욕망에만 매몰되어 도전하지 않는다고 비난한다. 오히려 사회 전체가 우리 대학생들을 온전한 정신으로 살게 놔두지 않는 것 같다.

　내가 학생들에게 자주 묻는 단골 질문들이 있다.

　"어떤 어려움으로 왔어요?"

　"아무것도 하기 싫은데 안 하면 또 불안해서요, 집중도 안 되고요."

　"원래 무엇을 하고 싶었는데 하기가 싫어진 거예요?"

　"그런 건 별로 없었는데… 그래도 해야 되면 잘했거든요."

　"그럼 치료받고 나아진다면 무엇을 하고 싶어요?"

　"일단 집중을 좀… 공부도 해야 하고… 고시든 창업이든 뭐든 선택해서 집중했으면 좋겠어요."

　"음… 그래도 어떤 목표가 있고 목표가 크든 작든 K의 삶에 의미가 있어야 힘도 나고 지쳐도 버틸 수 있을 텐데?"

　"…잘 모르겠어요. 그냥 남들만큼만 하면 될 것 같은데."

　"음… 어떤 삶을 살기를 원해요?"

　"솔직히… 성공한 삶이요."

　"K에게 성공이란 뭐예요?"

　"그냥… 뭘 하든 상관은 없는데 인정받고 싶어요. 돈도 어느 정도 있어야 하고, 취미 생활도 해야 하니까 좀 편했으면 좋겠고… 그런데 취업을 하면 힘들 것 같고, 창업은 살아남지 못할 것 같아 무섭고 그래요. 고시는 버틸 자신이 없고."

대화는 끊임없이 돌고 돈다. 이것이 화려한 스펙으로 높은 경쟁률을 뚫고 제대로 면접을 보고 합격한 서울대생의 언어인가? 인지적으로는 남들보다 월등히 뛰어날지 모르지만 정서적으로는 미숙한 경우도 많다. 내가 하는 질문에 무엇인가 들킨 것처럼 당황스러워한다. 대입 자소서를 쓰는 잠깐의 시간을 제외하고 누구도 진지하게 물어봐주지 않기 때문이다.

당신은 어떤 사람인가? 어떤 경험을 했고 그때 무엇을 느꼈으며 그래서 어떻게 되기를 원하는가? 삶의 소중한 가치는 무엇인가? 지치고 힘들 때, 막막할 때 어떤 신념이 혹은 누가 자신을 지켜주는가? 삶의 지혜를 물어볼 만큼 믿을 만한 어른은 주위에 있는가? 지금보다 어렸을 때 부모, 선생님 혹은 친구가, 아니면 주변의 누구라도 이런 따뜻하고 관대한 질문들로 경쟁에 내몰린 학생들에게 숨 쉴 틈을 줬더라면, 때로 조건 없는 지지를 해줬더라면 그들의 고통의 무게가 조금은 가벼워졌을 것이다.

질문에 익숙한 이들은 내가 원하는 게 무엇인데 이런 부분이 잘 안 돼서 혹은 추구하는 것과 해야만 하는 것의 균형을 찾기 어려우니 도와달라고 한다. 질문은커녕 사회와 어른들의 자기중심적 조언과 암시(너는 이런 사람이 될 것이다!)에서만 성취를 경험해온 이들은 갑자기 세상에 홀로 서야 할 때 내 안에 진정한 나의 것, 나의 욕구가 없을지도 모르며, 영원히 껍데기로만 살아가야 할 수도 있다는 두려움에 전율한다. 이 둘이 바라보는 세상은 천지 차이다.

아직 늦지 않았다. 나라도 질문을 부지런히 해본다. 목표를 가르쳐주는 것이 아니다. 답을 찾으려 하는 학생들이 친구에게도 가족에게도 말 못 할 감정으로 속이 곪아 터지지 않게, 자신을 속이거나 주저앉아버리거나 도망가지 않게 더 이야기해보라고 한다. 같이 냉소하거나 무력해지거나 공허해지지 않고 따뜻하게 항상 그 자리에서 듣는다.

"당신의 경험을 보면 당신의 감정은 지극히 당연하고 자연스러워요. 그런데 당신이 정말 생각이 없거나 무능한 것이 아니에요. 당신을 스스로 그렇게 생각하게 만드는 당신만의 마음의 역사가 있어요. 같이 역사를 더듬다 보면 당신이 무엇을 원하는지 차차 알게 될 거예요. 그러면 포기할 것은 포기하고 추구할 것은 추구하게 되는 용기가 생길 거예요."

부유하는 불안을 공기처럼 마셨다 내뱉었다 하며 일상을 이어나가는 학생들을 보면 애잔한 마음과 함께 내 대학 시절도 이와 다르지 않다는 생각이 든다.

대학시절 - 뒤늦은 사춘기

나 역시 나보다 뭔가 더 편안하고 활기차고 똑똑해 보이는 동기들 틈에서 고약한 자취 생활을 시작했다. 어떻게 사는 게 잘 사는 것인지 몰랐기에 이유 없이 불안했다. 밤에는 신경숙이나 은희경의 소설들, 요절한 작가들의 불꽃같은 삶을 탐독하고 그들과 동일시하면서 어느 순간 열렬히 학생 운동에 빠져들었다. 누구도 나를 드러내놓고 비하하거나 무시하지 않았지만 학교에서 의대에서 나는 언제나 궁핍한 소수자라고 느꼈다. 거대담론과 열정, 남들과 다른 세상을 꿈꾼다는 은밀한 우월감이 초라한 일상의 비애를 가려주고 외로움을 다독여줬다.

나는 실제로 열심히 활동했고 늘 확신에 찬 주장을 했지만 밤이 되면 왠지 내가 틀렸을 것만 같은 느낌에 시달렸다. 누군가 확신에 찬 주장을 성마르게 고집한다면 그는 깨지기 직전의 얼음강 위에 서 있는 애처로운 자다. 갈팡질팡하며 의예과 시절의 태반은 헛짓거리를 하면서 보냈다. 열정과 수치심의 저장고다. 누군가 너는 얼마나 열정적으로 살수 있는가, 또한 얼마나 결핍되고 수치스러울 수 있는가 물어보면 그 시절이 떠오른다.

그런데 이렇게까지 내가 줏대가 없는 사람이었나? 본과에 가서 마치 다른 사람이 된 것처럼 공부에 몰입하기까지는 일주일도 걸리지 않았다. 일단 열심히 하고 보는 천성 때문인지 성적은 그런 대로 괜찮았지만 마음은 늘 어지럽고 날카로웠다. 이대로 의사가 되면 나는 원하던 삶을 살게 될까? 그런데 원하는 삶이 도대체 뭘까? 나는 불평등과 사회적 모순에 예민한 사람인데 한편으로는 의대생이라는 세속적 욕망의 가운을 입고 있었다. 그런데 이 불편하고 불쾌한 주제로 진지하게 대화할 기회도 조언해줄 믿을 만한 사람도 별로 없었다. 아무에게도 솔직히 털어놓지 못했다.

친구들은 그 존재 자체로 나에게 큰 힘이 돼줬지만 그때 우리들끼리의 대화는 어딘가 겉도는 느낌이 있었다.

"그냥 공부가 하기 싫어서 그런 거 아니야?"

혼란스러운 감정은 넘쳐흐르는데, 그것이 어디서 연유했는지는 모른다. 대학 시절이란 본디 어른도 아이도 아닌 유예기다. 이들과 대화를 나누다 보면 어떤 때는 정말 경이롭고 합리적인 생각과 사고의 깊이와 철학에 놀라 존경스럽기도 하지만, 금세 혼란스러워지기도 하고 방향성을 잃고 헤매기도 하는 모습을 발견한다. 그때 누구에게 도움을 구하면 좋았을까?

학생들과 이야기하다 보면 '지금의 내가 그때의 나와 이야기했다면 어떨까?' 생각해볼 때가 있다. 그 당시에는 상담이란 것을 전혀 몰랐다. 너무 아쉽다. 믿을 수 있고 안전한, 훈련된(!) 누군가가 나를 위해 누구에게도 털어놓기 어려운 고민과 갈등을 인내심 있게 경청해주고 수용해준 다는 것은 가치를 매길 수 없는 일이다. 나는 속 깊은 이야기들을 적어 도 지금보다는 더 솔직하게 털어놓았을 것이고, 이후의 삶에 좀 더 확신 을 가졌을 것이다. 사실 모든 사람에게 이런 대화가 필요하다.

이야기해야 한다

다행히 요즘은 거의 모든 대학에 학생들을 위한 심리상담센터가 있 다. 서울대는 대학생활문화원이라는 대규모 상담센터뿐만 아니라 많은 단과대학에 별도의 상담센터가 있다. 이름도 참 따뜻하다. 공과대학은 '공감', 농생대는 '농담', 경영대는 '경청', 관악기숙사는 '관심' 등이다. 학 습이 고민일 때는 교수학습개발센터, 진로고민이 있을 때는 경력개발센 터에서 상담을 받을 수 있다. 캠퍼스 내 병원에는 나를 포함한 두 명의 정신건강의학과 의사가 있다. 자살 충동과 같은 응급 상황에서는 '스누 콜'로 24시간 아무 때나 전화로 상담을 받을 수도 있다.

"선생님, 어제 너무 죽고 싶어서 자해하다가… 다 끝이다… 그냥 울다 가… 제 스스로가 너무 무서웠어요. 나를 믿을 수가 없는 게… 나도 모 르게 정신을 잃고 뛰어내릴 것 같았어요. 베란다 문을 미리 잠가뒀는데 정신 차려보면 자꾸 그 앞에 있고… 아무도 전화를 안 받아서 새벽 2시 쯤에 스누콜에 전화했어요. 진정이 되어서… 아침에 조금 자고 왔어요."

진료를 보러 온 학생에게서 간밤에 스누콜에 전화를 했다는 이야기 를 들으면 항상 말로 표현 못 할 시커먼 울음이 확 올라오면서 순간 호흡 이 멈춘다. 공포영화처럼 죽음이 갑자기 코앞으로 다가온 느낌이다. 내 죽음이 두렵거나 무섭게 느껴진 적은 거의 없다. 그러나 타인의 죽음은 공포다. 죽고 싶다는 말을 거의 매일 듣는데, 절대로 무뎌지지 않는다.

내가 잠든 시간에 부들부들 떨며 극단으로 치닫는 두려움의 시간을 보냈을 학생이 너무나도 가엾고 미안하다. 몇 시간이고 전화기를 붙들고 학생의 울음 섞인 절규를 가라앉히기 위해 노력했을, 혹시 최악의 소식이 들려오지 않을까 아침까지도 탈진한 상태로 전전긍긍하고 있을 상담 선생님이 너무 안쓰럽다. 정신건강의학과나 상담센터는 언제나 문전성시다. 많은 학생이 이토록 힘들어한다는 것은 슬픈 일이지만 도움을 받을 기회와 방법이 많아져서 다행이다.

실패 후에 깨닫게 되는 것

결국 나는 홀로 긴 고민 끝에 다들 의아해할 정도로 갑자기 진로를 바꿨다. 의대 졸업 후 경제학과 대학원에 입학했다. 석사를 마치고 유학을 가서 가능한 한 외국에 눌러앉을 생각이었다. 공부다운 공부를 하는 진짜 지식인이 되고 싶은 소망, 의사 출신 경제학자의 명성을 누려보자는 생각이 뒤엉킨 마음이었다. 타국으로 가서 끊임없이 열등감을 자극하는 이 집단과 끝 모를 경쟁에서 벗어나자, 아무리 노력해도 인정받지 못할 것 같은 냉정한 이곳에서 탈출하자, 모든 불안을 확실한 한 수로 단번에 털어버리자는 마음도 있었다.

나는 졸업식에서도 이방인처럼 어정쩡하게 이리저리 맴돌기만 했다. 아쉬움도 기쁨도 크지 않았다. 그러나 야심찬 대학원 생활은 결국 실패로 끝나버렸다. 의대에 다니는 동안 뇌가 엉망이 돼버린 것인지, 노력이 부족했는지 경제학은 어렵게만 느껴지고 동료들과는 계속 어색했다. 그럼에도 불구하고 그 시절은 내 인생에서 가장 강렬한 자기 확신의 순간으로 기억된다.

전적으로 내 의지와 선택으로 삶이라는 말의 고삐를 내가 움켜쥔 느낌이었다. 억지로 끌려갈 때는 정갈한 포장길을 걸어도 언제 끝나나 초조하기만 하고 어려움이 닥치면 쉽게 누군가를 원망하며 주저앉고 싶어진다. 반면, 고삐를 내가 쥐었을 때는 어떻게든 이겨나갈 방도를 찾게 된다. 굵은 발로 돌길을 밟아 마침내 도착지에 다다르면 누구에게서도 얻을 수 없는 성취감과 확신이 생겨난다. 나로서는 뼈아픈 실패였지만 이후 나는 왠지 내 선택에 좀 더 자신감을 갖게 됐다.

　우스갯소리로 정신과 전공은 자기 문제를 해결하고 싶은 사람들이 선택한다고들 한다. 나도 그런 것이었나 싶다. 그때는 정신의학이 그나마 인문학과 가까워 보이고 편할 것 같아 선택했는데, 뜻밖으로 환자들에게서 삶을 배우고, 동료들과의 깊은 유대감 속에서 오랜만에 안정감을 느꼈다. 의국이 주는 소속감이 편안했다. 더 연결돼 있고 싶은 마음이 컸는지 곧바로 대학원에도 입학했는데 연구실이 대가족처럼 느껴져 늘 힘들다고 투덜대면서도 내심 만족스러웠다.

　수년간 서울에서 궁핍하고 고된 자취 생활을 하는 내내 괴로운 불면증에 피로감을 해소할 길이 없었다. 하지만 그에 비해 정신과 의사로서 누군가의 고뇌를 덜기 위해 밤을 새우고, 공부하고, 일에 전념한다는 뿌듯함이 훨씬 컸다. 수년간 분석가에게 상담도 받았다. 나의 무능함으로 환자들에게 해를 끼칠 수도 있다는 불안, 노력이 부족한 것 같은 느낌, 때때로 억울하거나 원망하는 마음, 삶이 떠밀려가는 듯한 불편한 마음이 한결 줄었다. 이후 좀 더 나의 긍정적인 내면의 힘과 깊은 의도를 깨닫고 믿게 됐다. 그리고 마치 거울처럼, 어둠에 가려진 환자들의 내면의 의지와 잠재력을 믿을 수 있게 됐다. 진료할 때 불안이 줄어들고 자신감이 생겼다. 그리고 내가 20~30대에 여러 사람과의 인간적인 공명을 통해 성장했듯이 나도 누군가에게 그런 대상이 돼주고 싶었다.

나는 전문의가 된 뒤 몇 군데를 거쳐 마침내 기쁜 마음으로 학교로 돌아왔다. 학교에서의 진료는 신이 났다. 나처럼 어리숙한 대학 생활을 하고 있는 학생들에게 정감이 느껴진다. 썸 타는 누나에게 답을 어떻게 하면 좋을지 등 시시콜콜한 연애 고민부터 별의별 이야기를 한다. 논문을 도대체 어떻게 써야 하는지 들고 오는 학생도 있었고, 뜬금없이 심리학 이론을 설명해달라거나 갖가지 사회 문제에 대해 의견을 묻는 학생도 있었다.

'그런 걸 정신과 의사에게 왜?'

하지만 다른 의사들은 쉽게 느껴보지 못할 나만의 재미라고 느꼈다. 불안이나 우울증으로 심각하게 고통받는 학생들도 정말 많이 찾아왔는데 자신감까지 치솟았는지 왠지 다들 치료가 잘되는(!) 느낌이 들었다.

학생들은 말도 잘 통하고 이해도 빨랐다. 늘 상대방에게 인정받고 싶어 하는 우리 학생들은 내 불편함을 덜어주기 위해 자신의 증상을 정성 들여 정리해 오고, 내가 질문하거나 해석을 하면 신중하게 생각하는 척이라도 했으며, 조언을 해주면 무척 고마워했다. 오히려 내가 학생들로부터 그간의 노력에 대한 진정한 보상을 받는 것 같았다.

나는 연신 대학생들은 치료가 잘돼 마음이 편하고 너무 보람차다고 자랑스레 떠들고 다녔다. 학교로 온 지 3개월째, 그토록 기다렸던 출산이 예정돼 있었는데, 이로써 학위, 직장, 결혼, 출산이라는 중요한 숙제가 마무리돼갔다. 나는 충분한 능력이 있으며 삶이 드디어 안정 궤도에 올랐다고 생각했다.

고통의 의미

"아기가 숨을 못 쉬어서 일단 중환자실로 옮겼어요."

　　새벽 1시에 호출을 받고 당직의사 면담도 했는데, 상황 파악이 안 된다. 비현실감 속에 난생처음 겪는 오한을 느끼며 밤을 지새웠다. 아이는 태어난 지 단 3일 만에 원인 불명의 뇌출혈로 갑자기 호흡을 멈추고 의식을 잃었다.

　　다음 날 아침 구급차에 올라타서야 현실을 체감했다. 갑자기 분수처럼 눈물이 나오고, 헛구역질로 위액이 지나간 자리에 채찍질을 당한 듯 작열하는 통증이 느껴진다. 열이 올랐다 내렸다 하면서 식은땀이 쏟아지는데 차라리 온몸의 피를 다 쏟아내고 거멓게 바짝 말라비틀어진 나무처럼 그렇게 타다가 그 자리에서 죽어버리자. 그렇게 몸부림치며 화내듯 울어본 것은 처음이었다.

　　왜였을까? 내가 잠든 사이 세상으로 나와 고작 얼굴 몇 번 보고 어색하게 젖 몇 번 물려본 아이에 대한 사랑이 이렇게 강렬했단 말인가? 5년간 온갖 생고생을 하며 성공시킨 시험관 아기 프로젝트가 결국 실패로 끝났다는 분함인가? 영영 깨어나지 못하거나 깨어나도 평생 장애인으로 살아야 할 아이를 책임져야 한다는 두려움과 공포인가? 이제 막 궤도에 오른 내 삶에 돌이킬 수 없는 균열이 생긴 것에 대한 억울함인가? 아니면 정체 모를 죄책감인가?

　　이 모든 사태에 대해 나는 스스로에게도 아이에게도 영원히 용서받지 못할 것이다. 차라리 내 뇌의 혈관이 다 터져버렸으면… 나는 그동안 머리를 너무 많이 쓰고 너무 많은 생각을 했다. 머리가 좋은 줄 알고 안 되는 것을 되게 하려고 너무 애썼다. 위약해 보이지 않으려고 그 무엇도 나를 흔들 수 없는 것처럼, 항상 답을 가지고 있는 것처럼 유능하게 굴었다. 이제 모든 사고 활동을 중단하고 쉬고 싶다.

　　중환자실에서 무력하게 발가벗겨져 차가운 조명 아래 온갖 관과 줄에 휘감겨 미동도 없는 아이를 보며 나는 극도의 고통을 느꼈다. 매일 내 뇌혈관이 터지는 상상, 뇌가 혈액으로 가득 찼다가 결국에 텅 비어버리는 상상을 하며 아이의 고통을 내 것으로 가져오려 애썼다. 중환자실 면회 시간에 맞춰 병원을 오가는 동안 토네이도가 휩쓸고 간 것처럼 정신이 황폐해졌다. 나는 나에 대해 아무것도 몰랐던 것처럼 나를 낯설게 느끼고, 세상에 이제 막 태어난 신생아처럼 무력하고 철저히 고독한 존재가 됐다. 위로의 말들은 그저 스쳐가는 소음처럼 들린다. 고맙지만 나는 혼자다. 우리 가족의 삶은 앞으로 어떻게 흘러갈까? 나는 제대로 의사 노릇을 할 수 있을까? '진짜' 불행이 찾아왔다. 불행은 왜 찾아오는 것인가? 누구에게 오는가? 불행 앞에 선 인간은 얼마나 외롭고 무력한가?

아이는 다행히 의식을 되찾아 집으로 왔지만 공포를 떨칠 수는 없었다. 밤사이 호흡을 멈출까 봐 아이 코에 귀를 대고, 가슴을 응시하며 밤새 선잠을 잔다. 어설픈 육아와 간병 사이에서 혼란스러운 일상을 보냈다. 어찌해야 할지 판단이 안 서 일단 직장에 복귀해보고 그만둘지 생각해보기로 했다. 자주 울면서 출근했지만, 다행히 학교 진료실에 앉아 학생들을 마주하면 이상할 정도로 차분하고 평온해졌다. 어두운 슬픔이 마음의 반을 차지해 묵직하게 나를 내리누른다. 소소한 재미, 흥분, 원망, 짜증, 권태감… 일상의 요동치는 지저분한 마음이 사라진 듯하다. 웬만한 일에는 쉽게 동요하지도 않고 신경 쓰지도 않게 됐다. 나는 왜 그동안 별것도 아닌 일에 목숨 걸고 또 서운해하고 억울했을까. 아이가 죽고 사는 문제에 비하면 먼지만큼도 중요치 않은 일들이다.

거대한 슬픔이 밀물처럼 한꺼번에 지난날의 기억들을 쓸어버린다. 나는 늘 슬펐지만 한결 정화된 느낌도 들었다. 내 불안정한 감정이 학생들에게 영향을 미치거나 혹시 그 앞에서 울기라도 할까 봐 걱정을 했는데 괜한 걱정이었다. 오히려 자잘한 감정과 상념이 사라지니 더 관대해졌다. 학생들과 공명하는 감정이 깊어져 고통에 맞서 연대하는 느낌이 들고 그들로부터 되돌아오는 마음이 더 큰 위안이 됐다. 혼자 있을 때는 슬프고 불안했지만, 학생들과 있을 때는 위로가 있고, 집에서는 아이의 존재로부터 오는 사랑과 기쁨, 가족의 단합된 마음이 있었다.

　사실 크고 작은 예고 없는 불행은 인생의 도처에 있다.

　"아버지가 알코올 중독이었는데 중3 때 행방불명됐다가 얼마 전 경찰서에서 연락이 왔어요."

　"동생이 자살시도를 해서 입원했는데 저는 할 수 있는 게 없어서… 집에 들어가기가 무서워요."

　"4년 전부터 아버지가 뇌졸중으로 집에 누워 계세요. 온 가족이 너무 힘들어요."

　이런 학생들의 이야기는 드문 것이 아닌데, 돌이켜보면 나는 이것을 예외적인 특수한 상황으로만 생각했는지, 감당하기 어려웠는지 나도 모르게 은근슬쩍 주제를 돌리거나 피하기도 했다. 내가 그들의 깊은 마음을 들여다보기 전에 오히려 눈을 돌리게 하는 시시콜콜한 조언들을 쏟아냈을 때 그들은 또 한 번 상처를 받았을지도 모른다. 이제는 그들과 손을 잡고 불행이 마음에 남긴 흔적을 좇는다. 이것은 바로 나 스스로를 돌보고 치유하는 것과 다르지 않다.

　이 글을 쓰며 지나간 시간을 돌이켜봤다. 항상 그때 눈앞에 보였던 인생 과제만 해결하면, 그럴듯한 답을 찾으면 삶이 정적으로 편안하게 흘러갈 것이라는 막연한 생각을 했던 것 같다. 헌데 그럴듯해 보이는 그때의 목표를 달성해도 늘 마음의 갈등이 있다.

　나는 종종 존경하는 선생님들에게 사는 게 편안한지 여쭤보는데,

대부분 헛웃음을 치신다. 갈등이 없는 사람은 살아 있는 사람이 아니라고도 하고, 갈등과 불확실한 삶을 수용하고 견디며 의미를 발견하는 것이 최종적인 목표라고도 한다. 외적인 모습이 아닌 내면의 감정과 깊은 무의식의 의도에 집중하라고도 하고, 행복보다는 평정심을 추구해야 한다고 한다.

　우리 학생들에게도 내가 들은 이야기를 전해주고 싶다. 자신의 능력과 한계를 시험해보고 사회에서 자신의 역할을 발견하는 것이 무척 중요하다. 하지만 그 길에는 실패와 좌절, 상실과 같은 예기치 않은 불행과 고통이 언제나 찾아온다. 자신의 갈등과 취약함에 관대하고 따뜻한 연민을 가져라. 부정적인 것이라고 회피하거나 덮어두려 하지 말고, 긍정적으로 보인다고 이것만을 쫓거나 따라가지도 말자. 성공과 실패의 외적인 삶뿐만 아니라 밝고 어두운 마음 등 마음에서 일어나는 모든 경험은 하나도 버릴 것 없이 나의 고유한 삶을 만들어 스스로를 특별하고 의미 있게 할 것이다. 이 여정에 나도 작은 보탬이 되고 싶다. 유능한 의사로서 학생들을 치료하는 것이 아니라 그들이 자신의 아름다움과 잠재력을 발견할 수 있도록, 자신의 어둠과 밝음 모두를 수용해 자신이 진정 원하는 가치를 깨달을 수 있도록 비춰주는 사람이 되고 싶다.

그린슬리브스

정찬승 ㅣ 융학파 분석가

애도

감당할 수 없는 고통을 지닌 사람을 돕는 유일한 길은
공감이며 공감은 경청에서 시작된다.
나는 열심히 들었다. 부모 또한 열심히 얘기했다.
몇 개월에 걸쳐 말하고 듣고 이해하고 공감하는 과정은
도무지 머리로는 납득할 수 없는 아들의 죽음을
가슴으로 받아들이는 과정이기도 했다.

정찬승

정신건강의학과 전문의. 융학파 분석가.
의사로서 진료, 연구, 교육, 봉사라는 네 가지 주제를 소명으로 삼았다.
한 사람의 마음의 고통을 치유하기 위해 무의식을 탐구하는 대단히
개인적인 작업을 가장 중요하게 여긴다. 또한 사람은 사회에 속해 살기에
개인이 감당하기 힘든 충격적인 사건에 대응하기 위해 재난정신의학
분야에 참여해서 각종 재난에 대한 정신건강 지침을 펴냈다. 최근에는
대한신경정신의학회 사회공헌위원장을 맡아서 관심의 사각지대에 놓인
사람들의 정신건강 지원을 위해 활동하고 있다.

마음은 무한하다. 내가 안다고 생각하는 내 마음이 전부가 아니다. 내가 모르는 마음이 있고, 그 모르는 마음이 훨씬 넓고 깊다. 인간 정신의 심층을 탐구하는 정신분석은 그 모르는 마음, 바로 무의식을 발견하는 것으로 시작됐다. 분석심리학은 우리의 무의식에 망각된 기억이나 억압된 충동뿐만 아니라 그 사람이 결코 경험한 적이 없지만 모든 사람이 보편적으로 가지고 있는 심원한 미지의 정신세계가 존재한다는 것을 밝혀냈다. 그것은 체험하지 않고는 결코 알 수 없는 신비의 세계다. 우리의 의식이 잠들 때 그 깊은 세계는 꿈을 통해 우리에게 말을 건넨다. 일체의 선입견을 배제한 신중하고 진지한 자세로 임할 때 우리의 마음은 조금씩 본연의 모습을 드러낸다. 귀 기울여 들으면, 그 속에 있는 놀라운 치유와 창조의 힘을 깨달을 수 있다. 결코 알 수 없는 무의식의 상징들을 이해하려고 애쓰는 가운데 마음의 치유와 성숙을 체험해가는 것이다.

　정신건강의학과 의사가 되어 분석심리학을 전공하고 이십 년이 흐르며 많은 변화를 겪었다. 처음 분석을 받기 시작한 것은 내 자신의 마음을 이해하고자 한 단순한 소망이었다. 그 전까지는 너무 심오해서 실제 상황에 어떻게 적용해야 할지 갈피를 잡을 수 없었던 이론이었다. 우선 스스로 체험을 해야 다른 사람에게 적용할 수 있다는 생각으로 분석을 직접 받고 보니 전혀 예상치 못한 깨달음이 있었다. 정신분석은 냉철하고 지적인 논리가 아니라 깊고 따뜻한 공감이라는 것이다. 분석을 통해 잃어버린 내 기억과 연결되고, 미처 알지 못했던 나의 내적 세계와 만날 때 그것은 지식과 이론을 뛰어넘는 하나의 체험이 된다. 내가 아는 상처를 내가 모르는 마음이 치유한다.

　나는 이 체험을 소중히 간직하고 다른 사람을 분석할 때도 적용할 수 있게 됐다. 내가 경험한 적 없는 큰 트라우마를 겪고 절망과 비탄에 빠진 사람을 대하며 어떻게 이미 다 알고 있다는 허세를 부릴 수 있겠는가. 나는 모른다. 하지만 간절히 알고 싶다. 그때 비로소 이해와 공감이 시작된다. 결코 자만할 수가 없다. 분석가로서 조금씩 경험과 지식이 쌓여갈수록 더 어렵고 고통스러운 문제를 만나게 된다. 그리고 마침내 죽음의 문제에 맞닥뜨렸다.

고통을 지닌 사람을 돕는 유일한 길

　오랜 기간 동안 자살유가족 상담을 해왔다. 황망하게 아들을 잃어버린 어머니와 이야기를 나누던 끝에, 조심스레 사례를 공개해도 될지 동의를 구했다. 치료 내용을 강연이나 글로 공개할 때는 당연히 본인의 허락을 받는다. 이것은 늘 조심스럽다. 정신분석을 한 경우에는 가급적 분석을 마친 분에게 그 취지를 설명한 후에 당연히 거절할 권리가 있음을 알려드리고 어떤 강요나 회유도 하지 않는다. 정신분석은 어느 누구의 전유물도 아닌, 분석가와 피분석자가 함께 참여하는 평등한 대화의 여정이기 때문이다. 흔쾌히 허락해주는 경우도 있지만, 거절하는 경우

도 있고, 차마 분석가의 부탁을 거절하지 못하고 곤란해하는 경우도 있
다. 아무리 공개하고 싶은 사례라고 하더라도 이럴 때는 무리하게 청하
지 않고 철저히 피분석자의 마음을 존중해줘야 한다.

　늘 신중하고 조용한 품성의 어머니가 보인 반응은 실로 의외였다.
어머니는 눈을 부릅뜨며 제발 공개해달라고, 실명으로 해도 좋으니 내
아들의 이야기를 알려달라고, 조용히, 그리고 힘주어 대답했다. 그 표정
에는 말로 다 할 수 없는 슬픔과 안타까움, 분노가 섞여 있었다.

　찬바람이 매섭게 불던 한겨울의 대낮에 서른세 살 아들은 하늘로
떠났다. 아무런 유서도 없었다. 극단적인 표현이나 암시조차 없었다. 아
들의 갑작스러운 죽음에 가족 모두 큰 트라우마를 겪었다. 평범한 일상
에 폭탄처럼 떨어진 이 사건은 엄청난 충격과 슬픔, 공허함을 남겼고,
결코 가족의 삶 속에 수용될 수 없었다. 하지만 남은 가족은 삶을 이어
가야 하기에 누군가의 도움을 받기로 했다. 나는 세상 그 어떤 무엇과도
비교할 수 없는 비탄에 빠진 부모와 마주 앉아서 고민했다. 과연 내가
이들의 마음에 온전히 공감할 수 있을까?

　나는 조심스레 아들의 이름을 물었다. 떠나간 아들의 이름을 말하
며 부모는 왈칵 눈물을 쏟았다. 감당할 수 없는 고통을 지닌 사람을 돕
는 유일한 길은 공감이며 공감은 경청에서 시작된다. 나는 열심히 들었
다. 부모 또한 열심히 얘기했다. 몇 개월에 걸쳐 말하고 듣고 이해하고
공감하는 과정은 도무지 머리로는 납득할 수 없는 아들의 죽음을 가슴
으로 받아들이는 과정이기도 했다. 나는 한 번도 본 적 없는 그 아들이
눈앞에 선하게 떠오를 정도로 듣고 또 들었다.

장애와 정상 사이

어릴 때부터 서글서글한 큰 눈망울에 잘생긴 두상을 가진 근사한 외모의 아들이었다. 다른 애들과 행동이 조금 다르고 말이 늦다 싶었는데, 결국은 전반적 발달장애 진단을 받게 됐다. 하늘이 무너지는 것 같았지만, 착실하고 지혜로운 부모는 마음을 추스르고 침착하게 아들을 키울 방법을 찾았다. 삼십 년이 지난 지금도 발달장애 아동을 돌보고 교육하는 것은 너무나 힘든 일이다. 당시 아들을 키울 때는 모든 것을 직접 해야 했다. 특수교육 전문가를 찾아 함께 애쓰고, 나중에는 비슷한 상황에 처하고 뜻이 맞는 가족들이 모여서 직접 프로그램을 만들어서 아이와 가족이 참여했다. 몇 마디로는 다 담을 수 없는, 결코 쉽지 않은 과정이었다. 다행히 장애의 정도가 심하지 않았고 교육도 잘 이루어져서 아들은 학교와 사회에 적응해나갔다.

초등학교에 입학하고 나서는 눈앞에서 보이지 않는 만큼 더욱 마음을 졸였다. 휴대전화도 없던 시절, 어머니는 한순간도 전화기 곁을 떠날 수가 없었다. 언제 학교에서 연락이 와서 아이에게 문제가 생겼다고 할지 모를 일이었다. 어쩌다 학교에서 전화가 오면 어머니는 바로 달려가서 아들을 챙겨야 했다. 아들의 문제란 적응의 문제일 뿐이었지만 어머니는 선생님과 반 아이들에게 괜히 미안한 마음에 몸을 낮췄다.

남에게 피해를 주기는커녕 이리 치이고 저리 치여도 그 순박한 표정은 한결같았다. 중학교 때 벌어진 동급생들의 저열한 따돌림과 폭력도 묵묵히 참아냈다. 악의 없는 선한 얼굴로 악랄한 폭력을 견디는 아들의 모습에 어머니는 애간장이 타들어갔다. 단 한 번 어머니가 학교에 뛰어올라가 격앙된 목소리로 선생님에게 항의한 것은 바로 그때뿐이다.

부모는 고비마다 아들에게 사회에서 지켜야 할 도리와 예절을 알려줬다. 지나치리만치 예의 바른 아들은 한 번도 엇나가지 않았다. 조금 어색하고 딱딱해 보이기는 하지만 바른 인사성과 상대에 대한 나름의 배려를 철저히 지키며 성장했다. 불우이웃 돕기 모금, 북한 주민을 위한 모금 등 가난한 사람을 위한 모금이 눈에 띄면 가진 돈을 몽땅 털어넣곤 하는 그 순진한 이타심이 부모를 걱정시키기도 했다.

청소년이 된 아들은 장애를 가진 아이와 청년이 모인 오케스트라에 들어가서 활동하기 시작했다. 어머니는 아들의 악기로 플루트를 골라줬다. 아들은 정성을 다해 한 음 한 음 모든 음표의 음정을 확인하며 매일 연습했다. 흥미가 생긴 일에는 무엇이든 대단한 집중력을 가지고 파고들어서 악기 연주도 수준급으로 해냈다. 성실하게 연주에 참여한 아들은 다른 아이들을 돌보는 도우미처럼 보일 정도였다.

대학에 입학한 아들은 혼자 외국어를 공부하기도 했다. 여행에서 만난 현지인들과 어려움 없이 대화를 해 부모가 놀란 적도 있었다. 우수한 언어 발달과 부족한 사회성의 불균형 때문에 남들이 좀처럼 사용하지 않는 예스러운 말투를 이따금 사용할 때면 부모는 귀여우면서도 안타까운 아들의 모습에 마음이 아렸다.

아들은 심한 장애를 가진 아이들과 소위 정상인이라고 하는 보통 아이들의 중간에 있는, 애매하기 때문에 더 마음 아프고 안타까운 아이였다. 부모는 상황에 맞지 않게 진지하기만 한 아들에게 약간의 융통성만 있다면 좋을 텐데, 라는 아쉬움도 있었다. 하지만 부모는 늘 천사 같다며 주변으로부터 칭찬을 받는 아들이 세상에서 자기 몫을 해내며 성장할 수 있도록 마음을 다해 지원해줬다.

| 누구도 이 부모를 탓할 수 없다

　아들은 대학을 졸업하기까지 단 한 번도 결석을 하지 않았고, 마침내 장애인 취업을 지원하는 대형 카페에 취직했다. 본격적인 사회생활이 시작되자 아들은 의욕을 보이고 힘을 냈다. 지각도, 결근도 하지 않고 성실히 근무했다. 모든 면에서 정상적이었다. 어머니는 직장인으로 성장한 아들의 모습에 안도하고 뿌듯했지만, 이상하게도 마음 한구석에 알 수 없는 불안이 커져가는 걸 느꼈다.

　성취의 기쁨과 의욕의 그늘에서는 고난이 시작되고 있었다. 매장 정리 담당인 아들은 남들의 눈에 띄지 않는 곳에서 설거지와 청소를 도맡아 했다. 너무 착하고 순진한 탓에 앞 시간 근무자가 고스란히 쌓아두고 간 설거지 거리와 청소까지 다 하고 기진맥진 집에 돌아오는 일이 다반사였다. 부모는 너무나 속상했지만, 험난한 세상 속에서 장애를 가진 아들이 감당하고 적응해야 할 시련이라 여기고 회사에 따지지 못했다. 그저 아들을 다독이고 격려해줬다.

　그러다가 코로나가 터졌다. 날로 바뀌는 방역 지침과 근무 지침은 아들이 따라잡기에는 너무 버거웠다. 환기도 잘되지 않는 실내에서 뜨거운 물로 몇 시간씩 설거지를 할 때면 얼굴을 덮은 마스크 때문에 숨이 턱턱 막혔다. 다른 직원들처럼 잠깐 마스크를 내리고 숨을 돌리는 요령도 피우지 않았다. 퇴근 후 녹초가 되어 집에 돌아오면 걱정스러운 얼굴로 "어머니, 코로나 언제 끝나요? 우리가 빨리 코로나를 물리쳐야 할 것 같아요"라고 말하고는 했다.

　면접으로 치러지는 직원 평가를 앞두고 아들은 잔뜩 긴장한 채 밤늦도록 연습하며 서성였다. 그렇게 걱정할 일이 아닌데도 잘 해내고 싶다는 마음에 최선을 다했다. 너무 긴장한 탓인지 난생처음 심한 변비로 일주일이 넘게 고생하기도 했다. 직원 평가일이 되자 아들은 가슴이 두 근거린다며 힘들어했다. 부모는 아들을 안심시키며 약을 사 먹였다. 지 나치게 양심적인 아들은 딱딱한 모범생의 말투로 "어머니, 이렇게 약을 먹고 시험을 치르는 건 옳지 않은 것 같아요"라면서 자책했다.

다행히도 아들은 직원 평가에 합격했지만, 계속 팔다리가 아프다 고 하면서 자신이 큰 병에 걸린 것 같다고 걱정했다. 심지어 밤에는 잠이 안 온다며 불안해했다. 그런데 이틀 후, 그 일이 벌어지고 말았다. 그날 도대체 무슨 일이 벌어졌는지 기억이 제대로 나지 않는다. 그날 아침 아 들의 얼굴을 본 것이 마지막이라니. 모든 것이 후회되고 모든 것이 화가 나고 모든 것이 절망적인 날이었다.

가족이 아들의 스트레스를 몰랐던 것이 아니다. 하지만 아무리 머 리로 이해하고 가슴으로 느껴도 도무지 납득할 수가 없었다. 힘든 상황 에 처할 때가 있어도 극단적인 행동을 한 번도 한 적 없던 아들이다. 아 무런 유서도 없었고 삶을 포기하겠다는 표현도 전혀 하지 않았다. 나는 부모와 함께 하나하나 차근차근 되짚어봤다. 아들의 스트레스 반응이 극심했다는 것은 짐작이 갔다. 감정을 말로 표현하는 것이 서툰 아들은 몸으로 스트레스를 겪어내고 있었다. 떠나간 아들의 고통을 헤아리고 공감하자 파도 같은 슬픔이 몰려왔다. 조금만 더 일찍 알았더라면, 조금 만 더 일찍 손을 썼더라면… 아무리 후회해도 돌이킬 수 없는 일이었다. 되돌아보면 후회뿐이지만, 미리 알 수는 없는 일이다. 아무리 내로라하 는 전문가라 할지라도 아들의 고통을 알아차리지 못했을 것이다. 누구 도 이 부모를 탓할 수 없다.

정보와 기술이 품지 못한 마음

코로나19 대유행이 시작되자 보건당국과 의료진들은 신속하고 스마트한 대책을 쏟아냈다. 최첨단 기술과 체계적인 방역 대책이 넘쳐났다. 방송과 인터넷에는 들어보지도 못한 온갖 용어들이 난무하고 확진자와 사망자를 의미하는 숫자들과 온갖 통계 수치들이 혼을 빼놓았다. 언뜻 보면 합리적인 대응 같지만 집단적 통계 수치의 오르내림에 개인의 감정이 일희일비하며, 사회는 숫자의 미신에 빠져버렸다. TV만 켜면 쏟아지는 뉴스는 방역 당국의 지침을 철저히 따라야만 코로나를 피할 수 있을 것만 같은 불안감과 초조감을 안겼다. 이전에는 관심조차 없었던 신기술 백신에 대한 갑론을박이 인터넷을 뒤덮었다. 사람들은 감염병에는 물론이요, 이전에 사용해본 적도 없는 온갖 기술들에 필사적으로 적응해야 했다. 모든 것이 철저하고 정확하고 영리해야 한다.

그러나, 코로나19 팬데믹은 사회의 가장 약한 곳을 파고들었다. 신종 감염병, 백신, 방역 지침, 사회적 거리두기에 대한 각종 정보들을 미처 이해하기 어려운 사람들도 있기 때문이다. 보통의 지능을 가진 사람들조차 감염병에 대한 정보의 홍수를 인포데믹이라고 부르며 힘겨워했다. 감염병에 대한 올바른 정보에 더해 그릇된 걱정과 공포를 조장하는 가짜 뉴스, 유언비어까지 쏟아졌다. 발달장애를 가진 사람들에게 이런 정보의 홍수는 상상을 초월할 정도의 부담과 불안을 불러일으켰다.

자신의 고통을 제대로 표현하지 못하고, 자신의 권리를 주장하기 힘든 장애를 가진 사람들은 사회 속에 살고 있지만 눈에 잘 띄지 않는다. 너무나 바르고 선한 아들의 죽음은 감염병에 대응한다며 허둥지둥 소위 첨단 기술을 쫓아 몰려가지만 정작 우리 곁의 한 사람을 보지 못한 우리 모두의 책임이다. 지적인 대응에 몰두하며 정보와 기술에 현혹

돼 사람을 소외시킨 오만한 현대 집단의식의 책임이다.

부족한 지적 능력을 가진 사람들을 위해서 만들어진 코로나 안내 자료와 이해하기 쉬운 방역 지침은 찾아보기조차 힘들다. 나조차도 수십 명의 정신건강전문가들과 함께 사회의 모든 주요 분야를 망라한 28개 주제의 감염병 심리사회방역지침을 만들며 '고통받는 한 사람을 위해 온 세상이 힘을 합해 돕는 마음'을 담았다고 했지만, 가장 도움이 필요한 발달장애와 지적장애를 가진 사람을 위한 항목을 포함시키지 못했다. 그 부모와 비할 바는 못 되지만 나 또한 후회와 죄책감에 가슴을 쳤다. 시민들을 위해 수많은 정신건강 지침들을 만들면서도 도대체 왜 발달장애에 대해서 생각하지 못했을까? 발달장애를 가진 사람을 위한 코로나 정보, 방역 지침, 심리사회방역지침을 만들었으면 조금이라도 도움이 되지 않았을까? 의사소통에 서툰 사람이 연신 몸이 불편하다며 호소하는 것이 스트레스가 극심한 신호라는 메시지를 널리 알렸더라면 이 죽음을 막을 수 있지 않았을까?

후회와 비탄 속에 남겨진 가족들에게 떠나간 사람의 마음은 영원히 풀리지 않는 수수께끼다. 아무리 이해해도 왜 결국 그렇게 삶을 마감했는지, 그렇게 떠나야만 했는지, 그 마지막 순간에 도대체 어떤 생각을 하고 있었는지 알 길이 없다. 머리로는 이해해도 마음으로는 다 헤아릴 수가 없다. 유가족이 상담을 하며 떠난 이의 마음을 이해하려 애쓰는 것은 결국 도저히 거부할 수 없이 들이닥친 트라우마를 어떻게든 소화해내려는 간절한 노력이다.

꿈과 기억

아들을 향한 그리움에 가슴을 태우던 어머니는 마음을 달래려 조용한 시골 마을로 내려갔다. 너무 깊은 슬픔에 빠진 사람에게 타인의 위로는 도움이 되지 않는다. 오직 자기 내면에서 올라오는 것만이 마음을 움직일 수 있다. 고요한 밤이 찾아와 잠이 들었을 때 어머니는 기이하고 인상 깊은 꿈을 꾸었다.

"여러 명의 남자들이 실오라기 하나 걸치지 않은 채 서 있었어요. 아주 건강한 청년들이었고, 벗은 몸이라고 해도 전혀 외설스럽지 않았어요. 빛이 날 정도로 멋지고 훌륭한 사람들이었어요. 나는 통째로 요리한 하얗고 뽀얀 아기 돼지를 두 팔로 들어서 그들에게 다가갔어요. 그리고 이리 와서 먹으라는 듯이 하얀 아기 돼지 요리를 그들 앞에 정성스레 들어 올렸어요."

나는 어머니의 꿈을 정성껏 자세히 들었다. 애통한 어머니에게 찾아온 무의식의 메시지는 과연 무슨 의미를 담고 있을까. 나는 어머니에게 꿈에 등장한 상징을 하나하나 건져 올려 무엇이 떠오르는지 물었다.

벌거벗은 건강한 남성에 대해 말하던 어머니는 순수하기만 하던 아들의 모습을 떠올렸다. 아들이 복지관에 다니던 시절 지적장애가 심한 회원들과 함께 엘리베이터를 탔을 때 방문자 한 사람과 그를 안내하는 사회복지사가 올라탔다. 엘리베이터 문이 닫히자 방문자는 안쪽에 탄 장애인들을 아래위로 훑어보며 사회복지사에게 툭 던지듯 말했다.

"이 사람들 몇 급이에요?"

그 순간 사회복지사는 뭐라고 대답하지도 못할 정도로 얼어붙어버렸다. 그때 엘리베이터 안쪽에 타고 있던 아들이 특유의 어색하면서도 공손한 어조로 말했다.

"선생님, 여기에서 그렇게 말씀하시면 안 됩니다."

방문자는 부끄러움에 얼굴을 붉혔고, 사회복지사는 안도의 한숨을 내쉬었다. 그 일은 며칠 동안 복지관에 회자됐고 어머니에게도 전해졌다. 소위 일반인이라는 자의 편견과 낙인, 오만과 무례함을 무색하게 만든 순진한 소년의 나지막한 한마디였다. 어머니는 직접 보지는 않았어도 아들의 그 어색한 몸짓과 억양이 떠올라 우습기도 하고 안쓰럽기도 하고 슬프기도 하고 장하기도 한 온갖 감정에 잠겼다.

아들이 한 말은 결코 방문자를 지적하거나 망신 주려고 한 것이 아니라 그의 왜곡된 부분을 바로잡아준 것이다. 그것은 장애인들의 존엄성과 인간의 도리를 지키고자 한 소박하고 용기 있는 발언이었다. 사회성이라는 옷을 제대로 입지 못한 채 차별받고 무시당한 작은 소년이 오히려 그 순진무구한 인간애를 통해 위선자의 거들먹거리는 허울을 벗겨버렸다. 장애를 가진 소년의 건강한 인격이 정상이라는 어른의 병든 인격을 치유한 것이다. 나는 어머니와 함께 웃고 함께 그리워하며 순수한 천사를 추억했다.

꿈의 더 깊은 의미

꿈의 상징을 해석하는 것은 매우 섬세하고 진지한 작업이다. 꿈꾼 사람의 개인적인 경험이나 기억과 더불어 인류가 축적해온 심원한 보편적인 정신의 유산이 꿈에 함축돼 있기 때문이다. 특히 이런 특별한 원형적인 꿈을 이해하려면 민담과 신화, 원시인의 정신세계에 대한 이해가 필요하며 오랜 연구와 수련이 필수적이다. 선입견을 배제하고 꿈 자체를 이해하고자 애쓰면서 상징을 확충해가면 꿈은 어느새 저절로 그 의미를 드러낸다.

나신(裸身)은 인위적인 옷을 모두 벗어던진 자연으로의 회귀를 의미한다. 사회가 규정한 외적 태도인 페르소나를 벗은 존재의 본질이다. 계급도 없고, 차별도 없고, 있는 그대로의 자기 자신이기 때문에 신성하기까지 하다. 아들을 잃은 어머니는 꿈속에서 순수하고 건강한 남성상을 만나 극진히 대접한다. 빛나는 나신과 어머니의 제의적인 태도는 그 남성들이 평범한 세속의 인물상이 아니라 신성을 가진 존재, 죽음이라는 무의식의 세계와 의식의 세계를 연결하는 존재임을 짐작케 한다.

돼지를 탐욕과 천박함으로 치부하던 유대-기독교 문화도 있지만, 동양과 서양, 세계 곳곳에서 돼지는 풍요와 다산을 불러온다고 하여 귀히 여겨졌다. 고대 중국과 우리나라의 제례에서는 왕족과 귀족의 무덤에 돼지 조각상을 함께 묻었다. 이는 돼지가 죽은 자를 명계로 인도하는 저승길의 안내자 역할을 한다고 믿은 까닭이다. 고대 페르시아 국교인 조로아스터교는 멧돼지를 전쟁의 승리를 가져다주는 신, 베레스라그나(Verethragna)의 화신으로 섬겼다. 또한 멧돼지 모양의 영수(靈獸)가 죽은 자들의 세계에 내려와서 서쪽 땅 아래로 내려간 태양을 동쪽 끝으로 이끌어 다시 떠오르도록 재생을 돕고, 물 아래에 잠긴 세상을 끌어올려 구제하는 역할을 한다고 여겨서, 죽은 자의 영생을 기원하는 도상으로 많이 활용했다. 인도 중부 우다야기리(Udayagiri) 석굴에는 힌두교에서 세상의 질서와 유지를 담당하는 비슈누(Vishnu) 신이 멧돼지로 현신해 물속에 잠긴 대지를 들어 올리는 모습이 묘사돼 있다. 중국과 한반도 여러 지역에서는 죽은 자의 영생을 돕는 효험이 있다고 여기는 옥을 쪼아 만든 돼지 형상의 명기 옥돈(玉豚)이 출토된다. 이러한 재생과 부활의 신앙으로 보아 돼지는 십이지의 마지막에서 새로운 순환의 기운을 예고한다고 볼 수 있다.

이 꿈은 아들을 떠나보내는 어머니가 치르는 장례식이며, 잃어버렸던 자신의 남성상, 아니무스를 회복하는 어머니의 개성화 과정이다. 여성의 무의식에는 남성적인 인격이 있고, 남성의 무의식에는 여성적인 인격이 있다. 여성이 여성스러움만을 강요당하며 성장하면 자기 내면의 남성적 인격이 가진 무궁무진한 가능성을 발휘하지 못한다. 그러나 인생의 위기에 여성의 내면에서는 남성적 인격이 솟아올라 그녀에게 새로운 힘을 불어넣는다. 어머니는 페르소나로부터 자유로운 무의식의 순수하고 건강한 남성성을 살려내고 있는 것이다.

기이하게만 보이던 원형적인 꿈에 대해서 조금씩 이해하면서 어머니는 아들의 죽음을 인정하고 현실의 어려움을 극복할 용기를 내게 됐다. 사실 아들이 떠난 후에는 다른 사람을 접촉하는 것이 너무나 어려웠다. 장례식에 사람을 부르는 것, 조문을 받는 것부터 너무나 슬프고 아파서 제대로 해내기가 힘들었다. 아들이 활동하던 오케스트라에도 작별 인사를 해야 했고, 아들을 알던 사람들에게도 슬픈 소식을 전해야 했다. 마음을 열고 아들에 대한 그리움을 나누자 소원하게 지내던 사람들이 그동안 간직해온 아들에 대한 소중한 추억을 들려주면서 오해가 풀리고 한마음이 됐다. 어머니는 떠나간 아들이 하마터면 잃어버릴 뻔한 소중한 인연들을 회복해줬다며 고마워했다.

이제는 남들의 시선이라는 허상을 벗고 자신의 감정, 슬픔과 애통, 고마움과 아쉬움, 서운함과 분노를 인정하고 조금씩 표현하며 변화가 시작됐다. 아니무스라고 하는 무의식의 남성적 인격을 만난 여성은 전에 없던 용기와 독립성을 발휘한다. 늘 좋은 품성으로 타인을 대하며 양보하고 인내하던 어머니의 마음속에 그동안 쌓였던 울화가 끓어올랐다. 은근히 아들을 차별해온 사람들과는 차분하지만 단호하게 관계를 정리하고 마음속 울분을 털어버렸다. 답답하리만치 예의와 경우를 따지며 훈육시켰던 친정어머니를 찾아가 평생 처음으로 쓰라린 한을 토해냈다.

늙은 친정어머니는 늘 순종하고 살아온 딸의 그 맺힌 마음의 풀이를 말 없이 들어주었고 딸은 오랜만에 친정어머니와 한 지붕 아래에서 편하고 깊은 잠을 잘 수 있었다. 단정하고 예의 바르게 잘 입어왔던 옷도 때가 되면 답답해져 벗어던져야 할 때가 온다.

죽은 자를 위한 기도

어느덧 가을이 왔다. 유난히도 매서운 가을바람이 불던 날, 어머니 는 지난겨울 아들이 떠난 날 불던 그 차가운 바람이 생각나서 다시 눈 시울이 붉어졌다. 마음을 달래려 교외의 산에 올라갔다가 내려오는 길 에 그만 가을비를 흠뻑 맞고 말았다. 그날 어머니는 꿈을 꾸었다.

"백발의 할아버지 두 분이 우리 집에 찾아왔어요. 할아버지들은 기 도하는 사람이라고 자신을 소개하더니 집에 들어와서 기도를 해주겠다 고 했어요. 한 분이 나에게 '기도를 하느냐'고 물어서, 나는 천주교 신자 라고 대답했어요. 그러자 '누구를 위해 기도하느냐'고 물어서, 나는 '죽 은 내 아들과 죽은 영혼들과 태어나지 못한 새 생명을 위해 기도합니다' 라고 대답했어요."

어머니는 전날 다녀온 산의 산신령이 찾아온 것 같아 좋았다고 하 면서도, 죽은 자녀를 위한 기도가 기도서에 없는 것을 슬퍼했다. 오랫동 안 가톨릭교회는 자살한 사람을 묘지에 받아들이지 않았다. 과연 이 아 들의 죽음이 용서받을 수 없는 죄일까? 결코 그렇지 않다. 아들은 세상 의 누구보다 순수하고 순진한 삶을 살다 갔다. 아들을 몰아붙인 것은 전 세계에 휘몰아친 코로나19 팬데믹 광풍과 거기 휩쓸려 약자를 소외시 킨 혼탁한 세상이다. 팬데믹 재난 속에서 우리는 장애를 가진 이들을 제 대로 도와주지 못했다. 오히려 그들을 내팽개치고 점점 더 복잡하고 어려운 정보의 홍수를 쏟아내며 재난에 재난을 더했다. 아들의 죽음에 죄가 있다면 그것은 흉악한 질병과 냉혹한 사회에 물어야 한다. 아들은 죄인이 아니라 순수하기 때문에 고통받은 가련한 영혼이다. 세상과 교회는 약자를 돌보지 못한 자신을 부끄러워하며 통절히 반성해야 한다.

예로부터 우리 조상들은 재난이 닥쳤을 때 소외된 사람들을 챙기려 애를 썼다. 가난한 자를 돕고, 무고한 죄인이 있는지 살피고, 억울한 자들의 한을 풀어주었다. 그중에서 가장 공을 들인 것은 무주고혼(無主孤魂)을 위로하는 여제(厲祭)를 지내는 일이었다. 장사를 지내거나 제사를 지낼 후손이 없는 죽은 혼령을 달래기 위해 버려진 시신을 수습해서 장례를 치러주고 위령제를 지내줬다. 이런 전통은 다른 무엇보다도 인간의 원한이 큰 재앙을 불러온다는 믿음 때문이다. 조상들은 재난이 올 때면, 한쪽만을 바라보며 치우친 의식의 균형을 찾기 위해 그동안 외면해왔던 그림자를 살피고 돌보아서 온전한 정신의 전체성을 회복하고자 했다. 조상의 지혜는 현대인에게도 여전히 유효하다. 우리는 자꾸만 스마트한 대처에 몰두해 복잡하기만 한 대책을 고안해낼 것이 아니라 정말 취약하고 소외된 사람이 누구인지 살펴야 한다.

의식의 자아가 큰 위기에 처해서 한계에 부닥쳤을 때 무의식의 메시지가 꿈을 통해 나타나는 경우가 있다. 의식의 한계 상황은 무의식의 지혜에 의해 보상되며 이것은 인격화된 관념, 즉 도움을 주려는 지혜로운 노인의 형상으로 나타난다. 무의식에서 출현한 노현자는 정신의 영적 요소를 상징화한다. 노현자 원형상은 여러 가지 질문을 던지는데, 이 질문은 외적 현실의 위기에 맞닥뜨린 꿈꾼 이가 결핍된 영성을 회복하고 자기성찰을 하도록 하는 목적 의미를 가진다.

둘이라는 수는 대립, 갈등, 강조, 분화 등을 의미한다. 이 꿈에 나타난 두 노인은 신성이 갖는 삶과 죽음, 생명과 소멸, 소망과 절망 등 대극의 한 쌍이 두 인격으로 표현된 것으로 추정된다. 또한 둘로서 그 영성이 더욱 강조되는 의미도 있다. 두 노인은 어머니의 영적 회복을 도우려는 무의식의 의도를 전하며 질문을 통해 자신의 영성을 성찰하도록 한다.

　　꿈속 기도는 어머니가 매일 올리는 기도 그대로다. 어머니는 결코 교회를 원망하지 않았다. 오히려 아들의 영혼을 위해 기도하며 멀어졌던 신앙을 회복해나갔다. 어머니의 기도는 자신의 아들에 그치는 것이 아니라 사람들이 돌아보지 않는 죽은 영혼들과 미처 태어나지 못하고 사라져간 생명들을 위한 큰 애도와 큰 사랑으로 이어졌다. 세상은 아들을 구하지 못했지만, 어머니는 잊혀간 수많은 영혼을 돕기 위해 기도한다.

그린슬리브스 - 이별을 위한 노래

　　위령의 달 11월이 되자 가족은 아들을 보러 길을 나섰다. 어머니는 아들을 위한 선물을 준비했다. 사랑하는 사람이 떠나고 나면 그에게 해주지 못한 것이 생각나 마음에 응어리가 생긴다. 어머니는 아들에게 번듯한 양복을 한 벌 해 입히고 넥타이를 매어주지 못한 것이 오래도록 아쉬웠다. 아들의 옷장을 열 때면 아직도 남아 있는 아들의 체취가 어머니의 코끝에도 맴돌아 마음이 아팠다. 어머니는 옷장 안에 미리 준비해둔 멋진 양복 한 벌과 잘 어울리는 넥타이를 챙겨 들고 차에 올랐다. 왜 진작 해주지 못했을까. 왜 진작 생각하지 못했을까.

　　그날은 마침 아들이 참여하던 오케스트라가 코로나로 인해 오랫동안 멈췄던 연주회를 재개한 날이다. 연주회를 다시 시작한다는 소식을 들은 어머니는 플루트를 불던 아들을 떠올리며 그리움에 젖었다. 남들이 보기에는 오합지졸 같은 오케스트라지만, 장애를 가진 사람과 그 가

족이 모여 십수 년 동안 소중히 가꿔온 웃음과 눈물이 쌓인 귀한 모임이
다. 고속도로를 달리던 어머니가 라디오를 켜자 익숙한 음악이 흘러나
왔다. 가족 모두 말이 없어졌고 뜨거운 눈물이 흘러내렸다.

　　그린슬리브스(Greensleeves). 아들의 플루트 솔로로 연주를 시작하는
챔버 음악이었다. 사랑하는 이와의 이별을 슬퍼하는 아름다운 멜로디
의 민요이자, 교회에서는 개사해 구주의 탄생을 고요히 환영하는 성가
이기도 하다. 쓸쓸하면서도 따뜻한 멜로디가 마음을 파고들었다.

　　어머니는 내게 그 이야기를 들려주면서 고개를 저었다.

　　"아휴… 우연이겠지요? 어떻게 아들 만나러 가는 날에 마침 챔버가
연주를 다시 시작하고, 또 그 길에서 라디오를 켜니 아들이 솔로 파트를
불며 시작하던 곡이 나온다는 게… 자꾸 이상하게 의미를 찾는데… 아
닐 거예요. 지금도 아들의 모습이 눈에 선해요. 아들의 플루트 소리도
귓가에서 떠나지 않아요. 정말 멋지게 불었어요. 너무 자랑스러운 모습
이에요. 선생님도 꼭 들어보세요."

　　서로 연관되지 않은 사건들, 외적 사건과 내적 사건이 의미상 일치
하며 동시에, 또는 가까운 시간에 일어나는 것을 두고 카를 구스타프
융은 동시성 현상이라고 칭했다. 현대인의 합리적인 사고방식으로는 납
득할 길이 없으나, 사람들은 우연히 겹쳐 일어난 두 사건을 통해서 직관
적으로 의미를 깨닫는다. 그것은 인간의 편협한 의식의 한계를 뛰어넘
는 크고 광대한 무의식이 의미를 드러내는 하나의 방식이다. 나는 어머
니에게 동시성 현상에 대해서 알려주며, 무수히 많은 온 세상 음악 중
에 바로 그날, 바로 그 시간, 바로 그 차 안에서 울려 퍼진 그 음악에는
어머니가 깨닫기를 바라는 의미가 있을 거라고 말했다.

　　아들의 혼을 위로하러 길을 나선 가족은 그 음악을 통해 오히려 아

들의 위로를 받아 감동했다. 우리는 혼이 있는지 없는지 알 수 없다. 융의 말을 빌리자면, 혼이 없다고 단정할 수 없다는 정도로만 말할 수 있다. 그 음악이 아들의 혼이 보내준 것이든, 알 수 없는 우연이 겹쳐서 만들어진 특별한 사건이든, 혼을 위한 위령의 길은 가족을 위한 위로의 길이 되었다. 그 현상에 대한 어떠한 해석보다도 그 노랫말이 깊고 진한 의미를 전해준다.

그린슬리브스(Greensleeves)

아아, 내 사랑, 그대는 그렇게도 야속하게
나를 버리고 가버렸네요.
그렇게 오랫동안 그대를 사랑하고
그대와 함께 있음에 기뻐하던 나를.

그린슬리브스는 나의 노래 나의 기쁨.
그린슬리브스는 나의 행복.
그린슬리브스는 나의 다정한 연인.
오직 내 사랑 그린슬리브스.

그래요, 그린슬리브스. 이제는 이별이네요.
그대의 앞날에 행운이 있기를.
나는 지금도 그대의 참사랑이니
오, 다시 한번 돌아와 날 사랑해주세요.

어머니는 그 음악을 들으며 도착한 곳에서 아들을 만났고, 생전에 입히지 못했던 양복을 입히고, 넥타이를 매어줬다. 어머니는 아들의 체취를 느끼며 양복 입은 아들의 어깨를 어루만졌다. 말쑥한 어른이 된 아들을 본 어머니의 마음은 한결 뿌듯하고 가벼워졌다. 아들 안녕. 잘 지내. 또 올게.

남은 자를 위한 기도

겨울이 시작됐다. 아들과 이별한 일주기를 앞두고 어머니는 많이 두려워하면서도 일상을 회복하고 있었다. 마음의 안정을 찾고 있었고 가끔씩 고통스레 찾아오는 공황발작도 더는 겪지 않았다. 처음에는 문을 열기조차 힘들었던 아들의 방에서 어머니는 딸과 함께 매일 기도를 하고 있었다. 나는 어머니와 기도에 대해서 이야기를 나눴다. 어머니는 전에 얘기한 대로 많은 사람들과 가족, 아들을 위해서 기도하고 있었다. 나는 어머니에게 몇 달 전 꿈에 찾아온 노인들이 건넨 '누구를 위해 기도하느냐'는 질문에 대해서 조금 더 깊이 생각해보면 어떻겠냐고 물었다.

"어머니, 기도가 정말 필요한데 아직 기도해주지 못한 사람이 있지 않을까요?"

곰곰이 생각하던 어머니는 눈물을 터뜨렸다.

"바로 저예요. 한 번도 제 자신을 위해서 기도한 적이 없어요."

어머니는 나와 약속했다. 이제는 자신을 위해서 기도하겠노라고. 아들을 잃은 뒤 자신을 위해 기도할 생각조차 하지 못한 어머니의 마음을 어찌 다 헤아리고 설명할 수 있을까. 이제는 아들의 일주기를 맞아 어머니는 아들과 가족과 사랑하는 사람들과 모든 가련한 영혼들을 위한 기도에 더해서 자신을 위한 기도를 하겠다고 다짐했다.

어머니는 오늘도 아들의 이름을 부르며 그리워한다. 이 땅을 거쳐간 많은 사람 중 하나로 덧없이 잊힐 뻔한 아들은 어머니가 불러주는 그 이름을 통해서 소중한 삶을 살다 간 의미 있는 존재가 된다. 사랑하는 이와의 이별은 감당할 수 없는 슬픔을 가져온다. 하물며 예기치 못한 갑작스러운 이별의 충격은 그 무엇과도 비교할 수가 없다. 이 어머니의 슬픔을 어떻게 위로할 수 있겠는가? 어떻게 고통을 제거할 수 있겠는가? 내가 한 일은 그저 듣고 또 듣는 것, 어머니의 마음이 제 갈 길을 찾아가도록 그 곁에서 함께 헤매고 함께 경험하는 동행일 뿐이다.

모든 유가족은 각자의 방식으로 애도의 과정을 겪어낸다. 유가족은 때로는 혼란에 빠지고 개인적 무의식과 집단적 무의식의 층까지 의식의 영역으로 범람해 들어오는 원형적 체험을 한다. 집단적 무의식의 원형들은 기이한 환상이나 강렬한 꿈으로 나타난다. 알 수 없는 그 의미를 찾아갈 때 우리는 의식의 한계를 넘어서는 큰 체험을 하기도 한다. 긴 슬픔과 탄식을 통과할 때에도 치료자는 정신의 자율적인 회복의 힘을 믿고 인내심을 가져야 한다. 길고 긴 시간 속에서 함께 고통을 나누며 체험해갈 때 우리는 고유한 회복의 길을 발견하게 된다. 고통은 결코 사라지지 않는다. 우리는 그 고통 속에서 의미를 발견해야 살아갈 수 있다.

서로의 러닝메이트가 되다

심민영 ― 국립정신건강센터 국가트라우마센터장

트라우마

하나의 트라우마를 극복하자

다른 트라우마와 마주할 용기가 생겼다.

그녀는 어렸을 때 겪은 트라우마를 다루고 싶다고 했다.

하지만 나는 그녀가 겪은 일을 자세히 들을 용기가 나지 않았다.

그녀는 여전히 입 밖으로 내뱉기조차 두려워했지만

오로지 낫고 싶다는 마음으로 용기를 냈다.

심민영

정신건강의학과 전문의. 늘 사람의 마음이 궁금했다.
고등학교 1학년 때 야심 차게 《정신분석입문》을 읽기 시작했으나 완독을
포기하면서 정신과에 대한 관심을 잠시 놓기도 했다. 정신과 의사이자
국립병원 소속의 공무원이기도 하다. 공무원 의사로서 가장 좋은 점은
가치를 창출하는 공공 정신건강사업에 매진할 수 있다는 점이다.
2013년 심리적 외상관리팀을 창설하면서 재난으로 고통받는 사람들과
함께하기 시작했다. 샌프란시스코 아시아나 항공기 추락 사고, 세월호
침몰 사고, 메르스 유행, 강원도 산불, 코로나19 유행 등 국가적 재난 시
심리지원을 총괄해왔다. 현재 국가트라우마센터장을 맡고 있다.

고등학교 2학년 가을이었다. 여느 날과 다를 것 없는 평범한 날이었다. 야간 자율 학습을 마치고 가을밤의 정취를 만끽하며 집으로 향하고 있었다. 골목길을 접어들었을 때 저 멀리 대문 앞에 걸려 있는 등불이 보였다. 드라마에서나 보던 생경한 장면이었다. 그 등불은 우리 가족 중 누군가의 죽음을 의미했다.

　가족들의 얼굴이 떠올랐다. 어린 동생, 언니, 부모님… 누구라도 괜찮을 리 없었다. 엄마나 아빠가 돌아가셨을 수도 있다는 생각이 머리를 스쳤다. 피가 차갑게 식는 것 같았다. 몇 걸음 되지 않는 거리를 얼마나 후들거리며 걸었는지 모른다. 간신히 대문 안에 들어섰을 때 마당에 차려진 상들을 오가며 손님들을 챙기고 있는 엄마가 보였다. 아무 말도 하지 않았지만 담담한 엄마의 표정을 보고 아빠도 언니도 동생도 아니라는 것을 알 수 있었다. 마음이 놓였다. 다행스러움이 온몸으로 퍼지며 피가 다시 도는 느낌이 들었다. 이내 초상의 주인이 할머니라는 것을 깨달았다. 아들, 며느리, 세 명의 손주들과 십여 년을 함께 살면서도 살갑게 지내지는 못했던 할머니는 스스로 목숨을 끊고 우리 곁을 떠났다.

이 짧은 장면은 등불과 다행스러움, 할머니의 죽음으로 대표되었고, 묘한 불편함과 함께 나의 기억 깊숙이 새겨졌다.

　그 뒤로 여러 차례 죽음을 접하게 되었다. 주로 환자들에게 일어난 일이었다. 어떤 죽음은 무척 심란하기도 했지만, 대개는 덤덤하게 그 사실을 받아들였다. 그러다 우연한 기회에 환자의 자살을 경험한 의사에 대한 연구 인터뷰에 참여하게 됐다. 기억을 더듬어가며 처음 마주했던 환자의 자살에 관해 이야기하던 중 갑자기 할머니가 떠올랐다. 왜 정신과 의사가 됐냐는 질문이었던 것 같다. 내가 정신과 의사가 된 것과 할머니의 자살은 적어도 의식상으로는 어떠한 연관성도 없었다. 영문 모를 눈물이 쏟아졌고 충동적인 마음으로 할머니의 자살을 털어놓았다. 다짜고짜 울음을 터뜨린 것도, 할머니의 자살을 입 밖으로 꺼낸 것도 창피하고 당황스러웠다. 그 뒤로는 두서없는 말들을 쏟아냈던 것 같다. 할머니의 자살을 가족 이외의 사람에게 얘기한 것은 처음이었다. 다행스러움에 대해서는 말하지 않았던 것 같다. 인터뷰를 하던 선생님도 나 못지않게 당황했지만 나를 다독여주려 애썼다. 우리는 서로 미안해하며 인터뷰를 마쳤다. 그 뒤로 할머니에 대한 기억은 다시 의식 너머로 가라앉았다.

　할머니를 다시 떠올리게 된 것은 재난 경험자들을 만나면서부터였다. 2013년 심리적 외상관리팀을 창설한 후, 같은 해 샌프란시스코 여객기 착륙 사고부터 세월호 침몰 사고, 메르스 유행, 강원도 산불, 가습기 살균제 피해, 코로나19 유행, 이태원 압사 사고까지 거의 매해 재난이 발생했다. 나는 재난 심리지원 책임자로 재난과 위기사건 현장에 참여했다. 동료들은 내가 재난 업무를 맡은 뒤로 사고가 끊이지 않는다며 핀잔을 주었지만 10년의 경험을 통해 재난은 그저 우리 인생의 한 부분

임을 받아들이게 되었다.

　엄청난 충격과 상실감에 빠진 사람들의 마음을 돌보는 것은 결코 쉽지 않은 일이다. 그중에서도 사랑하는 사람을 잃은 유가족을 만나는 것은 가장 어려운 일 중 하나다. 슬퍼하는 유가족들을 만나며 봉인돼 있던 나의 상실도 수면 위로 떠올랐다. 노후를 즐길 즈음 돌아가신 아버지. 아버지는 베테랑 직장인이었고 자식들에게는 다정하면서도 엄한 분이셨다. 중요한 결정을 해야 할 때, 기쁜 일이 생겼을 때 아버지가 더 생각났다. 나의 곁에는 가족, 친구, 동료들이 있었지만 누구도 아버지를 대신할 수는 없었다. 살다가 불현듯 아버지의 부재가 비수처럼 내리꽂히는 순간들이 찾아왔다. 그나마 혼자 있을 때는 소리 내어 울 수 있었다. 운전 중에는 눈물이 시야를 가려 불편했지만 실컷 울고 나면 속이 후련해졌다. 점차 강렬한 슬픔은 지나가고 아련한 그리움만 남았다. 그리고 할머니. 오랜 시간을 한집에서 같이 살았는데도 이상하게 할머니에 대해 기억나는 것이 별로 없었다. 가까웠던 고인을 떠올릴 때의 슬픔이나 그리움이 아니라 그저 묵직하게 가라앉는 느낌만이 있을 뿐이다.

비틀린 기억이 바로잡히는 순간

　어느 날 저녁, 친구에게 전화가 왔다. 친구는 펑펑 울고 있었다. 밝고 씩씩한 친구에게서 한 번도 본 적 없는 모습이었다. 친구를 그토록 오열하게 만든 것은 어떤 종류의 사고임에 틀림없어 보였다. 순간 친구의 자녀들 얼굴이 머릿속을 스쳐갔다. 눈앞이 아찔했다. 사랑하는 사람을 잃는 경험이 어떤 것인지 많이 봐온 나에게 가장 끔찍한 상상이었다.

　친구에게 사고가 있었던 것은 맞았지만 전혀 다른 종류의 것이었다. 나는 친구에게 아이들의 사고일까 봐 너무나 놀랐다고, 말 그대로

'다행'이라고 했다. 물론 친구를 오열시킨 사고도 나름대로 중대한 일이 긴 했지만 그 순간 나는 친구의 아이들이 무사한 것만으로도 천만다행이라고 생각했다.

　1년이 지난 어느 날, 문득 친구가 그날의 에피소드를 떠올렸다. 내가 아이들 일이 아니어서 다행이라고 말했던 것이 떠올랐다고 했다. 당시에 그 말을 들으니 펑펑 우는 중에도 맞는 말 같았고, 그나마 다행인 것도 같았다며 웃었다. 사실 "그나마 이래서 다행이다"라는 말은 위기 상담을 할 때 절대 피해야 하는 표현 중의 하나다. 당사자의 고통에 공감하는 태도가 아닐뿐더러 상담자 자신의 선입관과 편견이 담긴 성급한 표현이기 때문이다. 내 나름대로 변명을 하자면, 친구가 겪은 사건이나 고통을 가볍게 여겨서가 아니었다. 그저 친구의 아이들이 무탈한 것이 그 순간 나에게는 더 중요했기 때문이었다.

　집에 돌아와 설거지를 하며 친구에게 내 진심이 전달돼 다행이라는 생각이 들었다. 그 순간 등불과 할머니가 번뜩 떠올랐다. 그날 내가 느꼈던 다행감이 할머니의 죽음을 가볍게 여겨서가 아니었다는 깨달음이었다. 그저 그 순간 나에게는 형제와 부모님의 안위가 너무나 중요했던 것뿐이었다. 선택할 수 없는 상상을 강요받는 그 찰나는 정말 끔찍한 순간이었다. 그날의 다행스러움은 할머니의 죽음이 아니라 그저 부모님과 형제들이 무사하다는 것을 가리키는 것이었다. 왈칵 눈물이 쏟아졌다. 마침 혼자여서 실컷 울 수 있었다. 오랫동안 나를 짓눌러온 마음의 짐을 덜자 굳게 닫혀 있던 빗장이 열렸다. 할머니와 관련된 추억이 떠오르기 시작한 것이다. 할머니가 나를 불렀던 애칭이며 국어·영어·수학보다 도덕을 강조하셨던 것, 또 할머니의 동네 친구 분들까지도. 여름밤에는 동네 어귀에 자리를 깔고 친하게 지내시던 할머니들과 그 집의 손주들이 삼삼오오 모여 수박을 나눠 먹고 늦게까지 뛰어놀았다. 오랫동안 나를 괴롭히던 그날의 등불에서 벗어나 다른 추억들을 떠올리면서 비로소 그리움과 아쉬움을 느꼈다.

할머니가 좀 더 우리 곁에 계셨으면 어땠을까, 난 무엇을 할 수 있었을까, 곰곰이 생각해보니 사실 크게 달라질 것은 없었다. 언니와 나는 대학생이 되어 점점 더 바빠졌고 사춘기 남동생 역시 마찬가지였다. 비슷한 연배의 고모와 삼촌네 집도 비슷했을 것이다. 아쉬움은 이내 가라앉았다. 그저 갑자기 떠나셔서 놀랐다고, 잘해드리지 못해 죄송했다고 전하고 싶었다. 할머니는 뭐라고 하실까. 당신을 외롭게 두었다며 화를 내실까. 말수가 많지 않았던 할머니는 그냥 빙그레 웃으실 것 같았다. 마음이 한결 편안해졌다. 그냥 그것으로 충분하게 느껴졌다.

상실에 대하여

재난 현장에서 만난 유가족들은 각자의 이야기를 가지고 있었다. 2014년, 나는 세월호 참사로 자녀를 잃은 가족들을 돕기 위해 안산을 자주 찾았다. 지금도 안부가 궁금하고 마음이 쓰이는 가족들이 있다. 사고 전, 그 가족은 지극히 평범하고 단란한 하루하루를 보냈다. 아버지와 어머니는 인근 회사에서 이십 년 넘게 근무한 성실한 근로자였다. 대학생인 큰아들과 곧 대학에 진학할 막내아들의 뒷바라지를 위해 야근과 잔업도 마다하지 않았다. 밤낮없이 이어지는 일상 속에서 식구들을 돌보느라 아버지와 어머니는 하루하루 병이 늘어갔다. 그나마 우애 좋은 아들들이 그들의 희망이자 보람이었다. 특히 고등학생인 막내아들은 제 나이 또래에 보기 드물게 애교가 많았다. 요리를 좋아해서 엄마의 부엌일도 자주 도왔다. 외식 막바지에는 자기가 나서서 볶음밥을 만들곤 했는데 바닥이 충분히 눌어붙어야 한다며 솜씨를 부렸다. 아들은 그렇게 살가웠다.

하지만 하루아침에 막내아들이 사라졌다. 아들을 잃었다는 상실감은 가슴을 후벼 파는 고통으로 다가왔다. 어머니는 아들이 자주 입던 옷가지를 몇 개 남겨두고는 아들이 보고 싶을 때마다 그 옷에 얼굴을 묻고 아들의 체취를 찾았다. 언젠가 아들의 흔적이 사라지면 그때는 어떻게 해야 할지 모르겠다고 마음 아파했다.

어머니와 대화를 나누면서 나 역시 사랑하는 사람과의 이별을 전제하지 않은 채 살고 있다는 것을 깨달았다. 언제나 함께할 것이라는 막연한 믿음은 그저 나의 헛된 바람일 뿐이었다. 그날 밤 나는 잠든 아이에게 가만히 입을 맞추고 머리, 목덜미, 옆구리까지 열심히 아이의 체취를 느껴보았다. 사람의 후각을 담당하는 뇌 영역은 감정을 담당하는 영역과 맞붙어 있다. 어머니가 기억하는 아들의 체취, 아들이 생전에 자주 솜씨를 부렸다던 잔뜩 눌어붙은 볶음밥 냄새, 그리고 그해 초여름의 풀냄새는 어머니뿐만 아니라 나에게도 뭉근한 슬픔으로 새겨졌다.

아들의 죽음은 어머니와 전혀 상관이 없었지만, 어머니는 끊임없이 자신을 탓했다. 자신이 아들을 지켰어야 했다고 말했다. 온종일 다 큰 아들 옆에 붙어 있을 수도 없을뿐더러 곁에 있다고 해도 모든 위험을 막아줄 수도 없기에 나는 어머니의 주장에 동의할 수 없었다. 어머니는 이성적으로는 그 말이 맞는다는 것을 알면서도 아들을 잃었다는 자책을 그치지 못했다. 재난은 참으로 잔인해서 원인이 무엇인지, 누구를 원망해야 할지 끝내 밝혀지지 않은 채 흐지부지될 때가 많다. 그럴 때 아이를 잃은 부모는 화살을 자신에게 돌리곤 했다.

상실의 고통과 죄책감은 고인이 그 사람에게 얼마나 중요한 존재였는지를 말해주는 신호다. 잘 알지 못하는 사람의 죽음을 두고 죄책감을 느끼지는 않을 테니 말이다. 사랑하는 사람과의 이별을 받아들이고 기억 속의 존재로 재배치하는 애도는 길고 먼 여정이다. 사랑하는 사람이 내 곁에 없음을 뼈저리게 깨닫고 사랑한 만큼의 고통을 겪은 후에야 그 사람이 없는 세상을 향해 나아갈 수 있다. 그러나 상실의 비극적인 측면에 사로잡히게 되면 특정한 순간에 갇혀 정작 고인에 대한 소중한 기억들을 놓치게 된다. 또한 과도한 자책으로 이어져 애도의 여정에 걸림돌이 된다. 그 순간을 빠져나오는 데 필요한 것은 생각의 전환이다.

어머니에게 물었다. 자신을 떠나보낸 충격으로 몸져누워 있는 어머니를 보면 아들은 뭐라고 할까. 한참을 생각하던 어머니는 고개를 떨궜다. 눈을 바닥에 고정한 채 작은 목소리로 말했다.

"미안하다고 할 것 같아요. 자기 때문에 내가 아프다고 속상해할 것 같아요. 언제나 내 걱정을 했거든요. 우리 아들은 그런 애예요."

어머니는 다시 울음을 터뜨렸다. 그러나 우리는 알게 되었다. 어머니와 아들은 물리적으로 함께하지는 않지만, 거울처럼 같은 감정을 가지고 있을 것이다. 그들이 느끼는 미안함과 자책감은 무엇을 잘못해서가 아니었다. 그저 사랑하는 사람의 고통을 함께하고자 하는 마음이었다. 어머니 기억 속의 아들은 부모의 마음을 알고 있었고 자주 감사와 사랑을 표현했다. 아들이 부모의 사랑을 간직하고 떠났을 것이라는 생각에 이르자 어머니는 자신을 향한 비난을 거두고 자신이 아들에게 충분히 좋은 부모였음을 인정할 수 있게 됐다.

집요한 자책의 늪에서 벗어나면 그제야 고인을 제대로 바라볼 수 있게 된다. 사랑하는 이를 떠나보낸 뒤 남은 사람들은 "가슴속에 묻고 산다"고 말한다. 우리는 가슴속에 간직한 추억을 통해 그 사람과 이어져 있다. 그 사람을 기억하고 그리워하는 '나'를 통해 그 사람이 세상에 존재한다. 나 역시 아버지와의 추억을 떠올리며 내 안에 아버지가 존재함을 느낀다.

아버지는 맏이인 언니에 대한 편애가 유별났다. 대학교 2학년 겨울 무렵, 나는 술기운을 빌어 그동안 참아왔던 서러움을 요란하게 터뜨렸다. 아버지는 묵묵히 나의 두서없는 원망을 끝까지 들어주셨다. 훈계나 꾸지람을 들을 줄 알았는데 의외였다. 한참 지난 통금 시간에 대해서도 별말이 없으셨다. 그날은 내게 신선한 기억으로 남았다.

졸업 후 인턴이 되어 돈을 벌기 시작하면서 부모님께 해드리고 싶었던 것들 몇 가지를 실천할 수 있게 됐다. 근사한 레스토랑에서 함께 식사를 하고, 여행을 보내드리고, 멋쟁이인 아버지의 눈높이에 맞는 옷을 선물하고… 흐뭇해하셨던 아버지의 모습이 떠오를 때면 나의 마음도 따뜻해진다. 반면 아버지의 마지막 주치의였던 남편은 아직도 아버지가 임종하시던 순간에 사로잡혀 있는 듯하다. 남편은 아버지 얘기가 나올 때마다 자신 때문에 돌아가셨다며 괴로워한다. 실상 말기암인 아버지를 살릴 방법은 없었다. 그해 겨울, 아버지는 폐렴으로 숨이 가빠 고통스러워하다가 남편의 처방으로 차분한 호흡을 되찾고 잠시나마 편안해지셨다. 아버지가 만족스러워하셨던 모습을 기억한다. 난 그것으로 충분하지만 남편은 그렇지 않은 모양이다. 남편이 아버지를 말기암으로 고생하다가 돌아가신 분이 아니라, 매운탕에 소주를 가르쳐줬던 분으로 기억할 날이 오길 바란다.

성공할 수 없는 봉인, 트라우마

큰 상처나 충격이 있었던 시기를 잘 기억하지 못하는 경우가 있다. 가정 폭력이 심했던 어린 시절이나 왕따를 당했던 학창 시절이 유독 희미해지는 것이 그 예다. 그러나 기억이 완전히 사라진 것은 아니다. 감당할 수 없는 부분을 도려내어 잠시 봉인해둔 것뿐이다. 외상후스트레스장애에서 자주 나타나는 해리 증상이다. 그 안에는 선후 관계가 불분명한 장면들, 충격과 공포, 심장이 터질 것 같은 두근거림과 손발의 저릿함이 실타래처럼 엉켜 있다. 그것은 허술하기 이를 데 없는 상자 속에 쑤셔 넣은 것처럼 조금이라도 건드려지면 삐죽 튀어나올 태세를 갖추고 있다.

A는 직장 상사에게 성폭행을 당한 이후 그동안 새까맣게 잊고 있던 어릴 적 사건이 생생하게 떠오르는 경험을 했다. 친족에게 당한 성폭력이었다. 갓 초등학교에 입학한 그녀는 수년에 걸쳐 성폭행을 당했다. 이혼 후 생계를 책임져야 했던 어머니는 그녀를 보호해주지 못했다. 그녀가 겪은 일들은 참담하기 그지없었다. 가해자는 그녀가 반항하면 묶고 때리고 위협했다. 다른 사람에게 알리면 가족을 해치겠다고도 했다. 그녀는 가족이 해코지당하는 걸 원치 않아 저항을 포기했다.

그녀에게는 유치원에 다니는 여동생이 있었다. 가해자에게 모진 폭행을 당할 때에는 이를 악물며 견뎠지만, 여동생이 자신처럼 끌려가는 걸 본 날 그녀의 마음은 무너져 내렸다. 트라우마 집중 치료를 하면서 나는 그녀가 겪은 순간들을 따라갔다. 그녀는 동생이 우는 소리를 문 밖에서 들으면서도 아무것도 할 수 없었다. 귀를 막은 채 울면서 그저 동생이 무사히 나오기만을 기다리는 것밖에 할 수 없었다. 나는 그녀와 함께 그 순간에 머물면서 속으로 울었다.

트라우마 집중 치료는 트라우마의 순간을 낱낱이 해체하고 재조립하는 작업이다. 치료자와 환자는 함께 트라우마의 매 순간을 들여다보며 그 순간의 감정과 생각을 찾아낸다. 얼마나 무서웠는지, 그럼에도 불구하고 어떻게 저항했는지, 왜 그럴 수밖에 없었는지 떠올리며 행동에 깃든 본래의 의미를 찾아준다. 피해자들은 힘들게 신고를 하고 나서도 의심의 눈초리를 받는다. 왜 더 저항하지 않았나, 왜 바로 신고하지 않았나 같은 질문을 받는다. 수사 기관으로부터 추궁당하고 재판장에서 의심받고 심지어 어렵게 찾은 치료자로부터 비슷한 질문을 받기도 한다. 이런 과정을 거치며 피해자는 결국 자신을 의심하게 된다. 진작에 위험을 알아챘어야 했는데, 더 강하게 표현했어야 했는데, 더 빨리 도움을 요청했어야 하는데, 라면서 결국 모두 자신의 탓이라는 생각으로 침잠한다.

A와 함께 사건을 따라가면서 나는 어릴 적 기억 하나를 떠올렸다. 사춘기에 접어들며 이차 성징이 시작된 무렵이었다. 야외 수업의 일환으로 우리 반과 옆 반이 함께 실내 수영장을 찾았다. 야외 수업에 물놀이라며 다들 들떠 있었다. 당시 담임 선생님은 젊고 의욕적인 여자 선생님이셨고 나를 포함해 반 학생들 모두 무척 따르던 분이었다. 수영복을 갈아입고 나오니 선생님들이 담소를 나누고 계셨다. 담임 선생님은 나를 발견하고는 옆 반 선생님과 눈짓을 주고받더니 웃음을 머금은 채 수영복이 예쁘다고 인사를 건네셨다.

정말 짧은 순간이었다. 이상하게도 그 장면이 꽤 오랫동안 내 머릿속을 헤집었다. 수영복이 예쁘다는 말에 이상할 것도 없었다. 그런데도 당시의 은근한 분위기가 나에게 미묘한 불쾌감을 불러일으켰다. 나는 정체가 불분명한 불쾌감을 부정해버렸다. 아무렇지 않은 척 그 분위기에 동조했다. 하지만 본능적으로 무언가 잘못됐다는 느낌을 감지했다. 떨쳐버리려고 해도 찜찜함은 가시지 않았고 부적절하게 처신한 스스로를 탓하는 마음까지 더해졌다. 불편함을 감지하고도 표현하지 못한 괴리감은 그날의 기억을 더욱 선명하게 만들었다.

지금 생각해보면 아마 어린 제자에게 나타나기 시작한 여체의 굴곡에 관한 대화였던 것 같다. 당시로 돌아간다면 나는 선생님에게 내가 느낀 불편함을 드러낼 수 있을까. 유감스럽게도 그러지 못할 것 같다. 선생님은 좋은 분이셨고, 나는 선생님에게 얼굴을 붉히며 불쾌감을 드러낼 자신이 없었다. 무엇보다 모두가 즐거운 그날의 분위기를 망치고 싶지 않았다.

약자의 위치에서 강자를 상대로 자기주장을 내세우는 것은 쉬운 일이 아니다. 특히 자신을 둘러싼 환경이 충분히 안전하거나 수용적이지 않을 때는 거의 불가능하다. 그럴 때 사람들은 자신의 불편감을 무시하고 강자에게 동조하고 만다. A 역시 엄마에게 힘껏 동조하는 길을 선택했다. 엄마가 세상의 전부였기 때문이다. 엄마가 무너지면 그녀의 세상도 존재하지 않았다. 엄마를 힘들게 하는 일은 만들지 말아야 했으므로 친족의 성폭행은 그녀와 동생만의 비밀로 남았다. 유치원생인 동생의 고통을 외면할 정도로 그녀에게는 엄마가 중요했다. 그녀는 커가는 동안 어린 시절의 기억을 통째로 오려내고 봉인해버렸다. 그리고 겉으로나마 평안을 되찾았다. 모범생으로 자라 칭찬받는 좋은 딸이 됐다.

직장 생활에서도 모범적인 성향은 이어졌다. 그녀는 문제를 만드는 사람이 아니었다. 그녀는 자신 때문에 다른 사람이 불편해지는 것을 참을 수 없었다. 몇 년 전 어머니가 세상을 떠나면서 치료비가 큰 빚으로 남았지만 남편에게 부담을 주고 싶지 않았다. 여동생 혼자 감당하게 둘

수도 없었다.

　뒤늦게 학업을 마친 뒤 어렵사리 임시직으로 취업에 성공했을 때 그녀는 이제 좋은 일만 있을 것 같다고 생각했다. 직장에서 그녀의 임기를 결정하는 인사권은 상사에게 있었고 그녀는 좋은 평가를 받아야 했다. 본래의 성격대로 누구보다 성실하게 일했고 모두들 싹싹하고 일 잘하는 그녀를 칭찬했다. 나이 지긋한 상사 역시 그녀를 좋게 평가했다. 늦깎이 직장인인 그녀에게 사회생활에 대한 이런저런 조언도 해줬다. 아버지가 없는 집안 사정을 알고는 자신을 아버지처럼 생각하라고도 했다. 그녀는 정말 고마웠고 그가 좋은 사람이라고 생각했다.

　어느 날 상사는 잔뜩 화가 난 목소리로 그녀를 집으로 불렀다. 이상한 낌새에 문밖에서 주저하는 그녀에게 면박을 주며 빨리 들어오라고 윽박질렀다. 그녀는 가뜩이나 남자를 무서워했는데 상사가 소리를 치는 바람에 주눅이 들었다. 아마도 자신이 직장에서 무언가 실수를 저질러 야단을 치려나 보다 생각했다. 그에 대한 신뢰가 깊었기 때문에 다른 의도가 있으리라고는 추호도 의심하지 않았다.

　그가 불순한 의도를 드러냈을 때 그녀는 엄청난 충격에 휩싸였다. 상상하지 못하고, 있을 수 없는 일이 벌어진 것이다. 상사는 매우 흥분해 있었고 그녀를 힘으로 제압하려 들었다. 그가 자신을 해칠 수도 있다는 공포감이 밀려왔다. 눈이 벌게진 채 덤벼드는 상사의 얼굴에서 어릴 적 그녀를 제압했던 친족이 겹쳐 보였다. 칼로 위협당했던 순간도 떠올랐다. 그녀는 어떠한 저항도 소용없었던 초등학생 시절로 돌아갔다. 살아야겠다는 생각뿐이었다. 온몸이 얼어붙었지만 부들부들 떨며 있는 힘을 다해 가해자를 떠밀었고 나가게 해달라고 울면서 애원했다. 그 집에서 나온 뒤에도 그녀의 마음은 그곳을 빠져나오지 못했다.

재판장에서는 곧장 신고를 하지 않은 것을 문제 삼았다. 처음에는 그녀 자신도 그 이유를 모르겠다고 했다. 치료를 거듭하며 그녀가 사건에 대해 어떻게 생각하고 있었는지 알 수 있었다.

"내가 그런 일을 당했다고 인정하고 싶지 않았어요. 인간으로서 당할 수 있는 일이 아니잖아요. 차라리 아무런 일도 일어나지 않았다고 믿고 싶었어요."

어릴 적에 당한 성적 학대를 기억에서 지웠던 것처럼 A는 이번 성폭행 사건도 기억에서 도려내려 했다. 과거 사건을 지우려는 시도는 성공적인 것처럼 보였다. 다시 의식에서 떠오르기 전까지 그녀는 친족과 그 사건을 새까맣게 잊어버린 채 살았다. 심지어 엄마가 없을 때 자신들과 놀아준 친절한 사람으로 기억하고 있었던 것이다. 그러나 트라우마는 남성에 대한 두려움과 성관계에 대한 극심한 거부감으로 흔적을 남겼다. 그녀는 오랫동안 알 수 없는 우울과 불안에 시달려왔다.

과거의 사건을 지우는 시도가 결국 실패로 돌아간 것처럼 사건을 부정하고 기억에서 오려내고자 했던 최근의 시도도 성공하지 못했다. 트라우마 사건을 현실로 받아들이는 것은 너무나 고통스러운 일이다. 그러나 애도라는 여정을 밟아나가기 위해 상실을 인정해야 하는 것처럼 트라우마에서 벗어나기 위해서는 그 실체를 직시해야 한다. 상상 속의 괴물은 피할수록 몸집을 키우고 누를수록 용수철처럼 튀어 올라오기 때문이다.

트라우마 속 보물찾기

사건이 끝난 후에도 그녀는 여전히 성폭력 가해자와 있었던 시공간에 갇혀버렸다. 이미 지난 일이라는 것을 인식하지 못했다. 가해자의 으르렁거리는 협박이 귀에 맴돌고 심장이 터질 것처럼 숨이 차오르는 느낌과 죽을지도 모른다는 공포감이 너무나 생생했기 때문이다. 사건에 대해 말하다가 가해자가 지금 곁에 있는 것 같다며 겁에 질려 두리번거리기도 했다.

외상후스트레스장애를 앓고 있는 환자들 중에는 치료까지 상당한 시간이 걸리는 경우가 많다. 어렵게 치료실까지 와서도 사건에 대해 말하기 힘들어하며 주저한다. A도 마찬가지였다. 그녀에게 성폭행은 불행한 일을 넘어 입에 올리기조차 두려운 사건이었다. 치료자 역시 환자의 트라우마를 마주하는 것은 쉽지 않은 일이다.

트라우마는 베일 것처럼 선명한 감각과 통렬한 감정을 품고 있다. 상세한 설명 없이도 단 몇 마디 단어만으로 놀랍도록 생생하게 전달되는 힘을 가지고 있다. 끔찍한 사고 현장, 훼손된 사체, 오열하는 가족들, 현장에서 활동하다가 희생된 구조대원 등의 모습이 흡사 내가 그 자리에 있었던 것처럼 눈에 선하게 그려지곤 했다. 퇴근길이나 혼자 있을 때 문득 떠올라 몸서리를 칠 때도 있었다.

그중에서도 성폭력은 여성 치료자로서 사건에 대해 질문하는 것도, 세세한 내용을 듣는 것도 괴로운 과정을 동반한다. 환자의 기억을 끄집어내면 상처를 더 헤집어놓는 것은 아닐지, 개인적인 호기심에서 물어보는 것처럼 보이지는 않을지, 내 질문이 비난하는 것처럼 들리지는 않을지 조심스러워진다. 고개를 푹 숙이고 몸을 잔뜩 웅크린 A의 입에서 나오는 말 한마디 한마디는 당시의 끔찍한 상황과 공포, 무력감을 담고 있었다. 그것은 고스란히 나에게 전달됐고, 나는 트라우마 속의 그녀에게 절절한 연민을 느끼며 가해자의 악함에 경악했다.

지속 노출 치료 지도 감독자인 요시하루 김 선생님은 환자가 치료를 통해 트라우마를 극복하는 것을 보면서 치료자 역시 대리 외상에서 벗어날 수 있다고 했다. 그 말은 옳았다. 트라우마를 다루면서 환자는 깊숙이 묻어뒀던 자신의 고통에 직면했다. 고통스러운 순간을 떠올리더라도 그것은 기억일 뿐이며 다시 위험해지는 것이 아님을 깨달았다. 또한 트라우마에 대해 말하는 것이 점점 익숙해지면서 다양한 시각으로 과거를 볼 수 있게 됐다. 우리는 트라우마 기억을 따라가면서 공포감에 압도당했던 순간에도 그녀가 있는 힘껏 저항하고 온몸으로 거부 의사를 표현하는 장면을 보았다. 자신이 그저 무력하게 당하고만 있었다고 생각했던 그녀는 자신에게 처음으로 긍정적인 반응을 보였다. 나는 그녀의 용기를 칭찬했다. 그녀는 자신의 사건과 관련해 칭찬을 들은 것은 처음이라고 했다. 자신이 무언가 잘한 게 있다는 것, 그것은 반짝이는 보석처럼 그녀에게 희망이 됐다. 그리고 어느 순간 그것은 더 이상 괴물이 아닌, 그저 인생의 한 부분으로 받아들여졌다. A와 나는 함께 트라우마에서 벗어나고 있었다.

하나의 트라우마를 극복하자 다른 트라우마와 마주할 용기가 생겼다. 그녀는 어렸을 때 겪은 트라우마를 다루고 싶다고 했다. 하지만 나는 그녀가 겪은 일을 자세히 들을 용기가 나지 않았다. 그녀는 여전히 입 밖으로 내뱉기조차 두려워했지만 오로지 낫고 싶다는 마음으로 용기를 냈다.

어렸을 때의 트라우마 기억은 대부분 가해자로 채워져 있었다. 자신에게 무슨 짓을 했는지, 어떻게 때리고 협박했는지, 온통 두려운 장면으로 가득했다. 시선을 조금 돌려 자신을 보게 했을 때 그녀는 떨면서 울고 있는 자신을 발견했다. 너무 작고 어리며, 누군가 자신을 구해주길 간절히 바라고 있었다. 사랑하는 여동생을 지키고 싶었지만 당시의 어린아이에게는 그럴 힘이 없었다. 나는 트라우마 속에서 자신의 모습이 어떤지 물었다. 그녀는 잠시 침묵하다가 떨리는 목소리로 불쌍해 보인다고 했다. 그녀는 그때까지 가해자에게 분노를 느끼지 못하고 있었다. 가해자에게 화가 나지 않아서가 아니라, 두려움이 너무 커서 차마 화를 내지도 못했던 것이다. 발산되지 못한 분노는 오롯이 자신에게 향했다.

그러나 일방적으로 폭행을 당했던 힘없던 아이가 아니라 어른이 된 현재의 시선으로 가해자를 봤을 때, 그는 형편없는 악인일 뿐 절대적인 힘을 가진 대단한 존재는 아니었다. 그러자 분노의 대상은 자신이 아닌 가해자라는 사실이 분명해졌다. 비난을 받아 마땅한 대상에게 정당한 분노를 표출하고 과거의 자신에 대해 깊은 연민을 느끼면서 켜켜이 쌓이고 새겨졌던 고통과 죄책감이 비로소 해소되기 시작했다.

성폭력 사건을 접할 때 사람들은 흔히 피해자에게서 원인을 찾는다. "그러게 왜 따라갔어", "왜 죽기 살기로 반항하지 않았어", "왜 바로 신고하지 않았어"라고 다들 너무나 쉽게 말한다. 수사관도 검사도 변호사도 왜 그 집으로 따라갔냐고 그녀를 추궁했다. 결국 그녀는 그의 말을 따른 것이 그런 일을 당해도 괜찮다는 의미로 받아들였고 자신의 어리석음을 탓하며 매몰돼갔다. 사실 모든 질문이 가해자에게 향해야 했다. 왜 피해자에게 그런 행동을 했느냐고, 왜 상대가 원치 않는 걸 알면서도 자신의 욕구를 강요했느냐고 말이다.

우리는 선택의 갈림길에 섰을 때 경험과 맥락, 데이터를 총동원해 자신에게 가장 이로울 것으로 예측되는 선택을 한다. 그것이 어떠한 결과를 가져올지는 알 수 없다. 하지만 그 순간 내가 최선의 선택을 했다는 사실이 중요하다. 성폭력 피해자들과 함께 당시의 상황을 따라가다 보면 우리 모두가 그러하듯 그들도 자신만의 이유와 사정을 가지고 있다. 따라서 시간을 되돌린다고 해도 선택이 달라질 가능성은 별로 없어 보였다.

A 역시 마찬가지였다. 그녀는 상사를 좋은 사람이라고 믿고 있었다. 심지어 아버지처럼 대해주는 그에게 고마워하고 있었다. 사건 이후 상대가 애초부터 계획적으로 자신을 집에 끌어들일 작정이었다는 것을 알게 됐을 때 비로소 그녀는 자신이 어리석은 것이 아니라 가해자가 나쁜 사람이라고 말할 수 있게 됐다.

회복력을 일깨워주는 러닝메이트

트라우마는 우리 인생에서 피할 수 없는 장애물이다. 누구나 평생에 한 번 이상 트라우마 사건을 경험할 가능성이 70~80퍼센트에 달하기 때문이다. 재난 현장과 진료실에서 사람들을 만나며 누구도 트라우마로부터 자유롭지 않다는 것을 깨달았다. 사실 이전까지 나는 세상을 동화처럼 생각했던 것 같다. 착하게 살면 적어도 나쁜 일은 당하지 않을 것이라는 권선징악을 믿었다. 안타깝게도 세상은 항상 그런 원리로 돌아가지 않았다.

내가 만난 사람들은 대부분 선하고 성실하며 평범한 이웃이고 가족이었다. 그들은 왜 자신에게 이런 일이 벌어졌는지 믿을 수 없다고 말했다. 나는 아무 말도 할 수 없었다. 규칙 없이 돌아가는 세상에, 상식이 통하지 않는 역경에 당황하고 좌절했다. 답을 찾기 위해 애썼지만 아무것도 찾을 수 없었다. 정작 당사자들이 답을 보여줬다. 더 이상 절망의 구렁텅이에 머무르지 않겠다고 마음먹은 순간 사람들은 스스로 회복해나가기 시작했다. 나는 그것을 회복력이라 부른다. 역설적으로 트라우마는 사람들이 내면에 엄청난 회복력을 갖고 있다는 것을 가르쳐줬다. 치료자로서 사람들의 회복력을 믿을 수 있게 된 것은 커다란 행운이다.

자신의 편에 서서 위로해주고 도와준다면 역경을 헤쳐나가기가 훨씬 쉬울 것이다. 그러나 불행하게도 그 한 명이 없는 사람들이 있다. 물리적으로 의지할 사람이 아예 없는 경우, 생계를 이어가느라 여력이 없거나 기본적인 양육 이외에 자식의 마음에 귀를 기울일 여유가 없는 부모를 둔 경우가 대표적이다. 트라우마를 털어놓았을 때 상대에게 위로와 응원을 얻는다면 용기를 얻고 상처를 돌아볼 수 있다. 그러면 적당히 화를 내거나 충분히 슬퍼하며 자신을 다독이는 시간을 가질 수 있다. 혹시 자신의 실수나 잘못이 있다면 그것에 대해서도 생각해볼 수 있을 것이다. 다양한 방향으로 되새김질을 거듭하고 또 위로를 받으면 트라우마를 이해하고 받아들일 수 있다. 그저 과거의 한 사건으로 흘러가기도 한다.

나는 과거 트라우마를 겪을 당시 자신의 편이 한 명도 없었던 환자에게 한 명의 지지자가 된다. 온전히 환자의 편에서, 환자의 생각과 감정에 공감하며, 그럴 수밖에 없었던 사정을 이해하고, 환자 자신조차 눈여겨보지 않았던 강점과 옳았던 행동을 발견하기 위해 애쓴다. 그리고 환자가 트라우마를 직면하도록 용기를 북돋운다. 즉, 나는 환자의 러닝메이트가 된다.

사랑하는 누군가를 잃었을 때도 러닝메이트가 필요하다. 누군가를 떠나보낸 사람들은 고인을 온전하게 기억하기 위해 떠난 사람과의 추억, 함께하길 소망했던 미래를 복기하고 고통을 토로하며 조금씩 마음을 추스른다. 보통 가족들이나 친구, 가까운 사람들과 이런 과정을 함께하는데 오히려 사이가 좋은 가족들이 서로를 걱정하며 아픔을 감추는 경우가 있다. 재난, 사고, 범죄, 자살 등 불의의 사고로 사랑하는 사람을 잃었다면 더욱 슬픔을 마주하지 못한다. 충격적인 상황에 매몰돼 원통함, 죄책감, 두려움과 같은 강렬한 감정에 사로잡히고, 즐거웠던 시절, 잘해줬던 일들, 소소한 다툼 등 실제로는 훨씬 더 많은 시간을 차지했을 잔잔한 기억들을 떠올리지 못하기 때문이다.

유가족들이 가장 견디기 힘들어하는 장면 중 하나는 고인의 마지막 모습이다. 투병 기간에도 껑충 자라는 아이들이라면 더욱 그렇다. 세상을 떠난 아이에게 평상시 좋아했던 옷을 입힌 한 어머니는 아이의 종아리가 드러나 추웠을 거라며 가슴 아파했다. 어떤 딸은 사고로 사망한 아버지가 영안실에 누워 있는 장면을 떠올렸다. 그녀는 당시에 너무 충격을 받아 울기만 했다며 마지막 인사를 못한 것을 한스러워했다.

행동으로 옮기지 못한 절절한 마음은 돌처럼 단단하게 박혀 오랫동안 그들을 괴롭혔다. 심상 기법을 통해 마지막 순간을 구현했을 때 어머니는 떨리는 손으로 바지 자락을 끌어내려 아이의 드러난 다리를 덮어주려 애썼다. 딸은 아버지의 차가운 몸을 꼼꼼히 쓰다듬으며 자신의 온기를 전했다. 얼굴도 만져보았다. 그들은 한 조각의 아쉬움도 남기지 않기 위해 충분히 마지막 순간에 머물렀다. 그리고 미처 전하지 못했던 말도 전했다. 사랑한다, 보고 싶다, 미안하다, 잊지 않겠다, 열심히 살겠다, 걱정 마라, 잘 지내라, 꼭 다시 만나자. 절절한 사랑과 그리움, 생전과 똑같이 서로를 위하는 말들이다.

나는 그들을 보며 고인으로부터 화답이 있기를 소망했다. 영매의 능력을 가졌으면 좋겠다는 생각마저 들었다. 꼭 영매가 아니더라도 고인이 뭐라 말할지 알 것만 같았다. 거울처럼 똑같은 마음일 것이다. 심상 기법을 마치고 눈을 뜬 그들의 표정은 한결 가벼워 보였다. 가족들역시 답을 얻은 것 같았다.

늘 마지막처럼

나는 재난 경험자와 유가족들을 통해 어떻게 트라우마를 극복하는지를 배우고 나의 상실을 위로받아왔다. 유가족들을 만나다 보면 평범한 오늘이 얼마나 소중한지 뼈저리게 깨닫는다. 바로 오늘이 사랑하는 사람과 보내는 마지막 하루일지 모른다. 지금 그 사람과 주고받는 대화가 마지막 말이 될 수도 있다. 서로를 바라보는 얼굴의 표정이 마지막 기억으로 남을 수도 있다.

마지막이라는 단어가 두렵기도 하지만 그 말의 무게 덕분에 나의 마음을 더 자주 들여다보고 사랑을 더 자주 표현하게 됐다. 아이에게는 당부의 말도 해뒀다. 엄마가 언제 어떻게 떠나더라도 너를 정말 사랑했다는 것을 기억하라고, 엄마는 네가 잘 지내기만을 바랄 것이라고 말이다. 누구도 죽음의 형태를 알 수 없으니 마지막을 장담하지 못했다. 다만 아이가 목격하는 마지막이 편안한 모습이기를 바랄 뿐이다.

문득 아이를 잃은 유가족들이 떠올랐다. 지금의 나처럼 그들도 자식보다 자신들이 먼저 세상을 떠나게 될 거라고 생각했을 것이다. 그러나 최악의 순간은 아이들에게 예고 없이 들이닥쳤다. 나 역시 예외가 아닐 것이다. 그렇게 생각하자 아이와 보내는 시간이 더욱 소중해졌다. 좀 더 안아주고 사랑한다 말하고 좋아하는 음식도 만들어주면서 내가 최선을 다하고 있음을 스스로에게 일깨웠다. 그런 나를 보며 친정어머니는 유난스럽다며 혀를 찼다. 훈육을 중요하게 생각하는 남편도 마뜩잖아할 때가 많다. 나 역시 아이의 버릇이 나빠질까 봐 걱정될 때가 있다. 그렇지만 내가 목격한 트라우마의 장면들은 매일 열심히 사랑하며 살아야 한다는 깨달음을 내게 전해줬다. 나는 기꺼이 그 길을 선택했다.

재난 트라우마 업무를 시작한 지 올해로 꼭 10년이 됐다. 이전까지

나는 대책 없이 낙천적이었지만 좀 더 현실적 위험을 의식하게 됐고 안전 수칙에 민감해졌다. 민방위 훈련이나 영화 상영 전 비상 탈출 안내를 누구보다 집중해서 듣게 됐다. 돌고 돌아 오히려 상식을 믿게 됐다. 그동안 큰 재난 사고가 터지면 빠지지 않고 등장하는 음모론은 소모적인 가십거리에 불과했고 정작 당사자들에게는 아무런 도움이 되지 않았다. 간혹 예외가 있더라도 상식과 정의, 선의가 더 우세하다고 믿기 위해 노력하며 살게 됐다. 어차피 불확실한 세상에서 나의 제한적인 에너지를 좀 더 효율적으로 쓰기 위해서다.

　재난의 한가운데서 만난 사람들은 나의 가족이자 친구, 동료, 이웃이었으며 어떨 때는 나 자신이었다. 우리는 모두 제비뽑기처럼 아무런 규칙이나 예고 없이 들이닥치는 역경 앞에 서 있다. 현실은 나를 한없이 작게 만들었다. 그렇기에 트라우마 치료자에게도 러닝메이트가 필요하다. 내게는 비슷한 관심사를 가지고 같은 학회 활동을 하고 있는 동료들, 내가 몸담고 있는 국가트라우마센터 직원들이 든든한 러닝메이트다. 그들 덕분에 주저앉았다가도 일어날 수 있었고 상처는 금세 아물었으며 무엇보다 외롭지 않았다. 혼자였다면 결코 버틸 수 없었을 것이다. 트라우마 생존자들을 만나는 과정에서 그 자체로 힘을 얻었다. 그들을 통해 나의 상처를 돌아봤고 그들과 함께 회복할 수 있었다. 때때로 회복은 지루할 정도로 정체되기도 하고 어느 순간 놀라운 속도로 치고 나가기도 한다. 그러나 한번 궤도에 들어서면 되돌아가지는 않는다.

　오늘도 진료실에서 트라우마와 싸우고 있는 한 환자를 만났다. 우리는 매주 트라우마 집중 치료를 하고 있다. 그녀는 일주일 중 치료일 아침이 가장 싫고 치료를 마치고 돌아갈 때가 가장 행복하다며 꾸벅 인사를 한다. 나는 허탈한 웃음이 났다. 하지만 사건 이후 소심해진 그녀가 솔직하게 마음을 표현한 것만으로도 기특했다. 나에게 미안한 듯 애매한 표정을 지었던 환자를 생각하며 다시 한번 웃음이 났다. 트라우마 치료를 하는 와중에도 웃을 여지가 생겼다는 사실에 환자가 많이 좋아졌다 싶었다. 실제로 환자는 많이 좋아졌다. 그녀는 몸서리칠 만큼 트라우마와 마주하기 싫어하면서도 한 번도 치료를 거르지 않았다.

선한 사람에게 나쁜 일이 일어나는 쓰디쓴 현실 속에서 사람들은 저마다 치열하게 트라우마와 싸우고 있다. 그들이 자신 안에서 보석 같은 회복력을 발견하기를, 기꺼이 고통을 나눌 누군가와 함께하기를 간절히 바란다.

판도라의 상자

천영훈 ― 인천참사랑병원 원장

중독

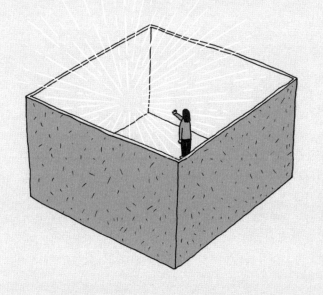

판도라는 제우스가 결혼 선물로 준 그 불길한 상자를 애초에
받지 말았어야 했다. '모든 선물을 받은 여인'이라는 의미의 이름을
가진 그녀에게 더 이상 어떤 선물이 필요했던 걸까.
제우스는 프로메테우스가 불을 훔쳐 인간들에게 건네준 사실에
분노했고, 바로 그 프로메테우스의 동생과 결혼한 판도라에게
"절대로 열어봐선 안 돼"라는 경고와 함께 상자를 선물했다.

천영훈

정신건강의학과 전문의. 인천참사랑병원 원장.
정신과에서 가장 치료하기 힘들다고 하는 마약중독환자들의
회복을 돕고 있다. 국내에서 마약중독자만을 전문으로 진료하는
거의 유일한 의사이며 대한민국에서 교도소를 제일 많이 드나든 의사 중
한 명으로 자부하고 있다. 지옥행 급행열차를 탄 이들과 수많은 전투를
벌이고 있지만, 기적과 같은 회복을 지켜볼 수 있는 축복도 함께 누리고
있다. 우리 사회가 마약류 중독이 치료가 필요한 질병이라는 인식을
갖도록 노력하고 있으며 한국중독정신의학회 마약류특임이사 및
한국마약퇴치운동본부 이사를 맡고 있다.

판도라는 제우스가 결혼 선물로 준 그 불길한 상자를 애초에 받지 말았어야 했다. '모든 선물을 받은 여인'이라는 의미의 이름을 가진 그녀에게 더 이상 어떤 선물이 필요했던 걸까. 제우스는 프로메테우스가 불을 훔쳐 인간들에게 건네 준 사실에 분노했고, 바로 그 프로메테우스의 동생과 결혼한 판도라에게 "절대로 열어봐선 안 돼"라는 경고와 함께 상자를 선물했다. 하지만 불온한 호기심을 안고 사는 인간의 삶이 늘 그렇듯 상자는 반드시 열릴 운명이었으며, 결국 상자는 열리고 말았다. 이후 상자 안에 갇혀 있던 질병, 가난, 굶주림, 분노 등 온갖 사악한 것들이 온 세상을 덮었고 인간들의 삶 속에서 불행으로 자리 잡았다. 나는 우리 시대의 판도라 상자를 연 사람들을 매일 만나며 살아간다. 나는 마약 중독자들을 치료하는 의사다.

* * *

마약이라는 판도라의 상자를 뛰쳐나와 세상을 떠돌던 그 끔찍한 불행을 처음 마주한 것은 중학교 1학년 때였다. 큰 고모의 첫째 딸, 내 사촌 여동생의 국민학교 졸업식으로 기억한다. 아버지 바로 밑 여동생인 큰 고모는 간호사였고, 큰 고모부는 나의 부모님과 같은 대학의 의과대학을 나와 지방의 소도시에서 잘나가는 정형외과 의사였다. 대학교 과 커플로 결혼한 나의 부모님은 연애 시절부터 두 분과 막역한 사이였다. 내 어릴 적 기억 속에는 하얀 벽으로 둘러싸인 고모부의 병원이 선명하게 남아 있다. 실험실 같은 차가운 방 한편을 가득 채운 인체 해부 모형들, 임신 개월 수로 구분해 포르말린 병에 넣어 진열해놓은 태아의 사체들도 기억난다. 음습하고 기괴한 풍경은 나에게는 또 다른 판도라의 상자처럼 다가왔다. 두려우면서도 매혹적인, 그래서 더욱 열어보고 싶은 또 하나의 세계였다.

그런데 어느 날, 고모와 어린아이 셋을 남긴 채 고모부는 황망하게 세상을 떠났다. 고모부는 가족들의 자랑이자 내게는 선망의 대상이었다. 나중에 어른이 되어서야 비로소 고모부가 연 이은 의료 사고를 겪고 우울증과 과음에 시달리다 결국 아편계 진통제인 데메롤에 중독되었고 고모마저도 중독되어 버렸다는 사실을 집안 어르신들의 수근거림 속에서 들을 수 있었다.

사촌 여동생의 국민학교 졸업식 날은 유난히도 하늘이 무겁게 내려앉아 있었다. 당시 중학교 1학년이었던 나는 그 나이대 사춘기 남자애들이 그렇듯 도살장에 끌려가는 소처럼 어머니에 이끌려 졸업식장으로 향했다. 졸업식장에 도착해서도 마치 주변 세상에는 관심 없다는 듯 귀에 이어폰을 꽂은 채 CD 플레이어에 나오는 음악에 집중할 뿐이었다. 그때 고모가 막 졸업식을 마친 사촌 여동생과 그보다 더 어린 아이 둘을 데리고 나타났다. 나는 아직도 당시 고모의 얼굴을 그릴 수 있을 정도로 생생히 기억한다. 고모는 사람의 얼굴에서 단 1그램의 감정마저 증발해버린 듯 소름이 끼칠 정도로 무표정했다. 나는 심장이 멎을 듯한 두려움을 느꼈다. 고모 뒤로 낮게 내려앉은 잿빛 하늘이 유난히 무겁게 느껴졌다. 의례적인 인사말 몇 마디를 건네던 순간, 하늘에서는 커다란 함박눈이 쏟아져 내렸다. 마치 애써 참았던 울음을 대신 터뜨려주는 듯했다. 나는 그날의 오후를 잊지 못하겠다. 고모는 그다음 날 스스로 생을 마감했다. 눈이 선한 아이 셋을 세상에 홀로 남겨놓은 채.

　그때 처음으로 사람이 왜 스스로 목숨을 끊는지를 조금 알 수 있을 것 같았다. 어떤 사람에겐 살아 있는 것 자체가 잔인한 고통일 수 있으며 그토록 끔찍한 고통을 끝내기 위한 마지막 선택이 자살일 수밖에 없다는 것을 어느 정도 이해하게 됐다. 또 마약 중독자들을 치료하는 의사가 된 이후로는 가족 모두에게 고통스러운 상처를 남긴 당시의 일들이 왜 가족들 사이에서 은폐돼 곪을 수밖에 없었는지, 결국 비극으로 끝나야 했는지를 조금은 더 이해할 수 있게 되었다.

　당시 우리 가족들은 모두 두 분을 끔찍이 사랑했다. 그렇기에 절망감은 더욱 컸을 것이다. 한편으로 너무나 놀란 나머지 어찌 해야 할지, 어떻게 하는 것이 고모를 돕는 길인지 몰랐을 것이다. 누구도 방법을 몰랐기에 누군가는 화를 냈고 누군가는 고통스러운 현실을 두고 막연히 잘될 거라며 낙관했다. 애써 눈앞의 현실을 외면하기도 했다. 심지어 판도라의 상자를 튀쳐나온 감당하기 힘든 불행 앞에서 서로를 비난하기도 했다.

　수십 년이 지난 오늘, 나는 매달 열리는 약물중독 환자 가족교육에서 나와 같이 상처받은 가족들을 만난다. 그들을 만나면서 나는 고모부와 고모를 떠올린다. 세상에 마약중독자가 되고 싶은 이들은 없다.

누군가는 호기심으로, 누군가는 감당하기 힘든 불행에서 벗어나기 위한 수단으로 약물을 선택해 자신의 삶을 중독의 늪에 가둬버린 것이다. 하지만 비난하기에 앞서 아픈 사람이 있다면 누구라도 나서서 도와야 한다. 하늘에 계신 고모와 고모부께 두 분이 벗어날 수 없는 끔찍한 고통 속에서 얼마나 힘든 싸움을 해왔을지 이제는 이해하게 됐다고 전하고 싶다. 눈이 선한 아이 셋은 훌륭하고 건강하게 자라 잘 지내고 있으니 걱정하지 않아도 된다고 말하고 싶다. 또 이제 가족들은 간간이 두 분과 즐겁게 지내던 당시의 이야기들을 떠올리며 웃으며 지낸다고 말이다. 무엇보다 당신의 조카는 이젠 성장해 무언가에 이끌리듯 두 분처럼 힘들어하는 분들을 돕는 일을 하고 있다고 알려드리고 싶다.

알코올 중독 환자와 만두

나는 아주 짧게 막을 내린 두 차례의 가출을 빼고는 '겉보기에' 별다른 문제없이 사춘기를 보냈다. 이후 그럭저럭 성적을 맞춰 지방 중소도시의 의과대학에 진학했다. 되돌아보면 나는 상당히 불성실한 학생이었다. 도서관에서 머리를 싸매고 공부한 기억보다 예과 2학년 초 히포크라테스상 앞에서 첫사랑에게 차여 지질하게 울며 매달리던 장면이 더 강하게 남아 있다. 그 후 한 달 가까이 수업에 나가는 둥 마는 둥 매일 술 마시고 돌아다니기도 했다. 하루는 새벽까지 이어진 약리학 실습을 마치고 안개 속에서 내려오던 동기들이 "영훈아, 조교님이 너 휴학했는지 알아보래"라고 놀리기도 했다. 물론 본과에 올라가서는 나름대로 각을 잡고 공부에 매진했다. 신기하게도 행동과학, 임상심리학, 정신과학과 같은 정신 관련 과목들은 의대 동기 중에서도 압도적인 1등을 놓치지 않았다.

정신과 전문의를 딴 이후에는 종종 정신과를 택한 이유를 묻는 질
문들을 들었다. 나는 의대에 입학하는 순간부터 왠지 정신과를 전공해
야 하고, 잘할 것 같은 믿음이 있었다. 어쩌면 사춘기 때부터 책과 음악
을 좋아했기에 도움이 될 거라고 생각했을지도 모른다. 물론 정신과 전
공의 수련을 시작한 후 이 모든 것이 망상이었다는 것을 깨닫는 데는
채 1년이 걸리지 않았다. 내가 막연하게 느꼈던 정신과적 자질이나 배경
은 아무런 쓸모가 없었다. 보통 의대 6년 과정을 졸업하고 의사국가고
시를 거치면 의사가 된다. 또 4년간 앞으로 자신이 전공할 레지던트(전공
의) 과정을 거쳐야 한다. 그에 앞서 1년간 인턴 과정을 거치며 거의 모든
과를 돌게 된다. 나는 아직 과를 결정하지 못한 인턴들과는 달리 병원
내에서 이미 정신과에 갈 것으로 이미지가 굳어져 있었다.

정형외과 인턴 과정을 거치고 있을 당시의 일이다. 나는 난생처음
중독 환자를 '제대로' 마주했다. 환자는 평소 만성적 음주로 인해 간경
화 초기까지 간 30대 A 씨였다. 그는 술을 먹고 계단에서 구르는 바람에
발목 골절을 입어 수술 후 정형외과 병실에 입원해 있었다. 그런데 그는
수술 다음 날부터 저녁만 되면 엉뚱한 소리를 하거나 헛것이 보인다고
하는 등 상태가 매우 나빠지기 시작했다. 정형외과에서는 정신과에 협
진 의뢰를 했지만 이런저런 사정으로 늦어지고 있었다. 결국 몇 달 뒤면
정신과 전공의 과정에 들어가기로 되어 있던 내게 임무가 떨어졌다. 당
시에 인턴 신분이었지만 학부 때부터 정신과 좀 잘 안다고 까불었던 탓
일 것이다.

내 임무는 주야간으로 환자의 상태를 체크하고 필요하면 면담을
거쳐 도와드리는 것이었다. 그렇게 나는 시간 날 때마다 그를 만나게 됐
고, 그를 조금씩 알아갔다. 그의 곁엔 병상에서조차 술 좀 그만 마시라

고 잔소리를 멈추지 않는 아내와 세 아이가 있었다. 평소 그가 제일 무서워하는 것은 아내였다. 아내에게 반항할 수 있는 유일한 시간은 자신이 만취해 있을 때라고 했다. 그는 나와 이야기를 나누며 나중에 퇴원하면 자신이 가장 좋아하는 만두를 사다 주겠다고 약속하기도 했다.

그런데 내게 막중한 임무가 주어진 지 3일째 되던 날, 사건이 벌어졌다. 그날도 나는 1년 차 정형외과 주치의 선배와 밤 9시가 넘도록 병동에서 수술환자 소독을 하고 있었는데 9층 정형외과 병동에서 다급한 콜이 왔다. 그날 낮까지만 해도 멀쩡했고, 퇴원하면 자신이 아는 최고의 만둣집에서 고생하는 나를 위해 만두를 사다 주겠노라던 A 씨가 갑자기 창문 밖으로 뛰어내리겠다며 난동을 부리고 있다는 것이었다. 나는 혼비백산해 정형외과 1년 차 형과 함께 9층으로 뛰어올라갔다. 아니나 다를까 아수라장이 된 병실에서 A 씨는 창문턱에 걸터앉아 소리를 질러대고 있었다. 나는 평소 짬이 날 때마다 병실에 들러 그와 친해졌다고 생각해 그의 이름을 부르며 다가갔다.

"오지 마!"

그는 짧은 외침과 함께 창밖으로 몸을 내던졌다. 1미터도 되지 않는 짧은 거리에서 창밖으로 떨어지는 그의 환자복 옷자락과 두툼한 왼손이 팔을 뻗어 잡으려 했던 나의 오른손에 닿던 순간이 지금도 생생하게 느껴진다. 허공에서 느껴지던 그 허망함이란… 그날 내가 1층까지 어떻게 뛰어내려 갔는지 기억도 나지 않는다. 다행히 그는 건물 1층에 설치된 아크릴 천정 위로 떨어졌다. 아직 숨이 붙어 있는 것을 확인하고는 서둘러 그를 응급실로 옮겼다. 그날의 일과는 어떻게 끝났는지 모르게 마무리했다.

이후 정신과 레지던트 선배로부터 그가 전형적인 알코올금단섬망이라는 것을 들었다. 이는 만성적으로 술을 마셔오던 사람이 어떤 이유에서건 술을 못 마시게 되면 나타나는 현상이다. 알코올금단섬망을 겪는 환자는 현실에 대한 판단력이 없어지고 피해망상, 환청, 환시까지도 경험하게 된다. 만약 피해망상을 가진 환자에게 누군가 갑자기 다가가면 환자는 극심한 위협을 느껴 극단적이고 충동적인 반응을 할 수 있다. 아마도 내가 정신과를 전공하기로 마음먹은 것을 후회한 게 그때가 처음이었던 듯하다. 모든 것이 나의 어설픈 행동에서 빚어진 결과라는 자책감, 섣불리 그에게 다가가지 말았어야 했다는 후회 같은 감정들이 나를 힘들게 했다.

    2주 후 나는 정형외과 인턴을 마치고 외과계 중환자실 인턴으로 배치됐다. 외과계로 출근한 첫날, 환자분들에게 콧줄*을 끼워 넣고 있을 때였다. 누군가 뒤에서 "귀염둥이 샘!"이라고 부르는 소리가 들렸다. '귀염둥이'는 정형외과 인턴으로 있을 당시 내 별명이었다. 나는 내 귀를 의심하며 뒤를 돌아봤다. 그러자 가슴과 온 사지에 붕대를 칭칭 감은 A 씨가 누워 있었다.

    집 나간 형을 만났어도 그렇게 반갑지 않았을 것이다. 그가 멀쩡히 살아 있다는 사실이 너무나 기쁘고 감사했다. 나는 그날 일이 내 잘못이었다고 했지만, 되레 그는 고생하는 의사 선생님들을 자신이 더 힘들게 만들어 미안하다고 쑥스럽게 말했다. 또 중환자실에 오니 잔소리하는 마누라가 없어 너무 좋다고 너스레를 떨었다. 짧게나마 그와 신나게 대화를 나눌 수 있어 다행이라는 생각이 들었다. 그리고 병동의 일을 마치고 중환자실을 빠져나가는 내게 그는 불편한 엄지손가락을 치켜세우며 외쳤다.

---

* L-tube: 식사를 스스로 섭취하기 힘든 환자분들에게 영양을 공급하기 위해 코에서 위까지 넣는 튜브

"만두!"

그날 하얀 붕대를 칭칭 감아 유난히 검게 느껴지던 그분의 얼굴과 씨익 웃던 그 미소를 잊을 수 없다. 그리고 왠지 내가 정신과를 해도 된다는 허락을 받은 것 같은 느낌이었다.

나도 몰랐던 출생의 비밀(?)

내가 정신과 수련을 받았던 대학병원은 도시의 북쪽 끝자락에 큰 규모의 본원이 있었다. 남쪽 끝자락 낮은 언덕 위에는 '제2병원'이라고 불리는 250병상 규모의 정신과 병원을 따로 운영하고 있었다. 소위 언덕 위의 하얀 집인 셈이다. 제2병원은 철창이 달린 건물과 뒤편의 운동장, 직원들의 사택으로 구성돼 있었다. 일반적인 대학병원 정신과가 20병상 내외인 것을 감안하면 병상수로 전국에서 1, 2위를 다툴 만한 규모다. 그만큼 업무 강도도 엄청나고 타 대학병원보다 행동 문제가 훨씬 더 심각한 환자들이 많이 입원해 있었다.

그중 기억에 남는 환자 분이 몇몇 있다. 조울병으로 수차례 입원한 바 있는 40대 여성 환자 B 씨를 전공의 1년 차 시절에 맡았다. 그녀는 남편도 전문대 교수일 뿐만 아니라 본인도 대학을 나온 꽤 지적인 분이었다. 당시 나는 신임 전공의만이 가진 극강의 열정에 차 있었다. 그런 만큼 정말 공을 들여 열심히 상담하고 신뢰를 쌓아갔다. 그 덕분인지 몰라도 그녀는 프로그램에도 열심히 참석했다. 또 자신의 병이 '조울병'이니 약을 열심히 먹겠다는 말을 해주어서 교수님들과 선배들에게 늘 욕만 먹던 내 자존감을 한껏 올려주기도 했다. 그녀는 놀랍도록 호전되는 모습을 보였다.

나는 퇴원을 결정하기 위해 담당 교수님께 담담한 어조로 보고를 드렸고, 퇴원 전날 밤 병동에서 전화가 왔다. 그녀가 퇴원을 앞두고 주치의인 나에게 꼭 전할 말이 있다는 것이었다. 병실로 찾아간 나는 퇴원 후 외래 치료 계획을 설명했다. 그녀는 그동안 치료를 잘해줘서 감사하다는 말을 전했다. 인사를 마치고 자리를 뜨려는데, 그녀가 나를 붙잡고 말했다.

"천 선생님, 제가 퇴원 전에 꼭 드릴 말씀이 있어요."

그녀는 고개를 푹 숙인 채 한동안 머뭇거렸다. 그 순간 서늘한 침묵이 느껴졌다. 이윽고 그녀는 고개를 들어 날 바라보더니 울먹이며 한마디를 했다.

"아들아!"

나는 깜짝 놀라고 말았다. 그리고 이어진 카운터펀치.

"딱 한 번만 엄마라고 불러다오!"

내 출생의 비밀(?)을 듣는 순간, 나는 의자에서 떨어질 뻔했다. 뒤이어 그녀는 망상으로 가득한 이야기를 쏟아냈다. 사실은 내가 자신의 숨겨놓은 아들이며 놀랍게도 내 아버지가 우리 주임 교수님이라고 했다. 다음 날 아침 미팅 시간에 나는 놀랍고도 충격적인 사실을 보고했고 퇴원은 연기됐다. 그리고 27년 만에 만난 아버지(?)로부터 한 달이나 되는 입원 기간 동안 환자의 망상도 알아차리지 못한 못난 아들이라는 소리를 들어야 했다.

내가 만난 힘든 환자들

4년간 정신과 수련 기간을 거치며 만난 중독 환자들은 거의 대부분 알코올 중독 환자였다. 당시만 해도 국내에는 알코올 중독을 치료하는 의사들이 거의 없었다. 중독 환자를 치료하기 위한 경험이나 제대로 된 치료 매뉴얼도 없었던 시기였다. 그런 만큼 알코올 중독이라는 병은 정신과 안에서도 마치 불치병처럼 여겼고 절대 맡고 싶지 않은 환자군 1순위였다. 지금과 마찬가지로 당시에도 의사들끼리는 조현병 환자 열 명분을 알코올 중독 환자 한 명이 한다는 말을 빈번하게 했다.

　물론 현재 나는 알코올 중독 환자 열 명분을 한 명이 한다는 마약 중독 환자를 담당하고 있긴 하다. 미숙한 전공의 시절에는 의료진에게 욕설을 퍼붓거나 폭행을 일삼는 알코올 중독 환자를 보는 것 자체가 두려움을 넘어 공포였다.

　"술만 깨면 멀쩡한데 왜 사람을 여기 가두고 난리냐!"

　우리는 회진 시간만 되면 종종 환자들에게 원망 섞인 말을 들어야 했다. 한번은 한 알코올 중독 환자가 내 바로 위 연차 주치의를 뒤에서 공격하기도 했다. 그런 상황에선 나이 든 보호사님을 도와서 젊은 전공의인 내가 함께 제압해서 어쩔 수 없이 강박*을 해야만 했고 그때에도 어김없이 심한 욕과 협박이 쏟아졌다.

　"너, 내가 너 어디 사는지도 알고, 내가 나가면 너도 죽이고 니 마누라도 강간해서 파묻을 거야!"

　내가 들었던 말 중 뇌리에 박힌 가장 심했던 극언이었다. 물론 정신과 전문의를 따고 20여 년이 지난 지금까지 실제로 그 환자의 협박과 같은 일은 일어난 적이 없다. 하지만 누군가의 방향을 잃은 분노와 적개심을 온전히 받아내야 한다는 것은 끔찍한 일이다. 물론 이제는 그들이 정말 반사회적인 나쁜 인간이라서 그런 것이 아니라는 정도는 이해한다. 치료자와 가족을 향한 중독자들의 분노와 적개심은 사실 자기 자신

* 정신과에서는 환자가 심한 자해나 타해 행동을 할 경우 정신보건법에 따라 환자 본인 및 주변 사람의 안전을 위해 안정될 때까지 침대에 묶어둘 수 있다.

을 향한 감정들이 외부로 투사된 것에 불과하다. 다만 그들의 마음 깊은 곳에는 찢긴 마음과 바닥을 친 자존감, 자기 혐오가 숨어 있다는 사실을 깨닫기까지는 시간이 더 필요했을 뿐이다. 그런 이유 때문인지 전공의 수련 기간인 4년간 나는 두통약을 거의 매일 달고 살아야만 했다. 지금은 그날 종일 병동에서 어떠한 협박을 듣더라도 퇴근 시간이 되면 개운하게 뭘 하고 놀지 생각하는 수준의 내공이 생겼다.

그렇다고 모든 알코올 중독 환자가 공격적이었던 것은 아니다. 당시 의욕이 넘치던 나를 만나 자신이 중독자라는 사실을 받아들인 환자도 있었다. 그는 병동 청소를 도맡아 할 뿐만 아니라 다른 초기 중독 환자들에게 좋은 얘기를 건네며 변화된 모습을 보여줄 만큼 모범적이었다.

"예전에 여러 차례 입원하면서 샘의 위 연차 선생님들이 제 주치의를 해주셨지만, 그때는 한 번도 술을 끊어야겠다는 결심을 해본 적이 없답니다. 천 선생님을 만나서야 비로소 제가 술을 끊어야겠다는 결심을 다 하게 되네요. 고맙습니다."

퇴원을 앞둔 환자들에게 이런 감사의 말을 들을 때는 정신과 의사로서 뿌듯하기 그지없다. 나름대로 모범적이었던 그 환자가 퇴원하는 날, 나는 병동 수간호사 선생님과 함께 병원 정문으로 택시를 불러 배웅을 하기로 했다. 언덕 위의 하얀 집 앞에서 우리는 감동의 포옹을 나눈 뒤, 환자가 탄 택시가 사라질 때까지 손을 흔들어줬다. 그리고 시야에서 사라지는 택시를 뒤로하고 나름대로 영화 같았던 마지막 장면을 마음속에 간직했다.

그런 감동의 순간도 잠시, 다음 날 오전 컨퍼런스를 하고 있는데 1층에서 우당탕퉁탕하는 소리와 누군가의 고함과 고성이 들려왔다.

"천영훈 나와! 이 시캬!"

감사 인사를 하고 우리의 배웅을 받으며 집으로 돌아간 바로 그 환자였다. 단 며칠을 못 버티고 다시 증상이 재발해 병원을 찾아온 것이었다. 나의 숨겨둔 아버지(?)께서 한마디를 하셨다.

"천 선생. 천 선생 알코올 환자들은 왜 매번 올 때마다 저렇게 뭘 부수고 그러나? 면담할 때 그렇게 하라고 시키기라도 하나?"

나는 정말 쥐구멍에라도 숨고 싶을 정도로 창피했다. 밤늦도록 열심히 면담을 하고 열과 성을 다해 도와줬던 환자였다. 내가 그에게 어떤 보답을 바란 것도 아닌데, 그토록 난리를 부리다니 그 환자가 밉기까지 했다. 과정이 어떻든 재발한 중독 환자는 나의 실패를 의미했고 내 무능의 증거였다.

하지만 연차가 올라가면서 나는 깨달았다. 내가 감히 환자를 치료하고 회복시킬 수 있다고 생각한 것 자체가 무리한 생각에 불과했다. 그리고 정신과에서 전능감(omnipotent feeling)이라 부르는 오만함이 내 안에 자리 잡고 있었던 것이다. 환자에게 증상이 재발해 찾아왔을 때 나는 내 진료가 실패했다고 생각했다. 하지만 내 감정의 이면에는 '내가 이렇게까지 열심히 최선을 다했는데 당신이 사람이라면 좀 바뀌어야 할 게 아니냐'라는 식의 오만함이 있었던 것이다.

이런 경험들을 통해서 의사인 내가 할 수 있는 일은, 또 내가 해야만 하는 일은 그가 수십, 수백 번 증상이 재발해 오더라도 매번 지치지 않고 일관된 태도로 존경을 담아 그를 대해야 한다는 것이다. 때로는 환자가 문을 부수고 들어오고, 엄동설한에 병원 문턱에 쓰러져 있어도, 심지어 거지꼴로 찾아와도 모두 감내하고 그분을 다시 씻기고 먹여 회복시켜야 한다는 것. 환자들이 지겹도록 반복되는 재발 속에서 절망해 있을지라도 당신이 삶에 대한 희망의 끈을 놓지 않는 한 언젠가 회복할 수 있다는 '사실'을 증언해주는 것이 내 몫의 일이라는 것을 알게 되었다. 언젠가 교수님이 회복에 대해 말씀해주셨던 것이 기억난다.

"환자가 밀림 속에서 길을 잃고 헤맬 때 우리가 앞장서서 그들을 이끌어 빠져나오도록 하는 것이 치료가 아니야. 그럴 수도 없고. 우리는 단지 그들 곁에서 같이 걸어가주는 사람들이야. 그들이 길을 가다 바위에 앉아서 쉬면 우리도 근처 바위에 앉아 잠시 멈추고, 노래를 부르기 시작하면 같이 불러주고. 그러다 보면 길은 환자분 스스로 찾아나가게 되어 있어."

그동안 중독 환자를 곁에서 지켜본 경험을 떠올리니 절대적으로 맞는 말씀이었다. 결국 길은 환자 스스로 찾아나갔다. 물론 그중에는 길을 잃고 헤매다 죽음에 이른 이들도 있었다. 하지만 나는 스스로 자신의 삶을 회복시키고 성장해가는 환자들을 지켜봤다. 내가 공식적인 글에서 되도록 중독 환자를 '치료한다'고 표현하지 않는 이유이기도 하다. 나는 그저 그분들의 회복을 돕는 사람일 뿐이다.

그렇게 질풍노도 같은 4년간의 수련 기간을 마치고, 정신과 전문의를 따고 3년간 병무청 징병 전담의사로서 군의관 근무를 했다. 징병 검사를 담당하는 정신과 군의관이 가장 많이 만나게 되는 부류가 건달들과 성소수자들이었다. 그 지역 출신의 19~20세 청년들을 거의 다 만나게 되다 보니 그럴 수밖에. 소위 깡패들을 다루는 법(?)에 익숙해진 것도 그 무렵이지 싶다. 무엇보다 '약자에게는 강하고 강자에게는 약한' 그들의 속성을 잘 파악하는 것이 중요하다. 이 친구들은 대개 자기는 껄렁한 추리닝 바람에 꼭 옆에 슈트를 입힌 덩어리 동생을 데리고 등장한다. 앞에 앉아 있는 꼬락서니가 불량하기 이를 데가 없다.

"김개똥 씨, 준비해 오신 서류 주세요."

그럼 신검 대상자인 본인은 그냥 삐딱하게 앉아 있고 슈트 입은 덩어리가 소위 형님이 군대를 못 갈 구구절절한 내용이 담긴 관련 서류를 내게 갖다 바친다. 이때 일단 서류 뭉치로 덩어리 친구 머리를 한 대 내리치고는 소리를 빽 질러야 한다.

"야! 임마, 니가 신검 받으러 왔어? 거기 너, 다리 꼰 시키, 너 나와 임마!"

나름 담력이 필요하다. 하지만 난 4년 동안 깡패인지 환자인지 모를 알코올 환자들에게 시달려온 내공이 있지 않은가. 그럼 건달 녀석이 총 알같이 튀어나와 의자를 가까이 붙여 앉는다.

"아따, 군의관님 거 성질 한번 참….."

아무리 건달이라도 내게 덤빌 순 없는 것이다. 그 녀석의 2년이 내 손에 달려 있으니 말이다.

가장 마음이 아픈 것은 성소수자인 친구들이었다. 징병검사장에서 하나같이 상의를 벗고 팬티만 입고 앉아 있는 무리들 속에서 고개를 푹 숙인 녀석이 눈에 띄어 나와보라고 했다. 그의 양쪽 팔에는 시커먼 자국이 있었다. 나는 내 눈을 의심했다. 그 친구의 양쪽 팔에는 차곡차곡 오와 열을 맞춰서 담배로 지진 상처가 가득했다. 더 이상 비집고 지질 자리가 없을 정도로. 그 친구는 사춘기에 접어들 무렵부터 남자에게 끌리는 자신이 당혹스러웠다고 했다. 중3 때 남자 친구와 방에서 키스하고 애무하는 모습을 시골 초등학교 교장선생님이자 교회 장로님인 아버지에게 들켰단다. 이후 매타작과 함께 음란한 자들이 지옥 불에 던져진 이야기를 들어야 했다. 정말 간절히 자신의 마음을 바꿔달라고 눈물로 기도도 해봤다고 했다. 또 자신이 남자에게 음심을 품을 때마다 벌을 준다며 자신의 팔을 지지기 시작했는데, 이제는 열 받을 때나 죽고 싶을 때마다 지진다고 했다.

　나는 그에게 군대를 가면 안 될 것 같으니 이런저런 검사를 좀 받고 서류를 떼 오는 게 좋겠다고 설명했지만 별 반응이 없었다.

　"어떻게 되든 상관없어요. 신경 써주셔서 고맙네요."

　그렇게 한마디 툭 던지고 자기 자리로 되돌아가는 그 친구에게 내가 뭘 더 해줄 수 있는 게 없었다.

　'남자의 몸에 갇힌 여자의 영혼.'

　당시 트렌스젠더였던 친구들은 자기 자신을 그렇게 표현했다. 병무청 근무 기간 동안 정말 많은 게이와 트렌스젠더 친구들을 만나봤지만 이상한 별종들이 아니었다. 그들은 더 없이 인간적이고 선한 친구들이었다. 내가 여자를 좋아하기로 결정하고 마음먹어서 이성애자가 된 것이 아닌 것처럼 그들 또한 그럴 수밖에 없는 운명을 타고났을 뿐이다. 하지만 무시무시한 세상의 벽 앞에서 고통받고 있었다.

　내가 치료하는 마약 중독자 중 상당수가 성소수자들이다. 내가 다른 이들보다 편견으로부터 자유롭게 그들을 대할 수 있는 것은 아마도 병무청에서 직접 그들을 지켜봤던 경험 때문일 것이다. 병무청의 동그란 간이 의자에 앉아서 가족도 아닌 나에게 먼저 커밍아웃을 하고 자신들의 힘든 이야기를 털어놓은 그들에게 감사한다.

부끄럽지 않은 아빠가 되기로 했습니다

　정신과 전공의 과정을 마치고 전문의가 됐을 때 결심했다. 다시는 중독 환자를 진료하지 않겠다고 말이다. 전공의 4년 동안 중독 환자를 만나면서 중독은 도무지 낫지 않는 재난과 같은 질병으로 다가왔다. 심지어 공포스럽기까지 했다. 원래 의대에 들어갈 때부터 교수가 되고 싶었던 나는 3년간 군의관 복무를 마치고 모교 대학병원의 펠로우로 들어갈 준비를 하고 있었다. 그런데 마침 동문 선배가 인천에 정신과 병원을 세우는 것을 도와주다 지금까지 눌러앉게 됐다. 개업은 꿈도 꾸지 않았는데 우여곡절 끝에 300여 병상을 갖춘 병원의 원장이 되어버렸다. 죽어도 알코올 중독 환자는 보지 않을 거라고 결심한 것이 무색하게 그보다 더 힘들다는 마약 중독 환자를 전문으로 보는 의사가 된 것이다. 사람 일이란 정말 알다가도 모를 일인 것 같다.

중독은 평생에 걸쳐 재발을 반복하며 지속되는 병이다. 환자 자신뿐만 아니라 그를 사랑하는 이들까지도 지옥으로 몰아넣기도 한다. 아이러니하게도 민간 개인 병원에서 봉직의(월급의사) 생활을 시작하면서 다시 중독 환자를 보게 된 이유도 바로 중독 환자들 때문이었다. 어쩌면 중독을 이해하기까지 4년이라는 전공의 기간은 너무 짧았는지도 모르겠다.

봉직의 생활을 시작하고서 3, 4년 정도 지났을 때로 기억한다. 한 선배님이 청주에 알코올 중독 전문 병원을 개원하셨다고 했다. 개원식에 참석해 병원을 둘러보고 교수님과 선후배를 만나 인사를 나누고 빠져나오려는데 누가 뒤에서 나를 불러 세웠다. 뒤돌아보니 말끔하게 슈트를 차려입은 단단한 체구의 한 사내가 서 있었다.

"절 못 알아보시겠습니까? 저 ○○○입니다. 선생님 전공의 때 입원했었죠."

그의 얼굴을 한참을 찬찬히 훑어보고서 나는 순간 공포에 얼어붙어 버렸다. 모 광역시의 유명한 조직폭력배 부두목이었던 그는 운동으로 다져진 근육질 몸매의 소유자로서 그 도시의 정신과에 알코올 중독으로 입원해 있었다. 그러던 중 정신과 병동 수간호사에게 연정을 품게 되었고, 간호사가 만나주지 않는다며 조직원들을 풀어서 직원들의 출퇴근을 막는 등 엄청난 사건을 벌이기도 했었다. 결국 담당 주치의의 설득으로 우리 대학병원으로 옮겨 입원 치료를 시작한 사람이었다.

비록 조직폭력배이긴 했으나 자신이 알코올 중독자라는 사실을 인정하고 단주를 위해 노력하는 사람이었다. 하지만 일단 술을 마시고 나면 사람이 180도 변하는 바람에 누구도 쉽게 통제할 수 없었다. 우리 대학병원으로 옮겨 오고 나서 초반까지는 성실하게 치료에 임하는 듯 보였다. 하지만 결국 술이 또다시 문제를 일으켰다.

하루는 그가 외출을 나가서 술을 마시고는 다시 병원으로 들어오는 과정에서 사건이 벌어진 것이다. 그는 만취한 상태로 폐쇄 병동으로 들어와서 주치의였던 3년 차 형의 멱살을 잡았다. 이윽고 3년 차 형을 질질 끌고 다니더니 결국 병원 밖으로 데려가서 위협을 가하고 억지로 술을 진탕 먹이고는 사라져버렸다. 병원에 들어와서 행패를 부리는 그를 보며 보호사님들은 물론 전공의 중 어느 누구도 다가갈 엄두를 내지 못했다. 그만큼 당시의 공포는 정말 끔찍했다. 그래서는 안 되지만 그 모습을 지켜보던 나는 '정말 저 인간이 회복하면 내가 손에 장을 지진다'라는 생각이 절로 들 정도였다.

그 후 10년이 지났다. 선배 병원의 개원식 자리에서 바로 그가 날 불러 세운 것이다. 그 순간 나는 도망을 가고 싶은 생각이 들 정도로 무서웠다. 하지만 그는 취해 있지 않았다. 누구보다 정중하고 신사적인 태도로 뚜벅뚜벅 다가오더니 내게 악수부터 건넸다.

"천 선생님, 제가 그때 여러 선생님들께 큰 폐를 끼쳤던 것 정말 죄송하게 생각하고 있습니다. 정말 부끄럽고, 드릴 말씀이 없습니다. 하지만 저 단주한 지 5년이 지났고, 지금은 이 병원에서 보호사로 일하기로 했습니다."

그제야 굳어 있던 내 표정도 풀렸는지, 그는 자신이 그동안 겪은 이야기들을 들려줬다. 5년 전 마지막으로 술을 마셨던 날, 여느 때처럼 그는 술을 마시고 집을 때려 부순 채 잠이 들었다. 그 후 몇 날 며칠을 잠을 잤는지 모를 정도였다. 이삼 일 정도 바닥에 뻗은 채로 잠을 자다 간신히 잠이 깨어 주위를 둘러보니 집사람은 집을 나간 상태였고, 그의 곁에는 이제 겨우 세 살 난 딸이 불덩이같이 달아오른 채 쓰러져 있었다. 집사람은 '너도 한번 당해봐라' 하는 심정으로 곧바로 집을 나간 것이었다. 주변에는 겨우 세 살밖에 되지 않은 딸이 그래도 살겠다고 여기저기 널브러진 음식을 주워 먹은 흔적이 있었다.

"간신히 정신 차리고 불덩이처럼 열이 나는 아이를 안고는 맨발로 무작정 병원을 향해 달렸습니다. 정말 제 정신이 아니었습니다. 나 때문에 아이가 죽는다고 생각하니 미칠 것 같았어요"

그는 그날 이후로 술을 끊었다.

"내 아이에게만큼은 부끄럽지 않은, 자랑스러운 아빠가 되기로 결심했습니다."

지켜보는 우리는 물론이고, 정작 중독자 자신조차도 도저히 안 될 거라고 포기하고 자책하며 절망했지만 언젠가 변화하는 순간이 올 수 있다는 것. 마음 아프지만 멋진 이야기였다. 그와 짧은 포옹을 나누고 돌아서는데 예전에 내가 알던 그 사내가 아닌 듯했다. 예전보다 한 뼘은 더 자란 듯한 그가 부처님 같은 미소를 지으며 내게 손을 흔들어줬다.

그 좋은 마약을 굳이 왜 끊으시려 하나요?

2006년경 서울의 모 대학병원과 함께 본격적으로 필로폰 중독자들에 대한 연구를 시작했다. 내가 근무하던 인천 지역에 워낙 마약 중독 환자들이 많다 보니 그들을 돕기 위한 일환이었다. 한국마약퇴치운동본부의 도움을 받아 수강 명령*을 수행 중인 필로폰 중독자를 대상으로 혈액 검사, 뇌영상 검사 등으로 연구했다. 이를 계기로 각종 재활 프로그램의 강의와 상담에도 참여하기 시작했다. 아마도 정신과 전문의 중에서는 의정부 교도소부터 전남 장성 교도소까지 들락날락한 사람은 내가 유일하리라 생각한다.

처음 교도소에 들어가던 날이 생각난다. 우선 육중한 건물에 압도당했다. 건물 안에서 풍겨오는 무엇인가에 억눌릴 듯한 공기는 서늘하기까지 했다. 교도소 입구에서는 휴대전화부터 지갑까지 모두 꺼내놓아야 했고, 수없이 이어지는 철창들을 통과해야 했다. 드라마 〈슬기로운 감빵 생활〉에서 나오는 것처럼 인간적이거나 달달한 곳이 전혀 아니었다. 당시 나는 재소자들의 교육을 위해 간 것이어서 잠깐 쉬는 시간에 재소자들에게 질문을 했다.

"여러분들, 혹시 저에게 따로 부탁할 일이 있으실까요?"

교도소로 교육을 갈 때 가끔 간식을 갖고 가기도 해서 나는 간식이나 좀 사다달라는 부탁이 나올 거라 예상했다. 하지만 돌아온 대답은 의외였다.

"음악을 좀 듣고 싶습니다."

문득 영화 〈쇼생크 탈출〉에서 운동장에 울려 퍼지던 모차르트의 아리아가 떠올랐다. 영화 속에서 재소자들이 낯선 음악을 들으며 마치

---

* 마약 중독자들 중 초범의 경우 구속하지 않고 마약 중독에 대한 강의를 의무적으로 듣도록 하는 프로그램

어딘가에 홀린 듯 제자리에 얼어붙던 장면 말이다. 그 장면이 단순한 낭만적 상상이 아니라는 것을 깨달았다. 인간의 생존을 위한 기본적인 욕구만 허락된 교도소의 삶이 무엇인지 그 순간 느낄 수 있었다.

그런데 여기서 한 가지 짚고 넘어갈 부분이 있다. 〈슬기로운 감빵 생활〉에서는 마약 중독자가 일반 죄수들과 같이 지내는 것으로 그려지고 있는데, 이는 잘못된 내용이다. 마약 사범은 일반 재소자들과 함께 수감되지 않고 그들만을 위한 방에 따로 분리해 수감한다. 가뜩이나 마약으로 인해 뇌가 녹아내리다시피 해서 극심한 우울, 초조, 불안 그리고 충동 공격성을 지닌 마약 중독자들이 한 방에서 생활한다는 것은 끔찍한 일이다. 그렇기에 간혹 마약 사범 스스로 차라리 혼자 있는 게 낫다며 일부러 끔찍한 폭행 사건을 저질러 징벌방에 가는 경우도 허다하다.

무엇보다 교도소 내에서 짧게는 수개월, 길게는 수년을 함께 지내면서 자신이 몰랐던 새로운 마약들에 대한 이야기, 경찰에 걸리지 않는 방법, 병원에서 쉽게 타 먹을 수 있는 대체 마약의 종류 등을 공유하는 학습(?)의 장이 열리게 된다. 결국 교도소를 출소하는 순간, 같이 지냈던 서울 형님, 부산 동생, 인천 친구 등 마약을 구할 수 있는 전국적인 공급망을 얻어서 나오는 게 문제다. 처벌 위주의 정책이 별 실효성을 발휘하지 못하는 이유이기도 하다.

교도소에 수감 중인 마약 중독자들을 만나면서 나는 하나의 의문을 품게 됐다.

'왜 이토록 멀쩡한 사람들이 자신의 삶을 망치고 자신을 죽음으로 이끄는 마약을 놓지 못하고 결국 이곳까지 오게 됐을까? 왜 이 사람들은 기어코 열지 말라던 판도라의 상자를 열었을까? 왜 그 수많은 끔찍한 것들이 쏟아져 나오는데도 중간에 상자를 닫지 못한 것일까?'

　내가 교도소 안에서 만난 이들은 흔히 사람들이 떠올리는 흉악한 사이코패스, 약에 미친 뽕쟁이, 24시간 약에 취해 해롱거리는 사람들이 아니었다. 물론 반사회적인 성격을 가진 이들도 분명 있었지만 대부분 하나같이 평범한 사람들이었다. 정말 젠틀한 성격을 가진 사람도 있었고, 영화배우처럼 잘생긴 청년도 있었다. 또 심약한 사람, 유머러스한 사람까지 각자의 건강함과 매력을 지닌 이들이었다. 하지만 이들이 마약이라는 지옥행 급행 열차에 올라타게 되면, 지옥 입구까지 가는 것은 순식간이다.

　마약 중독 환자를 진료하는 진료실은 작은 전쟁터와 같다. 마약 중독 환자들은 자신을 "천국을 엿본 사람들"이라고 표현한다. 실제로 필로폰을 단 한 차례만 투여해도 우리 뇌의 쾌락중추(보상계)에서는 막대한 양의 엔도르핀과 도파민을 분비한다. 우리가 삶을 살아가면서 느끼는 모든 긍정적인 감정들, 즉 짜릿함, 안락함, 성취감 같은 모든 좋은 감정은 우리 뇌의 쾌락중추에서 엔돌핀과 도파민을 분비함으로써 이루어지는 작용이다.

　연구에 따르면 필로폰을 투여하면 성관계를 하며 오르가슴을 느낄 때 분비되는 엔도르핀 양의 약 30~100배에 해당하는 엔도르핀이 최대 72시간 동안 쏟아지게 만든다고 한다. 헤로인, 펜타닐, 엑스터시 등 마약마다 나타나는 효과는 차이가 있겠지만, 모두 일상적인 삶에서 도저히 경험할 수 없는 양의 엔도르핀과 도파민이 뇌 안에서 치솟게 만든다. 그러니 마약 중독 환자들이 "천국을 엿보았다"라고 하는 말이 틀린 것은 아닌 셈이다. 끔찍한 사실은 이러한 극한의 쾌감을 경험하게 됨으로써 지옥을 향한 멈출 수 없는 발걸음이 시작된다는 것이다.

　하지만 제우스가 열지 말라고 했던 판도라의 상자를 열어버린 순간부터 이미 비극은 시작됐다. 막대한 양의 엔도르핀과 도파민이 치솟는 극한의 쾌감을 맛본 뇌는 한순간 천국까지 두둥실 떠올랐다가 반드시 온갖 고통과 지루함이 가득한 지상으로 다시 추락하게 된다. 판도라의 상자를 열었던 순간 이후부터 삶은 지옥처럼 느껴지게 된다. 그동안 나름의 재미와 보람을 느끼며 살아왔던 일상이 지옥으로 변해버리는 것은 한순간이다.

마약을 경험한 이후 일상에서 경험하는 모든 일들은 지루하고 밍밍하며 무가치한 것으로 바뀌기 시작한다. 친구들과 차를 마시고, 여행을 가고, 맛있는 음식을 먹으며 느끼던 내 삶의 일상들이 블랙홀처럼 마약에 빨려 들어가기 시작한다. 어느새 정신을 차려보면 자신은 늘 마약을 구하고자 온갖 궁리를 하고, 마약에 취해 있을 뿐이다. 그리고 약에서 깨는 동안 열패감과 절망감에 시달리는 것이 전부인 삶이 펼쳐진다. 내가 진료실에서 만났던 사람들이 모두 그러했다.

15년 전쯤, 마약 투약 사범을 대상으로 인천보호관찰소에서 실시한 수강 명령 프로그램에서 강의를 한 적이 있다. 당시 90세가 넘은 할아버지 한 분이 대마 사범으로 적발돼 강의를 들으러 오셨다. 그런데 할아버지가 강의를 마치고 나오는 나를 붙잡으시더니 한마디 하셨다.

"어이, 의사 양반, 날도 더운데 고생하는 건 고마우이. 그런데 당신이 뭔데 나한테 약을 끊으라 마라 하는 거유? 내 소원이 뭔 줄 알아? 내가 저 세상 가는 그날 우리 할망구 옆에 끼고 푸른 초장에 누워서 말이지, 떠 가는 흰 구름 보면서 떨 한 대(떨은 대마초의 은어다) 딱 피고 하늘나라 가는 게 내 로망이다, 이거야."

나는 공손하게 어르신의 두 손을 잡으며 말씀드렸다.

"어르신 말씀 잘 알겠습니다. 저도 부디 어르신 소망 꼭 이루셨으면

하는 바람입니다."

진심이었다. 내가 처음 진료실을 찾아온 환자에게 하는 첫 질문이 바로 그것이다.

"아니, 왜 그 좋은 마약을 굳이 안 하려고 하시나요?"

비아냥이 아니라 진심으로 건네는 질문이다. 그러면 대부분의 환자들은 이렇게 대답을 한다.

"마약을 하면 교도소에 가니까요."

"마약을 하면 인생을 망치잖아요."

"마약을 하면 자살로 죽게 되니까요."

모두 맞는 말이다. 하지만 부정적인 이유만 가지고서는 끔찍한 재발의 굴레에서 벗어날 수 없다. 마약을 투여해 천국에서 둥둥 떠다니는 경험을 한 사람이 마약을 끊기로 결심했다고 생각해보라. 그는 지상으로 추락해 각박한 일상의 삶을 살아가면서 또다시 절망, 지루함, 분노와 같은 감정을 맞닥뜨릴 수밖에 없다.

'마약을 하면 교도소에 가니까? 그래? 까짓 거 가지 뭐.'

'마약을 하면 인생 망치니까? 어차피 내 인생 다 망가졌는데 뭐.'

'마약을 하면 자살로 죽으니까? 나 어차피 죽고 싶은 심정이야.'

결국 이러한 자포자기의 심정에 빠져들고 만다. 무엇보다도 다시 마약을 할 수밖에 없는 생물학적 사실을 이해해야 한다. 일반인은 물론이고 가족들조차도 마약 중독 환자들이 쾌락에 빠져서, 마약에 미쳐서, 의지가 약해서 다시 약물을 한다고 생각하지만 전혀 그렇지 않다.

누구나 처음에는 그야말로 호기심에 쾌락을 경험하기 위해 마약을 시작했을지 모른다. 하지만 마약을 끊임없이 반복하는 이유는 뇌의 쾌락 중추에 영구적인 장애가 만들어졌기 때문이다. 앞서 설명한 것처럼 우리 뇌는 극한의 쾌락을 유발하는 마약을 경험하고 나면 삶을 살아가다 견디기 힘든 감정들에 부딪힐 때마다 당장 고통으로부터 탈출시켜 줄 수 있는 마약을 자동적으로 떠올리고 마약을 하고 싶게 만드는 강렬한 갈망에 사로잡히게 된다.

마약에 다시 손을 대는 것은 쾌락을 얻기 위해서가 아니다. 마약 중독자들은 끔찍한 고통으로부터 벗어나기 위해 마약에 다시 손을 댄다. 마약 중독자의 가족 교육에서 강조하는 것도 이런 점이다. 마약 중독자들을 비난하고 혼내고 의심하고 확인하고 잔소리해서 중독을 끊게 만들 수 있었다면 엄마가 있는 마약 중독자들은 이미 다 완치가 되었을 것이다. 가족들은 다 잘되라고 비난, 의심, 확인, 잔소리를 반복할지 모른다. 하지만 그것은 중독자를 불행의 구석으로 내모는 것일 뿐이다. 궁극적으로는 재발하도록 등을 떠미는 것과 마찬가지다.

"네 인생을 망치는 마약을 끊는 게 당연하고 네가 정신 차리고 의지가 있으면 끊어야 하는 거 아니야?"가 아닌 "네가 이런 끔찍한 상황 속에서도 회복하려고 하루하루 견디고 버티고 있는 것이 참 대견하고 기특하다"로 메시지가 바뀌어야만 한다.

"치료의 목적은 단순히 당신이 마약을 끊는 것이 아닙니다. 당신의 삶을 정직하고 떳떳하고 의미 있고 가치 있는 삶으로 바꾸는 것입니다."

이것이 내가 환자분들을 만나는 첫 시간에 드리는 이야기다. 선배의 병원 개원식에서 만났던 중독자가 딸에게만큼은 부끄럽지 않고 자랑스럽고 멋진 아빠가 되어야겠다며 단주를 유지해온 것처럼 말이다. 이렇듯 마약 중독자의 삶은 항상 죽음과 맞닿아 있다. 지금 살아 있다 해도 나중에는 자신이 있는 곳이 지옥인지 인지하지 못할 정도의 절망이 자리 잡는다. 반면 알코올 중독은 합법적인 물질이기에 "그래, 알코올 중독자니까 술 마신 건데 어쩌라고!"라며 술을 마신 사실을 시인하고 되레 목소리를 높여 따질 수라도 있지만, 마약 중독은 다르다. 투약 사실을 시인하는 순간 범법자가 되어버리기에 온갖 변명과 거짓말, 자기기만이 난무할 수밖에 없다. 정말 정직하고 선했던 한 인간이 (가족들의 표현대로) "입만 열면 거짓말"을 하는 존재로 변해가는 과정을 지켜본다는 것은 또 하나의 고통이다. 게다가 약물 과다 투여로 급성 정신병 상태라도 와버리면 감당하기 어려운 괴물로 변해버린다. 평소 신뢰를 쌓아왔던 주치의가 자신을 죽이려는 조직의 악당이 변신한 것이라며 망상에 사로잡힌 환자를 보면 자칫 내가 환자 손에 죽을 수도 있겠다는 생각마저 든다. 내가 진료실에 가스총과 야구 방망이를 둔 이유이기도 하다. 물론 한 번도 사용해본 적은 없다.

마약 중독자가 되고 싶은 사람은 없다

많은 사람이 왜 마약 중독자들을 치료하느냐고 묻는다. 누가 알아주는 것도 아니고 돈을 더 주는 것도 아닐뿐더러 모두가 기피하는 힘든 일을 왜 자처하느냐고 말이다. 그럼 나는 "배운 게 도둑질이라서…"라고 둘러대는 편이다. 하지만 한 가지 분명한 사실은 내가 자신의 삶을 걸고 회복하려는 이들을 진심으로 존경하고 사랑한다는 것이다.

내가 아는 어떤 마약 중독자도 처음부터 소위 약쟁이가 되고 싶었던 사람은 없다. 초등학교 1학년 때 미술 시간을 떠올려보자. 선생님이 20년 뒤 혹은 30년 뒤 미래의 자신의 모습을 그려보라고 한다. 그때 우리는 모두 어떤 그림을 그렸을까? 교도소 생활 2년째인 나, 정신병원에 갇혀 있는 나를 그리지 않았을 것이다. 다들 누가 옆에서 가르쳐주지 않아도 소방관, 과학자, 우주비행사, 대통령, 학교 선생님 같은 모습을 그랬을 것이다. 우리는 모두 인생의 출발선상에서 가치 있고, 의미 있고, 남을 도울 수 있는 존재가 되고 싶었던 사람들이었다. 다만 누군가는 젊은 시절을 잘 보내 자신이 원하는 모습에 다가갔고 다른 누군가는 자신이 의도하지 않은 길에 들어섰을 뿐이다. 내 젊은 시절의 장면들을 되돌아보면 다행히도 내 곁에는 마약을 하는 누군가가 있었던 적이 단 한 번도 없었다.

만약 술을 마시고 객기를 부리던 20대 시절에 친한 친구가, 좋아하는 선배가 "이거 중독되는 것도 아니고 그냥 기분 좋아지는 거야. 한번 해봐"라고 마약을 권했다면 과연 나는 끝까지 거부했을지 알 수 없다. 물론 소심한 A형이기에 수차례 거부했겠지만 술에 취한 객기에 마약에 손을 댔을지도 모를 일이다. 만약 그랬다면 나의 뇌 또한 돌이킬 수 없는 중독의 늪에 빠져들었을 것이고 지금과는 다른 인생을 살고 있을 것이다. 그런 점에서 난 운이 좋았다고도 할 수 있다.

호기심이든 다른 어떤 이유든 마약에 손을 댄 사람들의 잘못을 두둔하거나 합리화해줄 생각은 없다. 그들은 자신의 몫인 죗값을 당연히 치러야 할 것이고, 평생을 통해 고통을 짊어져야만 할 것이다. 하지만 그 누구도 자신이 마약 중독자가 될 거라고 꿈도 꾸지 않았을 것이다. 그들도 "마약은 나쁜 거야"라는 말만 들었을 뿐, 왜 단 한 번의 투여만으로도 평생을 지옥에서 보내야 하는지를 제대로 교육받아본 적이 없다. 지옥행 급행 열차에 대해 알지 못했던 사람들이다. 그래서 나는 환자들에게 이야기한다.

"비록 지금 당신의 삶이 마약으로 인해 망가지고 당신이라는 존재가 바닥에 떨어진 것처럼 보이지만, 초등학교 1학년 미술 시간에 그림을 그리던, 정직하고 가치 있는 삶을 원하던 당신이 없어진 것은 아닙니다.

당신에게는 여전히 존중받고 존경받아야 할 원래의 당신 모습이 있다는 것을 잊지 말아야 합니다."

나는 많은 마약 중독자들을 지켜봤다. 그들은 남들이 자신을 무시하고 비난하기 이전에 스스로 자신을 업신여기고 홀대하며 망한 인간으로 취급하고 있었다. 스스로를 쓰레기 취급한다면 살아가는 하루하루에서 가치를 찾을 수 없다. 더구나 마약을 하지 않고 버텨야 할 이유조차 더욱 없어진다. 마약 중독자가 자신에 대한 비난을 멈추고 자신을 돌보고 사랑하기 시작할 때, 바로 회복이 시작된다고 전하고 싶다. 나는 그들이 자신의 잘못을 받아들이도록 강요하는 사람이기에 앞서 그들이 얼마나 소중한 존재인지를 이야기해주는 사람이고 싶었다. 의사라는 위치는 그런 일을 하기에 꽤 근사한 위치이기도 하다.

올 한 해에도 내 환자 중 몇 명이 자살로 삶을 마감했다. 또 많은 환자가 교도소에 끌려 들어갔다. 그들은 교도소에 가서 일주일에 대여섯 통씩 편지를 보내온다. 나를 끔찍하게 힘들게 만드는 것도 마약 중독자들이지만 그런 나를 치유해주고 회복시켜주는 것 또한 그들이다. 매일 힘든 싸움을 통해 회복해가는 환자들을 지켜보는 것은 기적 같은 체험이고 근사한 기쁨이다.

호스트바에서 선수로 뛰면서 많게는 하루에 천만 원도 벌었던 K 군. 그는 단약을 위해 스스로 유흥업 출입을 접었다. 이후 제빵 기술을 배워 빵을 만들며 살아가고 있다. 한 달 내내 죽어라고 일해봐야 예전에 받던 팁에 한참 모자라는 월급을 받으면서도 주변으로부터 인정받으며 일을 해나가고 있다. 그가 제빵사 자격증을 얻고서 처음으로 진료실에서 수줍게 내밀었던 초코 머핀은 정말 아찔한 맛이었다. 약에 취해 자살 시도를 반복하던 C 양. 그녀는 플로리스트로 변신해 꽃바구니를 만들어 내게 가져다줬다. 수차례 교도소를 드나들었던 H 님. 그는 헤어졌던 가족과 재회했다. 그의 아들은 아빠 바라기가 됐고 현재 특목고를 다니고 있다. 그는 현재 회복 상담가가 되어 전국의 교도소와 구치소를 돌며 다른 마약 중독자들을 돕고 있다. 부부가 모두 마약 중독자여서 구속될 뻔했던 L 씨. 그는 다행히 1년 넘게 단약에 성공하면서 구속을 면했고 이제 갓 100일이 지난 예쁜 아기를 데리고 병원을 찾아왔다. 아이의 말문이 트일 때면 나를 '큰아빠'라 부르기로 했다.

중독이라는 병은 지옥으로 가는 문을 열어주는 끔찍한 병이다. 하지만 지옥 문 앞까지 갔던 이들이 자신의 삶을 회복해나가는 모습은 기적의 체험과도 같다. 중독이라는 병은 죽음을 향해 가는 병이지만 회복 속에서 한 사람의 인격이 성장해나가는 과정이기도 하다. 그런 점에서 아이러니하게도 축복 같은 병이기도 하다. 회복해나가는 환자들을 마주하다 보면 어쩌면 그토록 한 사람이 관대해지고 지혜로워지고 강해질 수 있는 것인지 놀라곤 한다. 오히려 내가 치유를 받아 상담료를 드려야 할 것 같은 경험을 하게 된다.

나는 매일 무너져 내리는 이들 앞에 선 사람이기도 하지만 매일 자신의 삶을 걸고 용기 있는 투쟁을 해나가는 이들을 지켜보는 사람이기도 하다. 회복을 위해 길을 나선 이들은 모두 용감한 사람들이다. 다른 누구보다도 세상을 훌륭하게 살아가고 있는 사람들이다. 때로는 좌절하고 때로는 다시 무너져 내릴지 모른다. 하지만 지금 걷고 있는 길에서 지치지 않는다면, 포기하지 않는다면 회복의 길에 올라설 수 있다. 이미 수많은 회복자분들이 증명해낸 길에 올라설 수 있다.

의사로서 미숙하고 성급했으며 무지했던 나를 성장시킨 것도 바로 그분들이었다. 돌이켜보면 진료실에 들어서자마자 내게 "요즘 괜찮으시냐"고 "힘내시라"고 격려해준 것도 내 환자분들이었다. 그분들은 내가 이끌어 치료한 것이 아님에도, 그저 곁에서 함께 걸었을 뿐임에도 회복의 공을 내게 돌렸다. 그래서 내가 환자분들에게 가장 많이 했던 말도 "제가 감사합니다"였던 듯하다.

판도라가 '모든 선물을 가진 자'였듯이 어쩌면 그녀는 다 풀어보지도 못할 만큼의 선물을 쌓아두고 있었을 것이다. 선물이란 내 오랜 노력을 통해서 얻어낸 것이 아니다. 어느 날 불쑥 내게 건네진 것이다. 어쩌면 판도라가 받은 수많은 선물들은 제우스가 준 마지막 재앙의 상자로 가는 징검다리였던 것은 아닐까 생각한다. 판도라에게 선물을 열어보는 기쁨 말고 자신의 삶 속에서 누리고 있는 다른 건강한 기쁨들이 있기는 했던 걸까. 어쩌면 결국 모든 선물을 다 풀어본 후 지친 나머지 더이상 할 일이 없어 방구석에 처박혀 있던 제우스가 준 마지막 상자에 눈이 가게 된 것은 아니었을까. 만약 그녀가 진작에 선물 풀어보기를 멈추고 자신의 삶에 집중했더라면 제우스가 준 불길한 상자는 기억 속에서 잊혀 집 안 한구석에 처박혀 있었을 것이다.

중독의 가장 무서운 속성은 즉각적 보상이다. 우리 주변에는 상자를 열기만 하면 눈앞에 펼쳐지는 선물들이 도처에 널려 있다. 우리는 당장의 엄청난 쾌락을 얻기 위해, 당장의 고통으로부터 벗어나기 위해, 불법이거나 부끄러운 짓이거나 내 미래를 망치는 일일지라도 손을 댄다.

내 미래가 어떻게 되든 상관없이 당장의 쾌락을 위해 마약을 하고, 지난한 공을 들여서 해야 하는 식이요법과 운동을 건너뛰고 당장 살을 빼고자 다이어트 약을 남용한다. 벼락부자가 되기 위해 도박을 하는 그 모든 것들이 '즉각적 보상'을 향한 욕망이다. 즉각적 보상의 대가가 무엇인지는 우리 모두 알고 있다. 하지만 지금도 많은 사람이 자신의 몫으로 주어진 판도라의 상자를 주저 없이 연다. 이미 상자를 열었을 때는 우리 삶 속으로 쏟아져 내리는 온갖 불행을 막을 수 없다.

판도라의 상자에서 세상의 모든 불행들이 쏟아져 나온 후, 마지막에 희망이 남아 있었다는 사실은 어찌 생각하면 눈물겨운 결말이다. 나는 지난 20여 년간 마약 중독자들의 절망과 고통을 곁에서 함께 나누면서 지켜봤다. 결국 그들이 열어버린 모든 상자 안에는 하나도 빠짐없이 희망이 담겨 있었다. 다만 상자 안을 가득 채우고 있던 온갖 불행이 다 빠져나오기 전까지 맨 밑바닥에 처박혀 있는 희망을 볼 수 없었을 뿐이다. 설령 희망이 있다고 해도 믿지 않았을 뿐이다.

모든 불행이 다 빠져나오고 희망이 모습을 드러내기까지 포기하고 넋을 놓고 기다릴 것인지, 아니면 지금이라도 용기를 내어 끔찍한 고통으로 가득한 상자 안에 손을 넣어 희망을 붙잡을 것인지는 우리의 선택에 달렸다. 지금 이 시간에도 자신의 삶을 회복하기 위해 용기 있는 싸움을 해나가고 있는 모든 중독자 분들에게 존경과 응원을 보내드린다.

죽고 싶은 사람과 살리고 싶은 의사

백종우 ― 경희대학교병원 정신건강의학과 교수

자살예방

위기는 결코 찾아오지 않는 것이 좋겠지만,

나름대로의 의미를 갖는다. 위기에 빠진 순간 우리는

자신의 주위에서 누가 진심을 가진 사람인지 알아차릴 수 있다.

그리고 그런 진심을 가진 한 사람이 옆에 있다면

삶은 다시 시작된다.

백종우

정신건강의학과 전문의. 경희대학교병원 교수. 과 선택을 고민하다가
"정신과는 고민하는 과니까 너한테 딱"이라는 선배 말에 정신과 의사가
되었다. 자살유가족과 천안함, 세월호 생존자들을 만난 후 고민보다는
행동하며 살고 있다. 故 임세원 교수와 함께 〈보고듣고말하기〉 개발간사로
일했다. 중앙자살예방센터장을 지냈고 한국트라우마스트레스학회장,
대한신경정신의학회 재난정신건강위원장, 국회자살예방포럼
자문위원장으로 활동하며 마음이 아픈 사람들이 쉽게 치료와 지원을 받는
사회를 마음에 품고 움직인다. 서울신문에 '백종우의 마음의 의학' 칼럼을
4년째 연재 중이다.

흔히 정신건강의학과 의사라고 하면 프로이트처럼 환자가 누워 있는 소파 뒤편에서 환자의 자유 연상을 듣고 있는 상황을 떠올린다. 요즘은 비교적 소수의 정신분석가들만이 사용하는 방식이다. 현대의 정신건강 의학과 의사들은 대개 차분한 분위기의 진료실에서 환자와 얼굴을 맞대고 이야기를 듣는다. 그런데 이것이 전부가 아니다.

　　정신건강의학과 의사들은 경찰과 119 구급대원과 함께 응급실을 찾는 환자를 자주 접한다. 주로 정신 응급으로 위기 상황에 있는 환자들이다. 환자 본인이 원치 않는데도 정신과 보호 병동에 입원을 시키는 것은 법적으로도 인정하는 자타해의 위험 때문이다. 정신건강의학과 의사 1년 차에게 매우 중요한 첫 번째 임무가 바로 정신 응급 상황을 마주하는 것이다.

1998년 응급실

　　1998년 2월, 정신건강의학과 1년 차 근무 첫날이었다. 그날 나는 정신과 면담이 아닌 상처 소독과 봉합 처리를 배정받았다. 환자는 세면대에 머리를 스스로 부딪쳐 피를 흘리고 있던 20대 여성이었다. 그녀는 대학을 다닐 때 학생회장으로 활동하기도 했다고 한다. 그런데 조현병이 발병해 입원 치료 중 누군가 자신을 향해 죽으라고 욕하는 환청을 듣고는 혼란스러워 자해한 것이었다.

며칠 후엔 응급 콜을 받고 나를 포함해 1년 차 세 명이 함께 병동으로 달려갔다. 환자는 태권도 사범 출신의 건장한 30대 남성이었다. 병동에서 마주한 그는 조증삽화*가 심해져 침대로 바리케이드를 친 채 난동을 부리고 있었다. 연신 발차기와 주먹질을 해대면서 당장 자신을 퇴원시키라며 큰 소리로 위협하기도 했다. 그 순간 환자의 발길질에 맞으면 죽을 수도 있겠다 싶었다.

우리가 쭈뼛거리며 어찌 할 바를 모르고 있던 그 순간, 구세주처럼 2년 차가 등장했다. 그는 차분하고도 단호한 낮은 목소리로 환자를 설득하기 시작했다. 그사이 보안 요원, 보호사 등 여러 사람이 병실로 모여들었다. 결국 환자는 2년 차에게 설득됐고 긴급 처치를 받아 상황이 종료됐다. 그를 보며 생각했다. 역시 어떤 2년 차라도 1년 차보다 낫기 마련이라고.

아무것도 모르고 경험도 없는 새내기 1년 차에게 2년 차는 가히 절대적인 존재다. 종일 따라다니며 배우고 심지어 잠도 함께 자며 생활한다. 지금은 사라졌지만 '100일 당직' 제도라는 것이 있었다. 1년 차가 되고 난 후 100일 동안 병원 당직실에서 숙식을 해결하며 배움을 이어가는 과정이다. 보통 당직실에는 2층 침대가 놓여 있는데 1년 차는 전화가 옆에 달려 있는 1층을, 2년 차는 2층을 사용했다.

또 1년 차 때는 응급실에서 한 시간 정도 응급 환자의 병력을 청취

---

* 양극성장애는 기분이 들뜨는 조증삽화와 기분이 가라앉는 우울삽화가 반복되는 기분장애다.

후 기록해 2년 차에게 치료 방향을 상의하곤 한다. 특히 우리를 맡았던 2년 차는 남달리 아는 게 많았다. 그는 궁금증이 생기면 항상 답을 정리해야 직성이 풀리는 성격이어서 교과서든 저널이든 끝까지 찾아보는 것이 일상이었다. 그래서인지 우리에 대한 기대도 높았다. 심지어 응급 환자 기록에서 빠진 곳을 찾는 데도 귀신이었다.

　그러던 어느 날, 2년 차 선생님이 평소와 달리 어두운 표정으로 의국에 앉아 있는 것을 발견했다. 평소 같은 자신에 가득 찬 모습은 온데간데없고 기운이 전혀 없어 보였다. 나는 무슨 일이 있는지 물었다. 그는 자신이 담당하던 할머니가 퇴원 후 며칠 만에 자살로 돌아가셨다고 대답했다.

　할머니는 전날 예약도 없이 외래를 찾아왔었다. 그에게 잠시 인사만 전하러 왔다고 했다. 그러더니 갑자기 고개를 숙이며 그동안 너무 감사했다며 인사를 전했다. 그는 뭔가 이상하다고 느꼈지만, 예약 환자가 밀려 있어 별다른 대응을 하지 못했다. 그저 잘 지내시라고 배웅만 해드렸는데 그게 마지막 인사가 된 것이다.

　심한 우울증이 올 때는 죽을 힘조차 없던 환자가 호전되면서 역설적으로 자살 위험이 높아지는 시기가 찾아온다. 그는 할머니의 자살 경고 신호를 자신이 놓쳤다며 자책하고 있었다. 무릇 정신건강의학과 의사라면 자신의 환자가 자살로 생을 마감하는 것을 피할 수 없다. 환자의 유가족에게도 트라우마로 남겠지만 의사에게도 환자의 자살은 커다란 트라우마로 남는다. 왜 막지 못했을까 하는 끝없는 물음표를 남긴 채. 그는 이후에도 여러 차례 그날의 경험을 이야기했다.

1998년 응급실 두 번째 이야기

시간은 흘러 나는 1년 차 후반이 됐다. 혼자 응급 당직을 서고 있던 어느 추운 날, 응급 콜이 왔다. 응급실에서 중년의 남성 환자가 난동을 부리고 있다는 메시지였다. 의식불명 상태로 길에서 발견돼 119 신고 접수를 받아 응급실에 실려 온 환자였다. 그런데 뇌CT 검사 도중 갑자기 그가 일어나더니 가위로 사람들을 위협하고 수액 줄을 뽑고는 피를 흘리며 밖으로 뛰쳐나간 것이다. 다행히 인턴 선생님이 그를 쫓아갔고 영상의학과 판독실에서 대치 중인 상태였다.

나는 경찰에 신고하고 병원보안팀, 병동보호사들에게도 판독실로 와달라고 요청한 후 곧바로 달려갔다. CT실 벽엔 환자의 피로 보이는 핏자국이 남아 있었다. 2층 판독실로 올라가자 판독실 문은 닫혀 있었다. 안쪽에서 별다른 소리는 들리지 않았다. 환자와 인턴의 안전을 확인할 수 없는 상황이었다.

'보안팀과 함께 바로 문을 열고 들어가야 할까? 경찰이 올 때까지 기다릴까? 나 혼자라도 먼저 들어가고 인턴을 내보내야 할까?'

그 순간 수많은 생각이 뇌리를 스쳤다. 치프(chief)나 지도교수님께 물어볼 여유는 없었다. 지체 없이 나 혼자 결정해야 했다. 안에서 큰 소리가 나지 않으니 일단 들어가서 확인해보기로 했다. 나는 보안팀에게 벽 쪽에 붙어 있다가 안에서 신호를 주면 바로 들어오라고 전한 후 문을 두드렸다.

똑똑. 문이 열리고 안에서 인턴 선생님이 나왔다. 나는 환자에게 다가갔다. 중년의 나이로 보이는 그는 판독실에 앉아 있었다. 옷차림이 다소 흐트러져 있긴 했지만 대화가 가능해 보였다. 정신과 의사라는 것을 밝힌 나는 환자와 이야기를 나눌 수 있는지 물었다. 그는 고개를 끄덕였다. 전후 사정을 들어보니 조금 전 CT실에서 본 선혈은 수액 줄이 빠지면서 튄 것이었고 환자에게 별다른 외상은 없어 보였다. 나는 일단 인턴 선생님을 내보냈다. 그리고 환자에게는 많이 놀랐을 테니 진정하라고, 의식이 없는 상태로 응급실에 오게 돼 CT검사 중이었다고 자초지종을 설명했다.

그런데 몇 분 후, 판독실의 전화가 울리자 환자는 눈썹을 찡그리며 다소 불안한 표정을 지었다.

"전화를 끊어버릴까요, 아니면 받아볼까요?"

내가 묻자 그는 받아보라고 대답했다. 판독실의 상황을 모른 채 당직이 있는지 찾는 다른 직원의 전화였다.

"지금 여기 안 계십니다."

바로 그 순간, 환자는 무슨 신호라도 받은 듯 살짝 열려 있는 창문 쪽으로 돌진해 몸을 날렸다. 창문에 모기장이 설치돼 있었지만 떨어진 것을 살짝 걸어놓은 상태여서 환자를 막는 데는 아무 소용이 없었다.

"안 돼요!"

나는 소리를 지르며 곧바로 환자를 쫓아갔다. 환자의 몸은 이미 절반 가까이 창밖으로 나간 상태였다. 가까스로 그의 바지를 잡았지만 환자가 운동복을 입고 있어서 쉽게 벗겨지고 말았다. 환자는 창밖의 좁은 지붕 공간에 떨어졌고 나는 창문 안쪽에 서서 그를 바라보고 있었다. 내 외침에 보안팀이 판독실 안쪽으로 들어왔다.

이미 때는 늦은 상황이었다. 더 이상 나와 대화가 불가능한 상태였다. 밖에서 대기하던 인턴 선생님은 자신이 나서서 다시 대화를 시도하고자 했다. 그 순간 멍하니 먼 곳을 바라보던 환자는 아래로 뛰어내렸다. 판독실은 2층이었지만 건물 아래에 지하 주차장 출입구가 있어 3층

높이였다. 환자는 아스팔트 바닥으로 머리부터 추락했고 우리는 산산이 흩어진 그의 몸을 봐야 했다.

몇 분 후 사이렌 소리와 함께 경찰이 도착했다. 경찰에 따르면 그는 주택의 담을 넘다가 신고를 당했고, 자신을 제지하는 경찰에게는 실수로 그랬다고 말해 훈방 조치를 받았다고 한다. 경찰은 그가 평소 연락을 하고 지내는 가족이 없다는 이야기도 전했다. 나는 지도 교수님에게 현장 상황을 보고했다. 교수님은 뇌출혈이나 급성정신병적 상태였을 가능성도 크지만, 마약 중독도 의심해봐야 한다며 팔에 주사자국 같은 것은 없는지 확인해보라고 했다.

몇 시간 후 나는 영안실로 가서 시신을 확인했다. 조금 전까지 나와 이야기를 시작하던 사람이 싸늘한 시신으로 누워 있었다.

'나는 왜 막지 못했을까? 처음에 다 같이 방으로 진입했다면, 전화를 바로 끊어버렸다면, 운동복이 아니라 청바지였다면, 결과가 달라졌을까? 그가 뛰어내린 판독실이 아니라 바로 옆방이었다면 2층 높이였을 텐데…'

끊이지 않는 생각의 사슬이 머릿속을 맴돌았다. 나는 정신과 의사로서 자질이 없는 것은 아닌지 스스로 되뇌었다.

몇 달 후 돌아가신 분의 가족이 병원을 찾아왔다. 가족과 인연을 끊고 혼자 생활한 지 너무 오래돼 어떻게 지내왔는지는 알 수 없었다. 추락사인 탓에 다른 사인을 부검으로도 밝혀내기 힘들다고 하니 뛰어내린 이유도 설명할 수 없었다. 가족에게 사실 그대로 설명하고 애도의 마음을 전하는 것 이외에는 할 수 있는 것이 없었다.

그 사이 나는 의국 선배와 동료들의 도움을 많이 받았다. 또 가장 좋아하던 전문의 선배에게 당시의 이야기를 털어놓았다. 선배는 자신의 트라우마를 노출시켜야 치유가 된다면서 마음의 준비가 되면 이 증례에 대한 토론회를 하는 것이 어떻겠냐고 조언했다. 몇 달 후 첫 발표를 시작으로 지금까지 자살예방에 대한 강의를 200회 정도 하면서 당시에 내가 겪은 이야기를 후배들과 다른 전문가들 앞에서 드러냈다. 내 경험은 자연스럽게 내가 우울증과 자살예방과 관련된 일을 하기로 마음먹는 계기가 됐다.

나의 영원한 2년 차는 나중에 대학에서 나와 함께 임상 강사를 하며 같은 방을 다시 쓰게 됐다. 잠은 따로 잤어도 또 종일 같이 보내게 됐다. 대학 동기였던 그는 2006년 성균관대학교 의대로 먼저 갔다. 나는 다음 해인 2007년 경희대학교 의대로 발령을 받게 됐다. 이후 12년 동안 우리는 우울증과 자살예방에 관련된 거의 모든 일을 함께했다.

2011년 그가 이름을 짓고 뼈를 갈아 넣어 만든 〈보고듣고말하기 한국형 생명지킴이 교육〉(이하 〈보고듣고말하기〉) 프로그램은 2022년 10월 기준 197만 명 이상이 수료한 대표적인 생명지킴이 교육이 됐다(나의 영원한 2년 차는 故 임세원 교수다. 성균관대 강북삼성병원 교수로 일하던 그는 2018년 마지막 날 갑작스럽게 찾아온 마지막 환자를 보다가 그에 의해 사망했다).

2008년 10월 2일

배우 최진실 씨가 사망했다. 당시 국민적 사랑을 받던 배우의 사망은 우리 사회에 큰 충격을 안겼다. 하지만 당시 언론이 자살 보도를 다루는 인식의 수준은 안타까울 정도로 매우 낮았다. 자살의 방법을 그림으로 그려 매우 세세하게 묘사하는 기사를 내보낼 정도였다. 그날 이후 한 달 정도 외래 환자들이 비슷한 반응을 보였다. 그토록 예쁘고 성공한 사람도 자살하는데 자신 같은 사람이 살아서 뭐 하겠냐고 묻는 것이었다.

며칠 후, 3년 동안 인연을 맺었던 환자의 사망 소식을 들었다. 공교롭게도 언론 보도 내용과 똑같은 방식으로 세상을 떠났다는 사실을 알게 됐다. 개인적으로는 외래 환자를 잃은 경험이 처음이라 매우 아픈 기억이다.

그녀가 첫 번째 자살 시도에 실패해 응급실에 실려 왔던 날, 나는 그녀를 처음 만났다. 그녀는 결혼 후 일로 너무 바쁜 남편을 대신해 홀로 육아를 맡으며 자신의 일과 학업을 그만둔 상태였다. 게다가 산후 우울로 시작된 우울증 때문에 오랜 시간 괴로워하며 지냈다고 한다. 나는 그녀를 돌보며 입원을 권했다.

"우울증이 심할 때 우리는 선글라스를 낀 것처럼 세상이 어둡게 보이고 쌍안경을 거꾸로 쓴 것처럼 터널의 끝이 보이지 않을 수 있어요. 지금은 상상하기 힘들겠지만 우울증이 지나갈 수 있습니다."

다행히 그녀는 제안을 받아들였다. 입원 3주 후, 상태가 많이 호전되자 외래 치료를 시작했다. 그러던 어느 날 밤, 병원으로 전화가 왔다. 자기가 지금 베란다 창 앞에 서서 뛰어내릴지 고민 중이라고 했다. 마침 나는 병원에 있었고 전화로 대화를 시도하며 다른 전공의 선생님에게 119와 112에 신고를 부탁했다(구급대원은 경찰이 있어야 닫힌 문을 열 수 있으므로 경찰과 구급대원이 함께 출동해야 한다). 그리고 그녀가 지금 베란다 창에 앞에 서 있으니 절대 놀라게 하거나 자극을 주지 않고 구조해야 한다고 신신당부했다. 경찰과 119는 그녀를 무사히 응급실까지 데려왔다.

이후 그녀는 처음 치료를 받을 때보다 자신이 좀 더 단단해졌다고 말했다. 그동안 자신을 힘들게 만든 부부관계 문제나 어린 시절의 트라우마에 대해서도 좀 더 이야기했다. 그 사이 아이도 좀 더 자라 이듬해에는 대학원에 복학해 자신의 꿈을 향해 한발 더 다가가기도 했다. 치료 종결 후, 2년 정도가 지나 최근 들어 다시 힘들다며 병원을 찾아왔다. 나는 힘들 때 다시 찾아와줘서 고맙다고 말했다. 이전에 우울증을 벗어난 기억을 떠올리며 다시 치료를 시작해보자고도 권했다.

그러고서 불과 2주 만에 그녀가 세상을 떠난 것이다. 그녀의 죽음을 알게 되고 며칠 후 가족을 만났다. 끊임없이 눈물을 흘리는 가족을 보고 그들의 아픔을 듣는 것 이외에는 별로 할 수 있는 일이 없었다. 가족들은 그녀의 죽음을 막지 못했다며 자책했다. 어린아이에게 어떻게 사실을 알리고 말을 해야 할지 내게 묻기도 했다. 그렇게 시간은 또 흘러갔다.

나중에 아이가 초등학교에 진학한 후 가족에게서 다시 연락이 왔다. 남임신생님이 아이에게 사소한 지적을 하자 아이가 "확 죽어버리겠다"라고 말했다는 것이다. 초등학교 저학년이 하기 힘든 표현이었다. 나는 아이를 위해 가족에게 소아정신과 진료를 권했다. 이후 아이가 엄마의 죽음을 이미 알고 있으며 우울이 심하다는 이야기를 전해 들었다. 자신의 환자를 자살로 잃는 것은 정신과 의사에게도 가장 큰 상처다. '왜'라는 질문이 끊이지 않고 정신과 의사로서 왜 막지 못했냐는 자책감은 무겁다.

누구도 미처 깨닫지 못한 마음, 자살 생존자

인간이 겪을 수 있는 스트레스 사건 중 무엇이 가장 괴로울까? 서구에서는 배우자의 상실을, 동아시아 문화권에서는 자녀의 상실을 가장 괴로운 일로 생각한다. 우리나라에서는 부모보다 먼저 세상을 떠나는 자식의 사망 원인으로 자살이 높은 수치로 나타난다. 의학 교과서에 있는 수많은 질환도, 교통사고나 산업재해 같은 사고나 재난도 자살의 사례에 미치지 못한다. 게다가 50세 이전에 부고를 알리게 된 사람 중 약 40퍼센트가 자살로 세상을 떠난다. 이렇게 말하면 누구도 쉽게 믿지 못한다. 그것은 자살의 이유를 제대로 주변에 설명할 수 없기 때문이다. 그래서 자살로 가족을 잃은 사람들은 주변에 이야기조차 할 수 없는 고통 때문에 더욱 힘겨워한다.

어느 날 한 자살 생존자가 연락을 해왔다. 스텔라 재단의 조재훈 대표라고 했다. 그는 체대를 다니는 준수한 청년으로 군복무 중 사랑하는 어머니를 자살로 잃었다. 당시 말할 수 없이 힘들었던 탓에 대학을 졸업하기도 전에 한국을 떠나고 싶어 했다. 마침 네덜란드에는 대학을 졸업하지도 않고 석사를 할 수 있는 프로그램이 있어서 그곳에 지원해 네덜란드로 갔다.

추운 어느 저녁, 그는 길을 걷다가 우연히 자살 유가족을 위한 추모 행사장에 들어가게 됐다. 음악과 시로 먼저 간 사람을 애도하고 유족을 위로하는 시간이었고 그 자신도 큰 위로를 받았다. 그는 한국에 돌아가면 꼭 이런 일을 하고 싶다고 생각했고, 수업 시간에 자살예방재단설립을 위한 프로젝트를 발표했다. 지도교수님은 학교 차원에서 지원해야 한다면서 적극적으로 나섰다. 학교에서 제공한 비행기 티켓과 지원금을 받은 그는 함께 도와줄 한 친구와 아프리카로 갔다.

그는 아프리카 킬리만자로산에 어머니의 세례명인 스텔라와 같은 스텔라 포인트가 있다는 것을 알게 됐다. 그곳까지 7천여 킬로미터를 자전거로 달려가며 기부금을 모으는 계획을 세웠다. 그렇게 밤낮을 달려 스텔라 포인트까지 산을 올랐다. 함께 간 친구는 그 과정을 영상으로 담아 세상에 내놓았다. 영상을 보고 그들의 마음에 공감한 푸른 눈의

친구들의 기부가 이어졌고 그는 한국으로 돌아와 스텔라 재단을 설립
했다. 그리고 여러 나라를 돌며 호주의 '아유오케이(R U OK? Day, 호주의 자
살예방인식개선캠페인)' 같은 자살예방 행사의 유치권을 따내 한국체대에서
자살예방 관련 행사를 진행하며 살고 있었다. 그의 이야기를 들으며 우
리는 서로 손을 부여잡고 한참 울었던 것으로 기억한다.

　세계적으로 유명한 혁신대학 미네르바 대학은 캠퍼스가 아니라 다
섯 개의 도시를 돌아다니며 6개월씩 거주하면서 체험하는 현장 중심의
교육으로 유명하다. 그중에는 NGO 활동이 반드시 포함된다. 미네르바
대학은 그에게 한국을 찾은 학생들의 사회봉사수업을 맡겼다. 매년 자
살예방의 날에는 수십 개국에서 온 대학생들이 자살예방 인식개선 캠
페인을 위해 피켓을 들고 우리나라 다리 위를 걷는 행사를 한다.

　나는 그가 국회자살예방포럼의 국제세미나 연단에 올라 연설하던
날을 잊을 수 없다. 멋지게 슈트를 입고 당당하게 자신의 이야기를 선하
던 그도 잠시 어머니를 떠올리는 순간에는 말을 잇지 못했다. 그는 현
재 인생의 다음 단계를 준비하러 외국으로 나갔다. 그와 같은 청년을
만나고 함께할 수 있었던 것이 이 일이 가져다준 가장 큰 보람이었다.

　자살로 가족을 잃은 고통은 유가족에게 재난과도 같다. 자살 유가
족은 자살 사망의 최초 목격자일 확률이 높다. 우리나라에서 가장 많
이 사용되는 자살 사망 수단은 목맴이다. 특히 가정에서 발생하는 비율
이 가장 높다. 가족들로서는 문을 연 순간부터 잊을 수 없는 기억이 된
다. 사랑하는 사람을 더 이상 만날 수 없다는 슬픔뿐만 아니라 가족 간
에 심각한 갈등을 겪기도 한다.

　아들을 잃은 한 시어머니는 며느리를 잘못 들여서 멀쩡한 아들을
잡아먹었다며 화살을 며느리에게 돌리기도 한다. 반대로 배우자의 부

모는 집안 문제가 심각한 걸 속인 채 결혼을 시켜서 딸 인생을 망쳤다며 다시 날선 말을 되돌려주기도 한다. 결국 양가의 관계는 파국으로 치닫는다. 애도 반응은 이렇게 슬픔과 불안 그리고 분노를 포함하며 제물로 바칠 희생양을 찾기도 하는 고통스러운 터널이다. 심지어 자살로 가족을 잃은 것을 제대로 말할 수 없으니 제대로 위로도 받지 못한다.

게다가 자살은 심각한 삶의 변화를 가져온다. 가장을 잃은 집은 오랜 기간 경제적 어려움이 가중된다. 배우자는 일해서 벌어야 하는 부담과 양육의 부담을 더 크게 느낄 수밖에 없다. 아이를 먹여 살리기 위해 일하느라 지친 나머지 아이의 마음을 어루만지고 슬픔을 위로할 시간조차 갖지 못한다. 결국 가족은 모두 그 일을 봉인해버리고 만다.

트라우마라는 것은 숨기려 하고 쳐다보지 않으려 할수록 일상을 더 오래 지배하는 성격을 띤다. 나는 그동안 애도 치료를 진행하면서 정말 많은 유가족을 만났다. 그들 중에는 말할 수 없는 고통을 진료실에서 그나마 이야기할 수 있다는 사실만으로 많은 도움이 됐다는 사람도 있었다. 유가족들은 심리적인 부분을 해결하고자 하지만 대부분 현실적인 문제로 힘들어하고 있었다. 이렇듯 애도 치료만으로 해결할 수 없는 한계가 존재한다. 현실적인 한계를 극복하지 못한다면 수많은 자살 유가족 중 일부만 도울 수 있을 뿐이다.

영미권에서는 자살 유가족을 자살 생존자(suicide survival)라고 부른다. 가족을 잃은 유가족뿐만 아니라 동료, 친구 등 사랑하는 사람을 잃고 심리적 외상을 견디며 살아가고 있는 사람을 일컫는 용어다. 그런데 도움을 받아야 한다고 여겨졌던 사람들이 세상을 바꿀 수 있다는 것을 알게 된 계기가 있다. 2014년에 나는 일본자살예방재단의 이사장 시미즈 야스유키를 처음 만났다. 그는 NHK의 PD로 일하던 2000년 당시에

부모의 자살로 남겨진 네 명의 유자녀에 대한 다큐멘터리를 제작하기
도 했었다.

　1999년은 일본 역사상 가장 많은 사람이 자살로 사망한 해였다. 다
큐멘터리는 유자녀들의 말할 수 없는 고통을 드러내며 사람들의 많은
관심을 받았다. 방송을 엮은 책도 수십만 부가 팔렸다. 당시의 경험은
그의 인생을 바꾸는 계기가 됐다. 그는 유자녀들과 지속적으로 교류하
며 의미 있는 일을 하고 싶었다. 결국 2004년 무렵 NHK라는 안정된 직
장을 그만뒀다. 그리고 그해에 자살예방을 위한 NGO 라이프링크를 설
립했다. 애초에 그는 법학전문대학원에 다시 진학해 좋은 제도를 만드
는 방법도 생각했다. 그러던 중 2006년 자살예방법 제정을 위한 서명
운동을 시작하면서 자살예방 대책 관련 운동에 본격적으로 뛰어들게
됐다. 우리나라에는 20만 명 이상이 동의하면 청와대가 답하는 국민청
원이나 국민제안과 같은 제도가 있지만 내각제인 일본에는 몇만 명 이
상이 서명하면 국회가 답하는 제도가 있었다. 시미즈는 유자녀들과 함
께 전국을 돌며 서명 운동을 시작했고 10만 명의 서명을 받아 자살예
방법 제정을 청원했다.

　그 결과 2006년 일본에서 자살예방법이 제정됐고 79명의 국회의원
이 참여하는 자살예방 의원연맹도 설립됐다. 이후 15년간 그는 변함없
이 자살예방 관련 일을 하고 있다. 자살 유자녀 네 명도 다른 사람을 돕
는 의미 있는 일을 하고 있다. 그중 한 명은 도쿄의 한 지역에서 자살예
방센터장을 맡고 있다.

　나는 시미즈를 만난 이후부터 기회가 생기면 다른 나라의 자살예
방 단체와 기관을 찾아다녔다. 우리보다 먼저 경험한 사람들의 이야기
를 듣고 충전되는 면도 있었지만, 그보다 선진국을 뒤쫓길 바라는 한국

사회에서 해외 사례가 나름대로 설득력을 갖기 때문이었다.

해외의 다양한 사례들을 접하면서 사회가 자살예방 문제를 다루게 되는 특정 시기가 있다는 것을 알게 됐다. 농업 중심의 대가족 사회에서는 자살 문제나 정신 건강 문제보다 먹고사는 문제가 당면 과제였다. 하지만 산업화를 거쳐 핵가족화가 진행되고 국민소득이 2~3만 달러에 이르는 시기가 오면 사회적으로 우울증과 자살을 심각한 문제로 받아들이기 시작했다. 특히 제2차 세계 대전 후 미국과 유럽에서는 1980~1990년대에 자살 생존자들 사이에서 자살을 사회적 문제로 인식해야 한다는 목소리를 내기 시작했다.

그중 가장 빠른 움직임을 보인 국가는 핀란드다. 1987년 핀란드 정부는 모든 자살 사망자의 유가족들에게 전문가를 보내 전수 심리 부검을 하고 자살 원인을 조사했다. 이후 일곱 개의 자살예방 대책을 시행하면서 치료 접근성과 사회 안전망을 촘촘하게 마련했다. 우리보다 높았던 핀란드의 자살률은 현재 절반 수준으로 감소했다. 핀란드뿐만 아니라 덴마크, 네덜란드 등에서도 유사한 과정을 거쳤다.

1998년 미국 국회에서는 자살예방 대책을 국가 정책의 우선순위로 규정하는 결의안을 만장일치로 통과시켰다. 2000년부터는 국가 자살예방 전략을 시행했다. 또한 9.11테러 이후 자살예방 대책뿐만 아니라 피해자, 유가족, 구조활동 중 부상을 입은 사람들에게 지속적으로 치료와 지원을 하는 자드로가법(Zadroga Act)을 제정했다. 해당 법안을 제정하기까지 10년이 걸렸다고 한다. 그동안 피해자, 유가족, 활동가들을 진료한 의사들이 미국 의회가 개최한 청문회에 증인으로 참석해 그들의 고통에 대해 증언하고 옹호함으로써 큰 기여를 했다는 이야기를 들었다.

일본, 미국, 유럽의 자살예방 대책은 물론, 자살 생존자와 전문가를 접하면서 앞으로 내가 해야 할 일이 무엇인지 보이는 듯했다. 고통을 받은 사람들이 자신의 고통을 말할 수 있고 그들의 목소리가 국민의 마음을 움직이면 법과 제도가 따라온다는 사회 변화의 법칙을 깨달았다. 그리고 자살 트라우마를 겪은 사람들의 고통을 진료실에서 마주하고 사회를 향해 증언할 수 있는 위치에 있는 사람이 바로 나와 같은 정신건강 전문가라는 사실도 알게 됐다.

자살 기도 이후에도 삶은 이어진다

한 명의 의료인이 실제 진료 현장에서 자살을 막기 위해 할 수 있는 일은 너무나 많은 한계에 봉착하곤 한다. 나는 2007년부터 경희대학교병원에서 신임 교수로 일하면서 자살 시도 등으로 내원하는 많은 정신응급 환자를 진료했다. 당시만 해도 진료하는 의사, 간호사를 제외하면 누구도 도와줄 팀은 없었다. 의료진이 과로사할 정도로 일해도 환자들이 가진 다양한 현실적 문제를 함께 해결해줄 방법도 없었다. 그나마 입원을 하면 주치의를 배정받고 병동 의료진과 함께 머리를 맞댈 기회를 가질 수 있다. 하지만 스스로 외래를 찾지 않으면 그걸로 진료는 끝이다.

사실 2006년경부터 서울시 자살예방센터에서는 응급의학과 의료진과 함께 자살 시도자들에게 자살예방 대책 서비스를 안내하는 시범사업을 진행했다. 하지만 여기에 동의하는 사람은 고작 10퍼센트 남짓이었다. 그들은 센터에 간다고 문제가 해결될 거라 기대하지 않고 있었다. 게다가 개인정보가 노출되는 것도 원치 않았다. 좀 더 근본적인 대책이 필요해 보였다.

그러던 중 2009년 자살예방 세미나에 참석했을 때 좋은 정보를 얻었다. 원주 세브란스병원에서 자살 시도자 사후 관리 서비스를 시행하고 있다는 것이었다. 나는 곧장 원주 세브란스병원 정신건강의학과 민성호 교수님을 찾아갔다. 그곳에서는 전혀 다른 접근법으로 놀라운 결과를 내고 있었다.

먼저 원주시 정신건강 복지센터의 정신건강 간호사를 사례 관리자로 지정해 운영 중이었다. 사례 관리자는 병원의 가운을 입고 명찰을 달도록 해 환자들이 느낄 위화감을 줄여주고 있었다. 만약 응급실로 자살 시도자가 내원하면 사례 관리자가 구두로 동의를 받고 사례 관리를 시작하는 방식이었다. 또한 사례 관리자는 정신건강의학과 진료뿐만 아니라 복지 서비스도 안내하고 있었다. 또 환자가 약속된 날짜에 내원하지 않으면 전화로 확인하고 필요 시 가정 방문도 했다.

자살 시도자를 전담하는 사람이 있으니 전문성을 확보할 수 있는 시스템이었다. 무엇보다 응급의학과와 정신건강의학과 의료진이 2주마다 정기적으로 자살 시도자와 관련된 회의를 하며 머리를 맞댈 자리를 마련할 수 있었다. 또한 사람들에게 거부감을 주지 않고 접근성을 높일 수 있도록 '생명사랑위기대응센터'라는 이름을 붙인 것이 인상적이었다. 병원의 노력에 화답하듯 관리 동의율은 65퍼센트에 달했다. 앞서 서울시에서 운영한 시범 사업의 동의율보다 여섯 배나 많은 수치였다.

민성호 교수님의 설명을 듣고 현장을 보는 내내 나는 심장이 뛰었다. 하지만 생명사랑위기대응센터는 적은 예산을 배정받은 탓에 어렵게 운영되고 있었다. 나는 앞으로 이 사업을 확대할 방법을 찾아보겠다고 민 교수님에게 말씀을 드리고 다시 서울로 돌아왔다. 해외 사례를 검색해보니 일본의 액션-제이(Action-J), 덴마크의 자살예방클리닉처럼 비슷한 개념의 사업들이 존재했다.

그길로 나는 대학 동기이자 보건복지부 정신건강정책과에서 근무하는 이중규 과장을 찾아가 원주에서 보고 들은 것을 브리핑했다. 그리고 당시 전국적으로 관심을 받던 원주의 자살 시도자 사후 관리 사업에 예산을 배정받았고 원주 세브란스, 경희대, 가톨릭대 등 세 군데 병원에서 시범 사업을 시작할 수 있었다. 사례 관리자를 채용해 사업을 시작하니 이전과는 다른 접근을 할 수 있었다. 2주마다 응급의학과와 정신건강의학과가 사례 회의를 했고 동대문구 정신건강복지센터와 병원 사회복지실, 그리고 경우에 따라서는 원무과도 함께하게 됐다.

얼마 후 생명사랑위기대응센터의 실효성을 증명하는 사례를 경험했다. 한 70대 중반의 남성이 센터를 찾아왔다. 그는 새벽 시간, 인적이 드문 곳에서 자살을 시도했다. 다행히 지나가던 시민이 그를 발견해 119에 신고했고 응급실로 이송됐다. 환자가 응급실에 내원하자 응급실 의료진은 곧바로 정신건강의학과와 사례 관리자에게 문자를 보내줬다. 나는 문자를 받고 응급실로 향했다. 남성의 상태는 100미터 밖에서도 자살 시도를 알아볼 수 있는 정도였다. 목에는 선명한 줄이 나 있었고, 얼굴과 양쪽 눈은 붉게 충혈돼 있었다. 특히 목의 경추에 손상을 입어 신경외과 치료가 우선적으로 필요했다. 그 순간 갑자기 그가 의료진에게 원망 섞인 한마디를 내뱉었다.

"나를 왜 살렸나요?"

나중에 알아보니 그는 이혼 후 가족과 연락을 끊고 고시원에서 생활하며 주유소 아르바이트를 하고 있었다. 그러던 중 허리를 다쳐 더 이상 일할 수 없게 됐고 통장 잔고가 바닥나 고시원 비용을 내지 못하게 되자 자살을 결심한 것이었다. 며칠째 잠을 이루지 못했을 뿐만 아니라 밥맛조차 잃은 지 오래라고 했다. 그러면서 지금껏 자신이 헛살았다고, 이젠 짐만 될 것 같다고, 자신에겐 아무런 희망도 남아 있지 않다고 했다. 모두 우울증의 진단 기준에 들어맞는 상태였다. 게다가 주민등록증도 잃어버리고 건강보험도 중단 상태였다. 연락할 가족도 없었다.

우리는 머리를 맞대고 자살 기도자 남성의 사례 회의에 들어갔다. 우선 원무과에서는 남성을 설득해 주민등록증부터 복원하기로 했다. 동사무소에 요청해 친척을 찾아 연락을 하고, 연체된 건강보험료를 납부해 건강보험도 되살렸다. 응급 중환자실 진료비만으로도 이미 그가 감당할 만한 수준을 넘어선 상태였기 때문이다. 다행히 우리나라 건강보험에서는 형편이 어려운 사람을 지원하기 위해 의료비나 응급실 미수금 대납 제도를 운영하고 있다. 단, 반드시 본인 통장으로 입금이 돼야 하는데, 남성에게는 통장이 없다고 했다. 원무과를 통해 확인해보니 이런 경우에 통장을 만들어도 본인 통장에 들어온 돈을 의료비로 내는 사람이 거의 없어 실제로 혜택을 받기 힘들다고 했다.

궁여지책으로 의료사회복지사가 나서서 재난긴급지원비를 받아보려 연락했지만 자살 시도자는 대상이 아니라고 하여 우리는 민간지원금을 알아보기로 했다. 마찬가지로 대부분의 민간 재단에서는 성형수술이나 정신과 치료는 지원 대상이 아니라는 답변을 들었다. 하지만 의료사회복지사가 백방으로 수소문한 끝에 故 김수환 추기경이 설립한 바보의 나눔 재단에서 자살 시도자를 지원한다는 정보를 얻어 치료비 지원을 받았다.

또 주거희망복지센터를 통해 작지만 소중한 집도 마련할 수 있었다. 정신건강의학과 치료비와 허리디스크 치료비는 생명사랑위기대응센터 예산으로 지원받을 수 있었다.

자살의 원인은 매우 복합적이어서 누구도 자살 시도자가 처한 상황을 모두 해결해줄 수는 없다. 하지만 생명사랑위기대응센터를 운영하며 자살 시도자에게 도움이 될 만한 일은 충분히 찾아낼 수 있다. 여러 사람이 함께 머리를 맞대어 이미 존재하는 서비스를 찾아 연결하기만 해도 희망을 연결해주는 일이 될 수 있다.

자살예방 대책

스스로 죽고 싶다는 사람을 위해 사회에서 비용을 들여 관리를 해야 하는지 의문을 가질 수 있다. 자살률을 줄인 국가들을 보면 이미 지방자치단체 단위에서 보편적으로 자살예방 대책을 실시하고 있었다. 특히 미국 캘리포니아에서 정신건강 관련 공무원으로 오래 일한 최재동 선생님에게 전해 들은 미국의 자살예방 대책이 상당히 인상적이었다.

미국과 한국은 자살 시도자에 대한 접근 방식에서부터 차이가 있다. 한국에서는 누군가 자살 시도를 발견해 경찰이나 119에 신고해도 신체적 손상이 없다면 대부분 가족에게 인계하고 끝난다. 대처 방식 면에서 이전보다 나아졌다고 하지만 아직까지도 남아 있는 관행이다. 반면 미국에서는 정신건강을 공부한 공무원이 경찰을 도와 응급 입원을 진행한다. 또 자살 시도자를 중증신체질환과 동일하게 중증 환자로 분류해 반드시 치료와 지원을 받게 한다.

최 선생님은 한국처럼 자살 시도자를 가족에게 인계하는 상황을 이해할 수 없다고 지적했다. 게다가 20년 이상 자살예방 대책 관련 일을 하면서 자살 시도자를 강제로 입원시켰다고 해서 인권 문제로 비난을 받거나 징계를 받은 적이 단 한 번도 없다고 한다. 미국 사회는 생명권을 우선시하는 문화를 바탕으로 법이 마련돼 있기 때문이다.

우선 미국의 자살예방 대책은 지자체에서 지정한 정신응급 병상에서 72시간 진찰을 통해 지속적으로 치료해야 할 정신 질환 환자를 발견하면 법원을 통해 사법 입원을 진행하는 구조였다. 정신건강 법정의 판사는 정신간호, 사회복지 등 전문가와 팀을 이뤄 지속적인 케어를 연계한다. 그리고 환자가 퇴원 후 지역 사회로 돌아오면 지자체는 생명사랑위기대응센터와 같은 보건-복지 서비스를 제공한다. 미국의 사례를 듣고 또 매일 자살 위기에 빠진 사람을 만나다 보니 우리나라 시스템에는 허점이 너무 많았다. 뜻이 맞는 사람들과 함께 정부와 국회를 찾아가자고 했지만 큰 변화는 없었다. 또 자살 유가족들 중 어려움을 겪으면서도 함께 일하는 이들도 있었지만, 그들을 돕는 지원 시스템이 없다 보니 지속 가능성도 낮았다.

그런데 2017년 봄 무렵, 한국자살예방협회로 전화가 한 통 걸려왔다. 교통사고나 산재 등의 예방 프로그램을 추진하는 민간단체인 안전생활실천시민연합(안실련)에서 자살예방에 대한 연구 용역을 실시하는데 우리 협회도 지원해보면 좋겠다는 내용이었다. 민간단체가 민간에 정책 용역을 의뢰한다는 것이 이해가 되질 않아 전화를 끊고서 바로 잊어버렸다. 나중에 다시 한번 연락이 와서 담당자를 만나보기로 했다.

안실련의 이윤호 본부장에 따르면 해당 단체는 안전사고를 예방하기 위해 설립된 시민단체라고 했다. 특히 1970년 초 교통사고 사망자가 1만 5,000명을 웃도는 상황을 목도하고 이를 개선하고자 국회 교통안전포럼과 함께 법과 제도의 개선을 이뤄냈으며 현재는 교통사고 사망자가 3,000명 수준으로 감소했다고 한다. 그리고 대표적인 안전사고 중 하나인 자살 문제에 관심을 갖기 시작해 생명보험협회의 지원으로 연구 용역을 진행하게 됐다고 설명했다.

사실 다른 분야의 전문가와 함께 일하는 데는 여러 가지 어려움이 뒤따른다. 해당 분야의 네트워크가 없으면 그가 어떤 사람인지 알아보기도 어려울뿐더러 오랜 기간 각자의 분야에서 일한 탓에 각자의 언어와 용어가 많이 달라 소통도 쉽지 않다. 작은 오해로 인해 신뢰관계를 맺지 못하고 애써 공들인 관계가 쉽게 끊어지곤 한다. 안실련과도 초반에는 매우 조심스럽게 만남을 시작했다. 하지만 일단 그분들과 함께 연구를 시작해 일본의 자살예방기관을 벤치마킹하면서 분위기는 달라지기 시작했다.

우리는 일본의 라이프링크를 함께 찾아 유가족 서비스를 살펴보고 일본 국회의 자살예방의원연맹 회장, 후생노동성 자살예방대책반, 지자체 자살예방 현장을 같이 둘러봤다. 또 매년 미국 뉴욕주 자살예방센터, 덴마크 자살예방연구소, 자살예방사업으로 잘 알려진 해외 지자체 등의 기관을 방문하기도 했다. 해외 사례들을 살펴보면서 우리나라의 법과 제도를 변화시킬 전략을 구체화할 수 있었다. 중앙 정부의 운영도 중요하지만 결국 시스템이 작동하려면 지자체의 역할이 가장 중요했다. 예를 들어 일본의 라이프링크는 전국 지자체의 자살예방 사업을 평가해 언론에 공개하는 방식으로 지자체의 관심을 급속히 높이고 있었다.

2017년 우리 국회에서도 39명의 국회의원이 참여하는 자살예방포럼을 신설했다. 국회에서는 매달 릴레이 세미나를 열어 해외 사례와 정책을 다뤘다. 특히 자살 시도자와 유가족들이 국회에 나와 릴레이 자살예방 세미나에서 긴급 복지 지원을 받지 못하는 현실을 토로했다. 그러면 의원실에서 공청회를 준비하고 법안을 마련해 국회에서 통과시킴으로써 복지 지원의 법적 근거를 마련하는 형식이다.

자살 문제는 여야의 갈등 없이 접근할 수 있는 분야이므로 이전과 비교할 수 없는 수준으로 의원실의 관심과 도움을 받았다. 2018년 한 해에만 열두 개의 자살예방법 개정안이 국회에서 통과됐다. 그리고 총

리실 산하에 자살예방정책위원회가 법제화돼 전 부처가 자살예방계획을 수립하고 조정할 수 있는 기반을 마련한 것이 대표적인 변화였다. 정부에서도 2018년 국가 자살예방 행동계획을 발표하면서 보건복지부에 자살예방정책과를 설립했다. 2019년에는 정신건강관리과도 신설해 국장급의 정신건강정책관을 배치했다. 관련 예산도 늘어 전국에 생명사랑위기대응센터가 80여 곳이 세워졌다.

한편 2019년부터 국회자살예방포럼에서는 매년 전국의 지자체를 평가한 결과를 언론에 공개했다. 우수한 평가를 받은 지자체에는 국회자살예방포럼에서 만든 국회자살예방대상도 수여했다. 그해 나는 보건복지부 중앙자살예방센터장을 맡게 됐다. 정신건강전문가뿐만 아니라 언론, 홍보, 교육, 통계, 연구 등 각 분야의 다양한 동료들과 함께 일하며 희망의 근거를 만드는 일에 앞장서고 있다.*

당신은 자살을 생각하고 있나요

자살예방은 전문가의 힘만으로는 불가능하다. 우리나라의 자살률이 높다고 해도 10만 명당 25명이다. 이들을 발견하는 데에는 한 마을 사람들이 모두 필요할 수도 있다. 2005년 충북 음성 꽃동네에서 공중보건의를 할 때 있었던 일이다. 어느 날 여러 직원이 한꺼번에 찾아오더니 어떤 간호사와 도저히 함께 일할 수가 없다고 말했다. 사정을 들어보니 상당히 심각한 상황이었다. 매일 처방약 세는 걸 틀리기도 하고, 3교대 근무를 하면서 인계를 받는 둥 마는 둥 하고 심지어 근무 시간에 멍하니 앉아 있다가 가버린다는 것이었다. 그렇게 벌써 한 달이 넘게 근무하는 것을 보니 도저히 같이 일할 수 없다고 했다.

* 2021년부터 중앙자살예방센터와 중앙심리부검센터가 통합되어 한국생명존중희망재단으로 활동 중이다.

나는 근무가 끝난 간호사를 불러서 이야기를 나눴다. 이런저런 이야기를 에둘러서 하다가 "체중이 좀 준 것 같나요?" 하고 물어보니 밥맛이 없다고 했다. "그럼 혹시 잠은 잘 자나요?" 하고 물어보니 불면증이 있단다. 그 순간 깨달았다. 대부분 우울증의 진단 기준에 해당하는 증상이었다. 병동 간호사가 우울증으로 집중력이 떨어져 약 세는 걸 틀리고 의욕이 없어서 멍하게 있는 것을 동료인 정신건강의학과 의사와 간호사가 아무도 몰랐던 것이다. 왜 그랬을까?

우울증에 빠진 사람들은 흔히 상실로 절망한다. 아무도 자신을 도울 수 없다고 생각한다. 누구에게도 도움을 청하지 않는다. 자신이 우울하다는 얘기를 직장에서 하기란 결코 쉽지 않다. 미국에서 발표한 통계 중에서 직장 조퇴 사유의 1위, 스트레스 원인의 2위가 우울이라는 결과를 보고 깜짝 놀란 적이 있다.

한번은 우울증 대중 강의를 하다가 좌장인 병원장에게 질문을 던진 적이 있다.

"원장님, 제가 우울해서 오늘 조퇴를 좀 해야 할 것 같습니다."

"음, 그래도 좋아요. 다만 영원히 쉬게 해줄게요."

원장님은 청중들의 졸음을 날리기 위해 재치 있는 농담을 던진 것이겠지만, 분명 현실에 존재하는 진실이다. 다행히 앞서 소개한 간호사는 우울증 치료 후 회복해 오랫동안 근무했다고 들었다. 이런 상황은 자살 사망 당시를 재구성하는 심리부검을 하다 보면 주변 면담의 과정에서 흔히 접하는 경우다.

예를 들어 주변으로부터 촉망받던 직원이 새로운 일에 배치된 후 적응에 어려움을 겪는 경우가 있다. 만약 개인적 스트레스가 더해지거나 갑질하는 상사라도 만나면 직원의 상처는 깊어진다. 죄책감에 빠져

차라리 죽는 게 낫다고 결론을 내린 채 극단적 선택을 하는 일이 비일
비재하다. 주변에서는 해당 직원의 우울증 증상을 오해한다. 모르는 데
그치면 그나마 다행이다.

　　사실 의욕의 저하를 게으름으로, 집중력의 저하로 인한 실수를 의
지박약으로 단정하고 상대의 마음을 다치게 하는 말들을 퍼붓는 경우
도 적지 않다. 우울증을 겪고 있는 사람은 그 말에 상처를 입어 더 위축
되고 세상에서 자신을 도와줄 사람은 역시 아무도 없다는 인지 왜곡을
더 강화한다. 이러한 고통이 연장될수록 고통에서 벗어나는 유일한 방
법은 자살이라는 생각이 머릿속을 가득 채우게 된다. 우울증이 심한 사
람을 만나면 대화가 안 되는 느낌을 받는 경우가 있을 것이다. 우울증
에 걸린 사람에게서 발견되는 뇌신경전달물질의 부조화는 다른 생각
이 들어설 여지를 박탈하기 때문이다. 이런 상태가 지속되면 주변 사람
의 마음에도 우울, 불안, 분노가 쌓이게 된다. 또 우울한 사람이 위기에
빠진 상황인 줄 모르고 상대방이 분노를 폭발하는 경우도 적지 않다.
만약 그가 자살 시도를 하거나 사망하게 되면 화를 냈던 사람들은 극
심한 죄책감을 느끼는 악순환이 계속된다.

　　물론 주변 사람들의 반응에도 이유는 있다. 자살은 흔히 우울한 사
람이 겪는 절망의 결과이지만 상대방을 바꾸고자 하는 주변 사람의 의
도가 빚은 결과이기도 하다. 예를 들어 배우자가 바람을 피워 자살을
시도한 사람은 정말 죽어야겠다는 마음보다 바람을 피우는 배우자가
행동을 중단하고 사과하기를 기대하는 의도에서 행동한다. 이런 경우
정말 죽고 싶은 마음은 없지만 결연한 의지를 보여주고 싶다는 마음일
수 있다. 실제로 그런 환자들도 존재한다.

　　그러나 흔히 자살 위기에 빠진 사람은 양가감정을 가지고 있다. 쉽

게 말해 죽고 싶은 마음과 살고 싶은 마음이 함께 존재한다. 만약 살고 싶은데 다른 사람의 행동이나 마음을 바꾸려는 의도에만 집중하고 몰아붙이면 오히려 역효과가 발생한다. 심한 경우에는 거꾸로 상대방이 행동이나 마음을 더욱 고착화하는 결과를 낳을 수 있다는 사실을 인지해야 한다.

이렇듯 우리 사회의 높은 자살률 수치는 우울증으로 아픈 사람이 나쁜 사람으로 몰리는 시스템의 한계가 큰 원인으로 작용한다. 우울한 감정은 죄가 없다. 우울은 정상적 감정이다. 우울은 상실과 실패를 경험할 때 자신을 돌아보게 하고 내일을 위해 오늘을 준비하는 동력이 된다. 이런 감정의 작동 균형이 깨지는 순간 우울증은 누구에게나 찾아올 수 있다. 무릇 질환이 생기면 우리의 몸은 신호를 보낸다. 통증을 통해 아픈 곳을 바라보고 뭔가 하라는 신호를 보낸다. 우울증에 걸린 뇌도 몸과 행동을 통해 신호를 보낸다. 그중 자살 위기에 빠진 사람들이 보내는 신호를 '자살의 경고 신호'라고 한다.

자살의 경고 신호를 조기에 인식하고 적절한 자원에 연계하는 교육이 있다. 바로 생명지킴이 교육이다. 해외에서는 게이트키퍼 교육이라고 한다. 이러한 교육 과정들은 자살 위기의 경로에 있는 사람을 찾아 치료와 지원을 연계하는 역할을 한다. 현재 우리나라에서 생명지킴이 교육은 자살예방법에 명시돼 있고 공군을 비롯해 의무화한 기관도 적지 않다. 그중 대표적인 교육이 〈보고듣고말하기〉 프로그램이다.

2012년 보건복지부의 지원으로 한국자살예방협회에서는 〈보고듣고말하기〉를 개발하기 시작했다. '보고듣고말하기'라는 제목을 지은 사람은 임세원 교수다. 오강섭 위원장님을 비롯해 성균관대학교 강북삼성병원에서 함께 일하던 임세원 교수, 서울대학교 김재원 교수 그리고 내가 간사를 맡았다.

〈보고듣고말하기〉는 자살의 경고 신호를 직접 보고 마음으로 듣고 끝으로 말하기를 통해 치료와 지원에 연계하는 것이 핵심 내용이다. 해당 교육을 받는 사람들은 드라마 같은 영상을 보며 자살의 경고 신호를 찾음으로써 자살 위기에서 빠져나오는 동기를 강화한다. 또한 역할극을 체험하며 "자살을 생각하고 있나요?"라는 질문에 답하는 교육 활동으로 마무리한다.

언젠가 교육을 듣던 한 분이 두 시간 내내 울고 있었다. 나는 어떤 사연이 있으리라 짐작하고 교육 후에 조용히 그분을 찾아갔다. 그분은 자살 생존자였다. 배우자를 잃고서 아이들까지 자살로 잃지 않을까 하는 두려움이 무척 컸다고 한다. 때마침 교육에서 들은 대로 실천하면 아이들을 살릴 수 있겠다는 마음에 기쁨의 눈물을 흘리고 있었던 것이다. 그리고 한편으론 만약 예전에 이러한 교육을 알았더라면 배우자를 살릴 수 있었을 거라는 슬픔의 눈물도 함께 흐르고 있었다.

현재 이 교육을 가장 많이 시행한 사람은 공군 자살예방 교관 권순정 선생님이다. 그는 군무원으로 오래 일하며 병사들의 해진 군복을 수선해주는 봉사도 오래 해왔다. 자신을 찾아오는 병사 중에 자살을 생각할 만큼 마음이 아픈 친구가 많다는 것을 알게 되고 자살예방에 관심을 갖게 됐다고 한다. 병사들의 이야기를 들어주면서 상담과 관련된 공부를 이어가던 중 입소문이 나기 시작했고 2011년 최초의 군 자살예방 교관이 된 것이다.

그는 현재 1년에 300번 이상 자살예방교육을 하고 있다. 강연 횟수가 무려 천 번이 넘는다. 그는 공군기지가 있는 곳이면 전국 어디든 출장을 다니면서 열강을 할 뿐만 아니라 2014년 〈보고듣고말하기〉를 개정할 당시 누구와도 비교할 수 없는 강의 경험으로 도움을 주었다. 사실 그 또한 부모를 잃은 자살 생존자다. 우리가 들은 그의 강의에는 진심이 묻어 있었다. 심지어 〈보고듣고말하기〉 개발자보다 프로그램을 잘 이해하고 있었다. 그 누구보다도 진심을 전하는 자살예방 전문가로서 살고 있었다.

　특별한 누군가가 자살 시도자, 사망자 그리고 유가족이 되는 것이 아니다. 이들 중 누군가는 회복하고 다른 사람의 아픔을 치유하도록 돕는 역할을 하지만 그 역시 특별한 사람이라서가 아니다. 그들의 옆에는 진심 어린 마음을 가진 사람이 있었을 뿐이다. 위기는 결코 찾아오지 않는 것이 좋겠지만, 나름대로의 의미를 갖는다. 위기에 빠진 순간 우리는 자신의 주위에서 누가 진심을 가진 사람인지 알아차릴 수 있다. 그리고 그런 진심을 가진 한 사람이 옆에 있다면 삶은 다시 시작된다.

〈보고듣고말하기〉의 개발자 故 임세원 교수를 추모하며

2018년의 마지막 날인 12월 31일은 월요일이었다.
오전 10시 45분, 카카오톡으로 친구 임세원의 메시지가 왔다.

[고대 의대에서 보듣말 본2에서 수업 예정이며 자살예방을 위한 의사의 역할이라는 주제로 세 시간을 배정받았으니 나누어서 하자.]

진료 중이었던 나는 짤막하게 답했다.

[장하다! 해야지.]

그게 우리의 마지막 대화가 될지를 그때는 전혀 알 수 없었다. 얼마 후 강북삼성병원의 동료 의사는 그가 마지막으로 보던 환자에 의해 사망했다는 최악의 소식을 내게 전했다.

2019년 1월 2일, 7시 45분부터 정신건강의학과 회진과 시무식이 있었다. 직전에 친구의 동생에게서 전화가 왔다. 그는 울먹이면서 유가족들이 의견을 모았고 그 마음을 전달하고 싶다고 했다. 오빠가 지금까지 환자들을 위해 최선을 다해 살아왔던 것을 아는 유족들은 고인의 유지를 이렇게 전했다. "마음이 아픈 사람들이 편견과 차별 없이 쉽게 치료와 지원을 받는 사회." 나는 "저희도 마땅히 할 일을 하겠습니다"라고 답했다.

2019년 1월 3일, 유족에게서 두 번째 전화가 왔다. 장례비만 제외하고 조의금은 전부 병원과 대한신경정신의학회에 기부해 고인의 유지가 이어지는 데 보탬이 되면 좋겠다고 전했다.

2019년 1월 5일, 발인이 있었다. 화장을 마치고 장지로 이동하자 장례사는 가족들에게 마지막 인사를 하라고 했다. 어머님은 "우리 세원이 바르게 살아줘서 고맙다"라고 하셨다. 그때까지 유족을 생각해 눈물을 참던 주위의 누구도 더 이상 참기는 힘들었다.

결코 해서는 안 될 행동이었다. 가해자는 지금 교도소에 있지만, 나쁜 사람이 아니라 아픈 사람이었다. 문제는 피해 망상에 휩싸인 조현병 자체가 아니다. 아픈 사람을 나쁜 사람으로 방치하는 취약한 정신의료 시스템에 있다.

사고 며칠 후 진료를 보기 전날 두렵기도 했다. 그전과 똑같은 마음으로 환자를 볼 수 있을지 두려웠다. 그런데 그건 착각이었다. 그때 누구보다 환자로부터 위로를 받았다. 언론을 통해 친구를 잃은 나의 상황을 알고 있었던 환자들이 누구보다 진심으로 위로해줬다.

　국회에서 청문회를 개최하고 임세원법을 입안해 2020년 세 가지의 임세원법이 통과됐다. 의료인 폭행에 대해 다룬 의료법 개정안, 정신응급센터 설립에 대한 응급의료법 개정안 그리고 외래치료지원제를 담은 정신건강복지법 개정안이다. 2020년 9월 보건복지부는 고인을 의사자로 인정했고 2022년 9월 24일 국립서울현충원으로 이장했다. 무엇보다 유가족이 기뻐할 일이었고 또 유가족이 쏟은 정성의 결과이기도 했다. 무엇보다 고인이 꿈꾸던 보고듣고말하기 2.0 업그레이드는 이화영 교수, 권순정 교관 등 그와 오래 작업한 동료들의 헌신으로 세상에 나올 수 있었다. 2022년 기준으로 200만 명 이상의 국민이 〈보고듣고말하기〉를 비롯한 생명지킴이교육을 이수했다.

　故 임세원 교수는 〈보고듣고말하기〉 자살예방교육의 개발자로 '서로가 서로를 지키는 사회'를 꿈꾸었다. 전공의 시절, 시작을 알려준 선배이자 우울증과 자살예방에 관한 거의 모든 일을 함께했던 오랜 친구의 꿈이 우리 사회에서 한 발 더 빨리 다가오기를 기대해본다.

2

그대의 상처에
우리의 위로를 보냅니다

감염병은 재난이다

이 정 현 ㅡ 국립정신건강센터 국가트라우마센터 과장

코 로 나 19

모든 재난은 끔찍하지만 감염병은
특유의 얼굴을 가지고 있었다. 누군가 가까워지는 것에 대한
극심한 공포와 세상에 혼자 남겨진 듯한 외로움을
동시에 선사하는 잔인한 얼굴.

이정현

정신건강의학과 전문의. 의대 입학 후 적성에 맞지 않는다며
방황하다 정신과에 끌리면서 무사히 졸업할 수 있었다. 의과대학과
달리 정신과 레지던트 수련 과정은 배움의 즐거움으로 가득했다.
트라우마 연구에 관심이 생겨 뇌과학 공부를 하다가 다시 진료 현장으로,
그러다 재난 현장까지 들어가게 되었다. 그 과정은 우연한 기회들로
이루어진 듯했으나, 뒤돌아보니 모두 자신의 선택이었다.
현재는 국립정신건강센터에서 트라우마환자를 진료하고
국가트라우마센터에서 재난경험자 상담과 연구를 하고 있으며
재난정신건강위원회와 한국트라우마스트레스학회에서 활동하고 있다.

알베르 카뮈의 소설 《페스트》는 오랑시에 사는 의사 베르나르 리외가 '층계참 한복판에 죽어 있는 쥐 한 마리를 밟을 뻔하고 별생각 없이 쥐를 한쪽 구석으로 치워버린' 사소한 일상에서 시작된다. 수위에게 아파트 위생 관리를 부탁했지만 돌아오는 대답은 석연치 않았다.

"잘못 보셨겠지요. 우리 건물에는 쥐가 없습니다."

오랑시민은 이후 길거리에 죽어 있는 수천 마리의 쥐들을 보면서도 무슨 일이 일어나고 있는지 깨닫지 못한 채 일상을 살아간다. 시 당국이 엄격한 도시 봉쇄 조치를 급작스럽게 발표하고 나서야 페스트는 모두의 문제가 되었다.

주제 사라마구는 《눈먼 자들의 도시》에서 시력을 잃는 전염병이 퍼지는 사회를 상상해 그려내고 있다. 첫 장면에서 한 남자는 도로 한복판에 차를 멈춘 채 두 팔을 휘저으며 눈이 보이지 않는다고 외친다. 그러자 주변에 있던 행인 중 한 명이 종종 그런 일이 있다면서 조금 지나면 다시 보일 것이라고 섣부른 위로를 한다. 눈이 먼 남자는 행인에게 아무 소용 없다고, 이것은 재난이라고 외친다. 그를 도와주려던 행인은 남자에게 맞장구를 치며 위로를 한다. 그러나 누구도 자신들이 말한 재난이 무슨 의미인지, 앞으로 그들에게 어떤 일들이 일어날지 알지 못한다.

낯선, 너무나도 낯선 바이러스의 창궐

2019년 겨울 중국 후베이성에서 원인 불명 폐렴 환자들이 나타났다. 신종 바이러스 출현 가능성이 연일 보도됐지만, 나 역시 죽은 쥐의 의미를 알지 못한 채 일상을 살아가는 오랑시 주민과 다를 바 없었다. 그러나 2020년 1월 19일 국내 첫 코로나 확진자 소식을 듣고는 메르스에 대한 기억을 떠올리지 않을 수 없었다. 2015년 중동호흡기바이러스, 일명 메르스 감염병 재난은 확진자 186명, 사망자 38명이라는 안타까운 기록을 남기고 종식되기까지 3개월이 걸렸다.

메르스로 전국이 떠들썩하던 무더운 여름날, 나는 경기도에 있는 작은 아파트로 출장을 갔다. 메르스 완치자이며 동시에 메르스로 어머니를 잃은 유가족 분을 만나기 위해서였다. 늦은 오후 햇빛이 스며드는 단촐한 거실에 그녀와 나는 마주 앉았다. 완치 후 한 달이나 지났기 때문에 감염 위험은 없었지만, 우리는 둘 다 마스크를 벗지 않았다. 그녀는 혹시 모를 전염성을 염려해 차 한잔을 내놓지 못한다며 미안해했다. 나 역시 최대한 조심하는 것이 좋을 것이라고 생각했다.

그녀는 퇴원 후 다른 사람을 만나는 것이 처음이었고 나도 뉴스에서만 보던 메르스 피해자를 만난 것은 처음이었다. 종식이 얼마 남지 않았다지만 감염병 공포와 루머는 여전히 만연해 있었다. 그녀는 메르스 감염으로 인해 직장을 잃었고, 퇴원 후 집 밖으로 한 발자국도 나가지 않고 지냈다. 어머니 임종을 보지 못하고 격리 병동에서 오열하던 비통함은 누구와도 나눌 수 없었다.

"엄마의 시신이 바이러스처럼 취급되어 폐기물처럼 버려졌을 모습을 상상하니 견딜 수가 없어요. 가족도 없이 혼자 눈을 감은 엄마 생각에 가슴이 찢어지고 미칠 것 같더라고요. 격리실 유리창에 머리를 쾅쾅 찧으며 우는 것 외에 할 수 있는 일이 없었어요. 그런데 밖에서 CCTV로 나를 지켜보던 간호사가 위험하니 당장 그만 멈추라고 병실 스피커를 통해 소리를 치더라고요. 그때 깨달았죠. 이제 영원히 내 옆에는 아무도 가까이 오지 않을 거라는 걸."

상담이 끝났을 때는 이미 땅거미가 지고 있었다. 모든 재난은 끔찍하지만 감염병은 특유의 얼굴을 가지고 있었다. 누군가 가까워지는 것에 대한 극심한 공포와 세상에 혼자 남겨진 듯한 외로움을 동시에 선사하는 잔인한 얼굴.

그 후 메르스는 고통을 겪은 사람들의 마음속 상흔 외에 아무런 흔적도 남기지 않고 사라졌다가 새로운 모습으로 우리를 다시 찾아왔다. 첫 확진자 발생 후 일주일 만에 국내 코로나19 환자는 네 명이 되었고 국가 감염병 위기 경보가 '주의'에서 '경계'로 상향됐다. 확진자 동선과 신상, 해외입국자를 향한 공포, 신종바이러스 루머가 혼재돼 뉴스와 소셜미디어를 통해 빠르게 퍼져나갔다. 한 달 후 확진자는 600명을 넘어섰고 두 명의 사망자가 발생했다. 코로나19의 첫 번째 사망자는 청도대남병원 정신병동에 20년간 입원해 있던 몸무게 42킬로그램의 만성 정신질환자였다. 서른한 번째 확진자가 대구의 신천지 교인이라는 사실이 드러난 후 대구경북 지역에서 매일 수백 명씩 확진자가 폭증하며 1차 대유행이 시작됐다. 위기 경보는 범정부적 총력 대응이 필요한 '심각' 단계로 변경되고 순식간에 누적 확진자가 수천 명에 이르렀다. 확진자들의 종교와 사생활, 병상을 찾지 못해 사망한 시민, 멈춰버린 듯 텅 빈 대구시의 모습, 대구경북 지역 봉쇄를 주장하는 사람들의 소식이 보도됐다. 대구경북 지역의 확진자가 0명이 되기까지 53일이 걸렸다.

업무는 한층 더 바빠졌다. 1차 대유행이 시작되기 전부터 국가트라우마센터를 중심으로 '신종 코로나-19 감염병 심리지원단'이 구성됐기 때문이다. 처음에는 해외 입국자 격리 시설을 중심으로 심리지원을 했지만, 점차 국내 발생이 늘어나 확진자와 가족, 격리자들을 위한 24시간 핫라인 운영 및 정신건강 관리, 상담이 시작됐다. 감염병 특성상 대부분의 상담은 전화로 진행될 수밖에 없었다. 대면 상담을 못하는 것이 아쉬웠지만, 사람들은 오히려 전화 상담을 더 편안하게 느끼는 것 같았다. 코로나 환자라는 낙인과 종교, 동선, 신분 노출 등으로 고통받았던 사람들이었기에 전화로도 자신에 대해 알려주기를 꺼려했다.

메르스 경험이 있긴 했지만 이 정도 대규모 감염병은 내 인생에서도 처음이었다. 솔직히 코로나 바이러스에 대해서는 의과대학 때 배운 이후 몽땅 잊어버렸다. 의학적 지식은 차치하고서라도 확진이 되면 어디로 옮겨서 어떻게, 얼마나 격리돼 치료받는지에 대해서도 확실히 말해주기가 어려웠다. 나조차도 인터넷 뉴스를 검색해보며 불안을 달래는 수준이었기에 직접 이 일을 겪은 다른 사람을 위로하고 안심시키는 일은 결코 쉽지 않았다. 감염병 피해자가 경험하는 스트레스는 어떤 것인지, 무엇을 어떻게 도와줄 수 있는지에 대해 해외 자료를 찾고 국내 실정에 맞는 매뉴얼을 만들며 상담을 시작했다.

그러나 핫라인으로 심리상담을 위한 전화만 걸려오는 것은 아니었다. 상당수의 전화는 우리 소관이 아닌 행정 문의나 민원 전화였다. 코로나 지원금이나 검사, 치료에 관한 문의부터 코로나로 인한 복잡하고 개인적인 상황에 대한 해결책을 묻는 경우까지 다양했다. 직원들은 〈무엇이든 물어보세요〉담당자처럼 문의사항에 답하기 위해 동분서주했다. 핫라인 상담을 하는 국가트라우마센터 직원들은 코로나와 관련해 전문가가 되기까지 환자들만큼 낯설고 당황스러운 과정을 거쳐야 했다.

　코로나 치료 후 퇴원한 환자분이 핫라인으로 전화를 걸었다. 동네 병원을 방문하려고 하는데 자신이 코로나 환자였다는 사실을 병원에서 알 수 있는지 궁금했다. 여기저기 전화를 해봤으나 대부분 통화 중이거나 자신의 담당이 아니라 잘 모르겠다는 답이 돌아왔다. 답답한 마음으로 병원에서 받은 안내문들을 뒤적이던 그는 구석에서 국가트라우마센터 심리지원 번호를 발견하고 일단 전화를 걸었다. 그에게는 '심리'보다는 '지원'이라는 말이 중요했다. 처음으로 한 번에 연결된 전화번호였다. 게다가 응대하는 직원은 완치 2주 후까지는 코로나 치료 여부가 모든 병원에 공유된다는 사실을 바로 알려줬다. 이 정보가 그에게 왜 중요한지도 이해하고 공감해주었다. 그러나 트라우마센터 상담가도 처음부터 모든 정보를 알고 있던 것은 아니다. 얼마 전부터 관련된 문제로 고통을 호소하는 상담 전화가 늘어났기 때문이다. 예를 들면 한 코로나 완치자는 퇴원 후 평소에 복용하던 약처방을 받기 위해 동네 병원에 갔다가 봉변을 당했다고 한다. 접수 간호사가 갑자기 비명을 질렀던 것이다.

　"코로나 환자다!"

　그는 공포에 질려 자신을 쳐다보는 대기실의 모든 눈을 피해 도망치듯 병원을 나왔다. 자신이 하나의 거대한 바이러스 덩어리가 된 기분을 떨쳐낼 수 없었다. 평생 코로나 환자라는 딱지를 달고 살아야 한다니 두려웠다. 상담가는 이들을 안심시켜주기 위해 언제쯤 의료 전산에서 코로나 병력이 사라지는지 사방팔방으로 알아보기 시작했다(이 정책은 지금은 사라졌지만 이 우스팡스러운 일화는 모두 사실이다). 섣부른 위로보다 정확한 정보가 절실한 순간이 더 많았다.

화가 나 걸려온 민원 전화들도 많았다. 병원에서 퇴원을 시켜주지 않는다는 항의, 자신을 무시한 보건소 직원을 징계받도록 해달라는 요청, 코로나로 인한 경제적 어려움 해결, 동선 노출로 정신적 피해를 입었으니 국가트라우마센터에서 대신 배상을 해달라는 억지까지 정말 다양한 사연을 토로했다. 하지만 결국 모두 답답하고 무력하고 이야기할 곳이 없는 사람들이었다.

여름이 되자 고온다습한 환경에서는 코로나 바이러스의 위세가 약해질 것이라는 소문이 돌았다. 경제 활성화를 위해 방역규제를 완화해야 한다는 목소리와 여름 휴가를 장려하는 낙관적인 희망의 기운도 있었다. 그러나 사람들의 기대를 저버린 채 2020년 8월 수도권 지역을 중심으로 더 큰 규모의 2차 대유행이 시작됐다. 일일 확진자 수가 백 명이 넘었을 때 사람들은 큰 충격을 받았지만, 이후 하루 수백 명이 확진 되자 100명으로 떨어지길 간절히 바랐다. 폭증하는 확진자를 수용하기 위해 생활치료센터가 생기고, 격리와 치료 기준도 바뀌었다. 이전에는 PCR 검사가 음성으로 나올 때까지 퇴원할 수 없어 수개월 격리로 힘들어하는 사람들이 있었다면, 이제는 PCR 검사에서 양성임에도 너무 빨리 퇴원시킨다는 사실에 불안해했다. 퇴원은 했지만 PCR 음성을 받을 때까지 직장으로 복귀하지 못하는 사람들도 많았다.

언론은 감염을 확산시킨 근원지에 대해 연일 보도했다. 확진자는 ○○집회발, ○○교회발, 이태원 ○○클럽발 등으로 분류됐다. 코로나에 걸리지 않은 사람들은 감염은 운이 없는 사람들에게 생기는 일 또는 이상한 장소에 가지 않고 스스로 조심하면 피할 수 있는 일이라 생각하며 마음을 진정시킬 수 있었다. 대신 한 번이라도 그 불운에 걸리면 대가는 엄격했다. 감염병 자체에 대한 두려움뿐만 아니라 타인에게 피해를 줬다는 이유로 비난을 받는 괴로움, 격리의 답답함, 사생활 노출과 경제적인 문제 등을 오롯이 견뎌야만 했다. 교통신호를 어긴 교통사고 피해자는 불운에 대한 책임과 비난도 함께 받아야 한다고 생각하는 것과 비슷했다.

　한동안 잠잠했던 핫라인 및 전화 상담도 확진자 수와 비례해 늘어나자 모두 바빠졌다. 우리는 코로나를 겪는 사람들이 어떤 어려움을 겪게 되는지, 어떤 도움이 필요한지 처음보다 더 잘 알게 됐고 어색하던 전화 상담도 익숙해져갔다. 격리 병동, 혼자 남겨진 방에서 걸려온 전화들은 진료실 안에서 얼굴을 맞대고 진행하는 상담과는 사뭇 달랐다. 공포, 외로움, 두려움, 분노, 무력감… 수화기 너머의 감정들은 날것 그대로였다. 때로는 적막함 속에 흐느낌과 오열, 거친 숨소리만 들려오기도 했다. 항상 슬프고 어둡기만 한 것은 아니었다. 우리는 수화기를 든 채 호흡과 스트레칭을 같이 하고, 지루한 격리기간을 달랠 계획을 짜기도 했다. 코로나로 인해 꼬일 대로 꼬인 삶의 문제를 해결해나가는 용기와 기지에 오히려 내가 감탄할 때도 많았다. 가끔 전화로 상담하던 환자분이 진료실을 찾아오면 그렇게 반가울 수 없었다. 고마운 선생님 얼굴 한 번 보고 싶었다는 말에 진료실에서 크게 웃음이 터지기도 했다.

난생처음 세상과 격리되는 두려움

　무더운 여름이 끝나고 날씨가 선선해지기 시작했다. 2차 대유행은 내가 거주하는 수도권에서 일어났기 때문에 업무뿐만 아니라 개인적인 일상도 많이 긴장돼 있던 차였다. 그러나 일일 확진자 수가 여름 내내 400명대로 정점을 찍은 후 조금씩 소강돼가자 어쩐지 최악의 상황은 지나간 것 같다는 희망을 가지게 됐다. 그동안 모은 코로나 관련 데이터를 분석하고 상담하며 알게 된 것들을 정리해놓는 마음의 여유도 생겼다. 비대면으로만 열리던 학회도 일부 대면으로 전환하기 시작했다. 오랜만에 학회장에 직접 가서 사람들도 만나고 감염병 환자의 심리지원 경험에 관한 발표도 예정돼 있었다.

재난 및 안전관리 기본법에서 재난은 국민의 생명, 신체, 재산과 국가 전체에 피해를 주거나 줄 수 있는 상황으로 정의하고 있다. 지진, 화재 등 우리가 흔히 상상하는 재난은 강력한 단발성 사건이 발생하고 피해자 수와 지역이 어느 정도 한정된다. 반면 감염병 재난은 감염원이 서서히 확산되면서 피해 규모는 계속 늘어난다. 하지만 집단 면역, 백신, 치료제 개발 등의 경과를 거쳐 서서히 종식되는 특징을 가지고 있다. 감염병 재난의 심리지원 대상자는 확진자뿐만 아니라 유가족, 격리자, 의료종사자, 그리고 감염병 공포에 노출된 일반인까지 폭넓게 제공돼야 한다. 여타 재난과 마찬가지로 위기 소통과 정확한 정보 전달이 중요하며, 이는 안전한 방역이 보장되는 환경에서 이루어져야 한다.

발표 자료를 저장하고 컴퓨터를 껐다. 퇴근 준비를 서둘렀다. 누적 확진자 수가 2만 명을 넘었다고 하지만, 내 주변에는 다행히 코로나에 걸린 사람이 아무도 없었다.

'조만간 백신이나 치료제가 나와 코로나가 종식되는 그런 날이 곧 오지 않을까?'

코로나가 종식될 때까지 조금만 더 조심하면 이 재난을 잘 피해간운 좋은 사람이 될 수도 있을 것 같았다.

집에 도착하니 아이를 봐주던 친정엄마의 안색이 안 좋았다. 며칠 전부터 두통과 복통이 심했는데도 곧 나으려니 하며 참고 있었다고 한다. 증상이 심해 보여 바로 응급실로 갔다. 응급실 입구에서 간호사가 혈압과 체온을 재더니 열이 나기 때문에 코로나 음성 결과를 받을 때까지는 진료를 볼 수 없다고 했다. 점점 통증이 심해지고 있는데 진료를 바로 볼 수 없다니 황당했다. 하지만 코로나 시대에 별 수 없는 노릇이었다. 정말 코로나 때문에 불편한 것이 너무 많았다. 병원 앞 선별진료소에서 엄마는 생애 첫 코로나 검사를 받았다.

"엄마, 코 안으로 넣는 거라 좀 불편한 검사인데 별거 아니야. 금방 끝날 거야. 근데 진짜 엄마가 코로나 양성 나오면 온 가족 진짜 난리 나겠다."

나와 동생 집을 번갈아 다니며 손주를 봐주는 엄마의 동선을 생각하며 농담을 건넸다.

"얘, 그런 얘기하지도 마라. 상상만 해도 무서워."

엄마도 손사래를 치며 웃었다. 검사 결과는 음성이었고 8시간 만에 응급실에 입성해 검사를 받고 항생제 치료를 받을 수 있었다.

다시 직장과 집을 왔다 갔다 하는 일상이 반복되고 몇 주가 흘렀다. 퇴근 후 아이와 마스크를 쓰고 산책을 하고 있는데, 엄마에게 전화가 왔다. 몇 주 전에 응급실에 갔을 때처럼 다시 몸이 아프고 미열이 있다고 했다. 증상을 들어보니 염증이 재발한 것 같았다. 지난번처럼 응급실 문 앞에서 문전박대 당하느니 아예 동네 보건소에서 코로나 검사를 받은 후 다음 날 병원 진료를 보기로 했다.

이튿날 아침 엄마는 몸이 더 많이 안 좋다며, 코로나 결과만 나오면

빨리 진료받으러 가야 할 것 같다고 했다. 전화를 끊고 출근 준비를 하
는데 문득 발걸음이 멈춰졌다.

'내가 출근하면 안 되는 건가?'

며칠 전 인터넷의 아파트 커뮤니티에서 본 글이 생각났다. 어떤 정
신 나간 부모가 코로나 검사를 해놓고 결과가 나오기도 전에 아이를 학
교에 보냈다는 글이었다. 이기적이고 비상식적인 사람들 때문에 코로나
가 끝나지 않는다는 사실에 잔뜩 화가 난 사람들의 댓글이 줄줄이 이어
졌다. 나는 잠시 고민하다가 집에 사정이 있어 지각을 하게 될 것 같다
고 직장과 아이 학교에 연락했다. 다행히 외래 진료는 오후에 있어서 오
전에 조금 늦게 출근해도 큰 문제는 없을 것 같았다. 출근과 등교 준비
를 다해놓고 기다리고 있는데 전화벨이 울렸다.

"내가 코로나라는데, 어쩌니."

수화기 너머 엄마의 목소리가 떨렸다. 순간 당혹감이 밀려와 말문
이 막혔다. 나보다 더 당황한 건 당연히 엄마였다. 어디서 걸렸는지는
알 수 없었기 때문에 검사 결과가 혹시 잘못 나온 것이 아닐까 하는 생
각까지 들었다.

그 이후부터는 모든 일이 정신없이 돌아갔다. 코로나 양성 판정 후
보건소, 역학 조사관의 전화를 받고, 앰뷸런스와 입원할 병원 또는 생
활치료센터가 배정되는 과정에 대해서는 환자분들과 상담하며 수없이
들었다. 앞으로 일어날 일들을 대략 알고 있기 때문에 다행이라고는 생
각했지만, 실제 겪어보니 정말 미치고 팔짝 뛸 것 같았다.

담당자라며 전화한 사람마다 자신들이 궁금한 것을 반복해서 다시
물어봤다. 같은 이야기를 여러 담당자에게 반복해서 이야기해야 했다.
반면에 내가 알고 싶은 것을 물어보면 자기 담당이 아니니 확인해보겠

다며 연락이 두절되기 일쑤였다. 내가 다시 전화를 걸었을 때는 언제나 통화 중이었다. 언제 병원으로 이송되는지 알고 싶어 심리상담 핫라인에 전화하는 사람들의 심정을 조금 알 것 같았다. 혹시 상담사 옆 자리가 환자 이송 담당자일 수도 있지 않은가!

아침에 양성 결과를 받은 후부터 엄마는 계속 자신 때문에 격리되거나 감염될 수 있는 다른 사람들을 걱정하기만 했다. 본인이 어디를 갔었는지, 누구를 만났는지 기억이 나지 않는다며 초조해하다가도 갑자기 새로운 사람이나 장소가 생각나면 어쩔 줄 몰라 괴로워했다. 미안함과 죄책감 때문에 정작 본인이 코로나에 걸렸다는 사실은 잊어버린 것처럼 보일 정도였다.

병원으로 이송되는 앰뷸런스는 오후 늦게 도착했다. 아파트 사람들이 볼까 봐 두렵다고 집에서 멀리 떨어진 곳으로 앰뷸런스를 타러 가는 엄마와 통화를 했다.

"엄마 무섭진 않아?"

"응, 조금 무섭네."

그날 처음으로 엄마는 다른 사람 걱정이 아닌 오롯이 본인이 느끼는 두려움을 이야기했다.

수십 통의 전화를 하고, 아이와 보건소에 가서 코로나 검사를 하고 돌아오니 오후 4시였다. 아직도 하루가 너무 많이 남아 있을 뿐 아니라, 심지어 출근을 하지 않아도 되는 2주라는 긴 시간이 놓여 있었다. 이제는 내가 더 해야 할 일도, 할 수 있는 일도 없었다. 엄마가 잘 치료받고 우리는 2주간 격리를 잘 버티고 나면 끝날 일이었다.

'14일 동안 집 안에서 뭘 해야 할까?'

집은 퇴근하고 쉬는 곳이었는데 갑자기 집에서 어떻게 시간을 보내야 할지를 계획한다는 것이 어색했다. 시간이 너무 많아서 밀린 발표나 논문 준비를 하고도 시간이 남을 것 같았다. 아이와 시간을 보내기 위해 1,000조각이 넘는 직소 퍼즐을 주문했다. 2주간 그저 지루함과 답답함만 버티면 될 거라고 생각했다.

감염병의 잔인한 얼굴
격리 첫날 밤 늦은 시간에 재난 안전 문자가 왔다.

[○○구] 금일 코로나19 확진자 5명 발생. 역학조사 진행 중. 상세내용은 구청 홈페이지를 참고 바랍니다.

평소 같으면 우리 동네에서 확진자가 많이 나왔구나 하고 금방 잊어버릴 문자였다. 하지만 그날은 문자 속 다섯 명 중 한 명이 내 가족이었다. 홈페이지에 들어가 보니 〈○○번 확진자(60대) 감염경로 미상. 동선 확인을 위해 역학조사 진행 중에 있습니다〉라고 적혀 있었다. 역학조사 진행 중이라니, 정말 끔찍했다. 그나마 얼마 전부터 확진자 인권 보호를 위해 구체적인 나이, 성별, 거주하는 동 주소를 공개하지 않게 된 점이 다행이었다.

엄마가 입원한 후 며칠 사이 전국 확진자 수가 폭증하고 갑자기 3차 대유행이 본격화됐다. 전문가들은 TV에 나와 "1차와 2차 유행 시기에는 한정된 지역에서 한두 군데 집단 감염이 발생하고, 연이어 관련 감염이 나왔기에 역학조사로 추적이 가능했다. 그러나 지금은 동시다발적 감염으로 인해 역학조사가 쫓아갈 수 없는 상황"이라고 말했다.

사람들은 한층 더 불안해했지만, 나는 우리 가족을 식별할 수 있는 특징이 점점 흐려져가는 것이 기뻤다.

　사람들은 빨리 역학조사를 하지 않는 무능한 보건소를 질타했다. 구민의 알 권리를 위해 확진자 거주 아파트와 동선 공개를 요구하는 민원도 빗발쳤다. 아파트 커뮤니티 게시판에는 혹시 앰뷸런스나 방역하는 사람들이 보이면 서로 조심할 수 있게 위치를 실시간으로 공유하자는 의견도 나왔다. 어떤 사람들은 가족이 코로나에 걸리면 그 집 아이들이 몇 학년 몇 반인지 정확히 공개를 해야 코로나가 더 퍼지는 것을 막을 수 있다고 주장했다. 하지만 내 눈에는 확진자와 가족들을 괴롭히려는 사람들로 보일 뿐이었다.

　"당신들 정말 한심한 소리를 지껄이고 있어!"

　사람들에게 외치고 싶었다. 그러나 나는 확진자 가족이기 때문에 그럴 자격이 없다는 것이 황당했다. 그제야 환자들의 분노가 "왜 나에게만 이런 일이 생겼을까" 하는 막연한 생각에서 비롯된 것이 아님을 알았다. 다른 사람들이 아무렇게나 쏘아댄 화살이 그들의 머리 위로 쏟아지고 있었다. 그것은 실로 무력한 분노를 일으켰다. 한편 화살을 쏘는 사람들도 어쩌면 재난의 피해자다. 불안할 때 우리는 편을 가른다. 내가 서 있는 쪽이 좀 더 안전하다고 믿고 싶기 때문이다.

　나는 진료실이 아닌 현장에서 사람들을 도울 수 있는 조금 다른 의사라고 생각했다. 하지만 여전히 책상 앞에 앉아 피해자에게 스스로 용기를 내라고 종용만 했던 건 아닐까. 지금이 아닌 그때, 화살을 쏘는 사람들이 멈출 수 있도록 더 크게 더 적극적으로 목소리를 냈어야 했다.

　다음 날 남편, 나, 아이는 음성이었지만 친정아버지와 어린 조카는 양성이었다. 그날 이후, 매일 다른 가족과 지인들이 연쇄적으로 양성 판정을 받았다. 엄마는 가족에게 일어난 모든 상황이 본인의 탓이라는 괴로움에 식사를 전혀 하지 못했다. 나중에는 누군가 양성 판정을 받아도 엄마에게 거짓말을 했다. 심지어 진짜 음성 판정을 받은 내가 양성인데 엄마를 속인다고 생각하는 '웃픈' 상황이 이어졌다.

엄마의 건강 상태도 점점 나빠졌다. 고열과 호흡곤란, 기침이 점점 심해져서 통화가 어려울 정도였다. 결국 중환자 진료가 가능한 대형 병원으로 전원하기로 결정됐다. 주치의는 내게 앰뷸런스에는 의사나 보호자가 동행하지 않으며, 이송 중 상태가 악화되거나 의학적 문제가 생길 수 있다고 설명했다. 어차피 지금은 모든 가족이 코로나 치료 또는 자가격리 중이어서 아무도 엄마와 함께 있을 수 없었다.

코로나 대유행이 시작된 이후, 출근하면 제일 먼저 코로나 신규 확진자와 사망자 수를 확인하는 것으로 하루를 시작했다. 2020년 7월 코로나 환자의 사망률은 2.19퍼센트였다. 그러나 막상 내 가족이 코로나 환자가 되자 사망률이 몇 퍼센트가 됐건 공포 그 자체였다. 그동안 병원에서 음압 캡슐 속에 갇힌 환자들이 이송되는 광경을 여러 번 봤다. 엄마가 음압 캡슐에 홀로 누워 어디로 가는지도 모른 채 구급차에 실려가는 상상을 했다. 사랑하는 사람의 옆에 있어주지 못한다는 것이 얼마나 큰 고통인지 처음 알게 되었다.

'만약 최악의 상황이 찾아와서 다시는 엄마를 보지 못하는 일이 생길 수도 있을까? 그런 상황이 되어도 나는 정말 이 집에서 한 발자국도 나가면 안 되는 걸까?'

상담을 하면서 수없이 들었던 상황이었다. 하지만 감염병의 잔인한 얼굴을 직접 마주했을 때 느끼는 무력감과 애통함은 상상했던 것보다 더 거대했다. 너무 거대해서 오히려 비현실적인 기분이 들 정도였다. 엄마가 이송되는 동안 할 수 있는 일이 없었다. 나는 거실에 쪼그리고 앉아 직소 퍼즐을 맞추기 시작했다. 퍼즐에 집중하면 다른 생각을 조금 잊을 수 있었다. 작은 단색 조각들을 이리저리 넣다 보면 전혀 맞지 않을 것 같은 위치에 갑자기 맞춰졌다. 언젠가는 지금 경험하는 혼돈의 조각들도 퍼즐처럼 제자리를 찾아 맞춰질 것이라고 생각하자 마음이 조금 차분해졌다. 그러다가도 불현듯 '왜 우리 가족일까? 왜 하필 나에게 이런 일이 일어난 걸까?' 하는 생각과 두려움이 밀려오기를 반복했다.

매뉴얼을 위한 매뉴얼

정신없이 며칠이 흘러갔다. 난데없이 역학조사관이 집으로 전화를 걸어왔다. 그러고는 일주일 전 엄마가 우리 집에 왔을 때 만난 사람이 있는지 물었다. 그는 미안한 목소리로 자신이 역학조사가 처음이라 실수가 있었다면서 그날부터 다시 조사를 하고 있다고 했다. 그날 엄마 차의 GPS에는 우리 집이 찍혀 있었다. 역학조사관은 황당한 이야기를 꺼냈다. 코로나 환자가 왔다 간 곳이니 우리 집을 오늘 소독해야 한다는 것이었다. 나는 이미 일주일이 지났고 우리 가족 모두 격리 중이라 아무도 이 집에 들어올 일이 없는데 대체 무슨 방역 효과가 있는지 따져 물었다. 그렇지 않아도 힘들고 지쳐서 아무 데나 막 화를 내고 싶은 상태였다. 담당자의 목소리는 한층 더 작아졌다.

"사실 지금 시간이 지나서 소독이 의미가 없다는 건 저도 아는데요. 그래도 확진자가 다녀간 곳은 다 방역해야만 하는 것이 원칙이라서… GPS에서 찍힌 장소에 방역을 안 보내면 제가 굉장히 곤란해져서요. 너무 죄송하지만 한 번만 이해해주시면 안 될까요? 방역하는 분께 최대한 다른 사람들이 보지 않게 조심해달라고 부탁드려 놓을게요."

상대방이 너무 솔직하게 잘못을 시인하자 나는 싸울 의지를 잃어버리고 말았다. 매뉴얼대로 하지 않을 권한이 그에게는 없을 것이다. 한숨이 나왔지만 일단 알겠다고 전하고 전화를 끊었다. 하얀 방호복을 입은 사람들이 우리 집 벨을 누르는 상상만 해도 겁이 났다.

'아파트 커뮤니티에 우리 동 호수가 다 나오는 건 아닐까?'

방역 요원은 고맙게도 한 층 아래 계단에 숨어서 방역복을 갈아입고 아무도 안 볼 때 재빨리 들어와 하얀 가루로 온 집 안을 소독해줬다. 방역 고글 사이로 보이는 눈빛과 예의 바른 목소리로 보건대 20대로 보이는 어린 학생이었다. 고글 너머 땀이 가득 찬 얼굴을 보니 시원한 커피라도 한잔 타주고 싶었지만 본인도 여기서 마시고 싶지는 않을 것 같았다.

방역 소동보다 황당한 일은 따로 있었다. 역학조사를 해야 하는 날짜가 하루 더 늘어나면서 엄마가 누구를 만났는지 처음부터 다시 기억해내야 했다. 풀이 죽은 역학조사관은 전파가 크게 염려되는 날은 아니라며 그 즈음에서 마무리 짓고 싶어 하는 것 같았다. 통화를 끊고 엄마와 이야기해보니 그날 아이 교습 선생님과 도우미 이모님이 우리 집을 방문했었다. 새로운 밀접 접촉자는 모두 나와 관련된 사람들이었다. 나는 머리가 정말로 복잡해졌다. 그분들이 엄마와 만난 건 이미 일주일 전이고 접촉 시간도 짧았다. 역학조사관 말대로 증상도 없던 시기라 감염 위험도 적을 것 같았다. 오히려 나 때문에 그분들이 2주 동안 자가격리를 하면서 생업에 방해를 받게 된다는 것이 더 큰 걱정이었다.

'내가 아무 말도 안 하면 모두 편하게 끝날 일 아닌가? 나중에 혹시 알려지면 문제가 될까? 그런데 정말 양성이 나오면 어떡하지? 다른 집도 많이 방문하는데 모른 척해도 괜찮은 걸까?'

이대로 그냥 덮고 넘어가고 싶은 강렬한 욕망과 더 이상 남에게 피해를 주고 싶지 않은 소망, 그러나 혹시 모른 척했을 때 찾아올 수 있는 나쁜 결과에 대한 두려움 사이에서 괴로웠다. 이렇게 생각하면 이게 맞고 저렇게 생각하면 저게 맞았다. 무엇을 선택할지 헷갈릴 때는 원칙적인 결정을 하는 것이 최선이라고 생각해왔지만 이번에는 정말 용기가 나지 않았다. 어떤 선택을 해도 사람들이 나 때문에 피해를 보게 되는 것 같았기 때문이다. 수만 번을 고민하다 그날 밤 역학조사관에게 전화를 걸어 우리 집을 방문했던 사람이 두 명 있다는 것을 알려줬다. 그러나 사실대로 고백하자면 전화를 건 순간부터 후회했다. 이제 더 많은 사람이 우리 때문에 자가격리를 하고 코로나 검사를 하게 될 것이기 때문이었다. 다들 음성일 것 같은데 괜한 일을 한 것이 분명했다.

상황은 내가 걱정한 것보다 더 나쁘게 흘러갔다. 이틀 후 이모님이 양성 판정을 받았다. 병원 배정을 기다리고 있다는 전화 속 목소리에서 익숙한 두려움이 느껴졌다. 상상하지 못한 일이 현실이 됐을 때의 당혹스러움, 이미 경험한 사람에게 무엇이든 물어보고 싶은 간절함, 자녀들에 대한 걱정들, 그 와중에 누구의 잘못도 아니니 미안해하지 않아도 된다는 위로까지. 우리가 경험한 고통을 다른 사람의 가족들이 똑같이 겪고 있는 이야기를 듣고 있자니 너무 미안해서 끝없이 울고 싶었다. 엄마에게는 모든 사람이 음성으로 나왔다고 다시 한번 거짓말을 했다.

죄책감과 책임감 사이

감정은 강렬한데 몸에는 힘이 없었다. 엄마가 이송된 후 겨우 추스른 마음이 다시 제멋대로 풀어져 나를 휩싸고 흔들어 젖히고 있었다. 이제는 나도 미열과 콧물이 나고 목이 따가운 기분이었다.

'내 몸속에도 지금 코로나 바이러스가 있는 걸까?'

그렇다면 다른 사람에게 기대 울 수도, 나를 한번 안아달라고 할 수도 없었다. 한편으로는 누구에게도 위로받고 싶지 않았다. 아무도 이 상황을 진심으로 이해할 수 없을 것 같았고 오히려 나와 내 가족만 불행한 운명을 겪고 있다는 것이 선명해질 것 같았다. 그러나 그날 밤 나는 누구와도 이야기하고 싶지 않은 동시에 누군가에게 너무나 의지하고 싶었다. 이런 상황을 잘 알고 있으며 불필요한 정보를 쏟아내 나를 혼돈에 빠뜨리지 않을 사람, 다른 사람 탓이나 비난에 몰두하게 만들어 전화를 끊은 뒤 지치게 만들지 않을 사람, 특별한 불운을 겪는 피해자처럼 대해 나를 외롭게 하지 않을 사람이 너무 절실히 필요했다.

밤이 늦었지만 잠이 오지 않았다. 혼자 방 안에 우두커니 앉아 있다가 트라우마센터 선배 의사에게 문자를 남겼다. 바로 전화가 왔다. 나는 두서없이 내가 겪은 일을 설명하며 눈물을 터뜨리고 말았다.

"그래. 그럴 수 있어. 괜찮아."

그녀는 나의 모든 이야기를 끝까지 들어줬다.

"왜 역학조사관에게 다 말했을까요? 그냥 가만히 있었으면 아무도 몰랐을 텐데. 이런 후회를 하고 있는 것조차 창피해요. 우리 때문에 다른 사람이 코로나에 걸렸다는 게 너무 괴롭고 죄책감이 들고. 엄마도 걱정되고 다른 사람들에게도 앞으로 또 더 나쁜 일이 생기면 그때는 어떻게 해야 할지 정말 모르겠어요. 삶이 하나하나 쪼개져버리고 있는 것 같아요."

눈물이 멈추자 수화기 너머로 목소리가 들려왔다.

"그런데 모든 걸 다 책임지려 할 필요는 없어. 지금은 누구라도 걸릴 수 있고, 그 누구의 잘못도 아닌 거 알고 있지? 용기 있게 한 행동이었고 이제 앞으로 일어날 일들까지 다 이 선생이 책임질 필요가 없는 거야.

그건 과도한 책임감이 아닐까?"

그 순간 나는 표현할 수 없는 큰 안도감을 느꼈다. 직전까지 계속 불안, 걱정, 죄책감에 시달리고 있었다. 애써 떨쳐내고 싶었지만 그럴 수가 없었다. 남에게 피해를 준 주제에 죄책감을 덜어내는 것은 나쁜 일 같았기 때문이다. 더욱이 앞일을 걱정하지 않으면 더 안 좋은 일이 생겼을 때 대처할 수 없을 것 같았다. 고통은 이 상황에서 내가 필연적으로 견뎌야 하는 의무 같았다.

'괴로움이 책임감에서 비롯된 것이라면 살짝 내려놓아도 되지 않을까?'

과도한 책임감을 조금 내려놓는다고 그렇게 나쁜 사람이 되지는 않을 것 같았다. 솔직히 내려놓아도 된다면 정말이지 그렇게 하고 싶었다. 나는 다시 눈물이 났지만 마음은 점점 차분해졌다. 감옥 같은 두려움에서 잠시 풀려난 기분이었다. 전화를 끊고 나는 처음으로 깊은 잠을 잤다. 내일 안 좋은 일이 있어도 조금은 버틸 수 있을 것 같았다.

남은 기간에도 예상치 못한 일들은 계속됐다. 그러나 시간은 정직하게 흘러 14일이 지났다. 매일 내다보던 창밖으로 그새 단풍이 짙어졌다. 여러 사람들이 격리 중간에 양성 판정을 받았기 때문에 우리 세 가족도 결국은 코로나에 걸렸을 것이라고 생각했다. 우리 모두 목도 아프고 기침도 했다. 그러나 격리 해제 전 검사 결과는 모두 음성이었다. 격리 내내 마스크를 쓰고 식사도 따로 하면서 최대한 조심하며 지냈는데, 사실 집 안 어디에도 바이러스가 없었다는 사실이 우스웠다. 우리는 피자 한 판을 시켜서 식탁에 앉아 얼굴을 맞대고 침을 튀겨가며 신나게 나눠 먹었다.

다시 돌아갈 수 없는 일상으로의 복귀

격리 기간 동안 너무 긴장을 많이 해서인지 다시 출근하는 것이 두려웠다. 집 밖에 나서자 갑자기 세상이 이전과 다르게 느껴졌다. 내가 알고 있던 안전한 세상은 사라지고 언제든 위험해질 수 있는 곳처럼 느껴졌다. 한동안 사람들이 많은 곳에 가거나 잠깐이라도 마스크를 벗어야 하면 너무 마음이 불편하고 힘들었다. 격리 사실을 아는 동료들이 나와 함께 있기 싫어 할지도 모른다는 생각이나 코로나 음성 결과가 잘못 나온 결과라는 비합리적인 생각이 스쳐갈 때도 있었다. 의료인이라 매주 해야 하는 PCR 검사도 꺼려졌다. 코로나에 걸리는 것보다 그로 인해 발생하는 수많은 문제를 다시 반복한다는 것은 끔찍한 일이었기 때문이다.

이상한 긴장감과 왜곡된 불안감은 시간이 지나며 서서히 사라졌지만, 사실은 꽤 오래 내 마음속에 남아 있었다. 겉으로 보이는 일상은 조금씩 제자리를 찾고 있었다. 시간이 한 방향으로만 흘러가는 것은 다행스러운 일이었다. 추가 확진자가 나오면서 연쇄적으로 늘어난 가족들의 격리와 치료가 모두 끝났다. 엄마는 가장 늦게 퇴원했지만 조금씩 회복되고 있었다. 이모님도 무사히 퇴원했다는 소식을 전했다. 내가 그때 알려주지 않았다면 코로나인 줄 모르고 주말에 어린 손녀를 만날 뻔했다고 고맙다고 말씀하셨다. 그러나 우리 집에서 다시 일하는 것은 거절하셨다. 어떤 마음인지 충분히 이해할 수 있었다.

일주일에 한 번씩 상담하던 환자분을 오랜만에 다시 만났다. 그는 격리를 마치고 돌아온 나를 반갑게 맞아주며 안부를 물었다. 나는 그가 코로나로 인해 받았던 고통에 대해 자세히 알고 있다. 확진이라는 전화를 받았을 때 옆에 아무도 없었다는 사실, 음압 캡슐에 실려 앰뷸런스의 조그만 창문을 내다보면서 두려웠던 기억, 재감염에 대한 두려움, 동네 가게에 피해를 주었다고 손가락질 받은 상처. 퇴원 후 한밤중에 공황 증상이 찾아와 핫라인으로 전화를 걸었던 환자분이었다. 나는 여러 차례 그가 공황을 경험하는 순간을 함께했다. 내가 두려움과 외로움에 시달리던 그날 밤 누군가에게 깊은 위로를 받았던 것처럼 나도 이분에게 그런 위안을 준 적이 있을지를 떠올려봤다.

* * *

이후 2년이 지났지만 코로나는 아직도 종식되지 않았다. 그 사이 위드 코로나의 시대가 오고 백신과 치료제에 대한 희망, 그러나 수없이 반복되는 변종과 재유행이 있었디. 그사이 우리 가족도 결국 모두 코로나에 걸렸다 나았다. 이제 하루 10만 명 이상 확진돼도 사람들은 과거만큼 극심한 공포를 느끼지 않는다. 오히려 내 이야기가 과장된 무용담처럼 느껴진다.

　격리 중에 연일 나쁜 일들이 일어나자 앞으로 무슨 일이 일어날지 미리 알 수만 있다면 덜 두려울 것만 같다는 생각을 했다. 그러나 사실 나는 이미 수많은 코로나 확진자와 가족들이 겪은 이야기를 알고 있었다. 슈퍼 전파자와 그의 가족, 마지막을 함께하지 못한 유가족, 코로나가 완치돼도 자신이 있던 곳으로 돌아가지 못하는 사람들의 이야기를 듣고 또 들었다. 다만 나는 그런 일들이 '나에게' 일어날 것이라고 생각하지 않았을 뿐이었다.

　재난 현장은 피해 규모를 보여주는 수치들과 그 일을 겪어내는 사람들의 서사가 함께 버무려져 있다. 차가운 숫자와 뜨거운 서사 사이를 분주히 돌아다니며 일했지만, 정작 나 자신이 어디쯤 놓이게 될지를 상상하지 못했다. 삶의 궤도 안에 갑자기 닥쳐온 재난은 제각각의 이야기를 가진다. 경험해본 적이 있다고 해서 재난 피해자를 더 잘 이해할 수 있다는 생각은 자만이다. 다만 고통과 외로움의 순간을 함께하는 것이 얼마나 중요한지를 더 알게 되었을 뿐이다.

"인내심을 가지고 때를 기다리다가, 인간들에게 불행도 주고 교훈도 주려고 저 쥐들을 잠에서 깨워 어느 행복한 도시 안에다 내몰고 죽게 하는 날이 언젠가 다시 오리라는 사실을 알고 있었기 때문이다."

《페스트》의 마지막 문장처럼 재난은 크고 작은 모습으로 언제든 다시 찾아오고, 또 다시 우리는 광기 어린 도입부를 피해갈 수 없을 것이다. 피할 수 없는 것을 헤쳐나가는 유일한 방법은 그저 헤쳐나가는 것뿐이리라.

군대를 떠날 수 없었던 의사

백명재 ― 경희대학교병원 정신건강의학과 교수

군정신건강

꾀병에서 스스로 해방되면서 나는

진료받으러 오는 모든 환자에게 "잘 왔다"고 말한다.

그리고 "우리가 도와줄 수 있다"고 한다.

영어로 병원(hospital)과 환대(hospitality)의 어원은 같다.

군 장병이라고 해서 병원에서 환대를 못 받을 이유는 없다.

백명재

정신건강의학과 전문의. 경희대학교병원 교수.
의대에 들어왔지만 수술실이 무서워 피해 다녔다. 유독 정신의학에
재미를 느껴 전공을 선택했다. 민간 정신과 의사로는 최초로 군에
채용되어 국내에서 가장 많은 현역 장병을 진료실과 부대에서 만났으며
국군수도병원에서 PTSD팀장, 정신건강센터장, 정신건강의학과 과장을
맡았다. 재난 현장에서 초기에 개입하여 PTSD를 예방하는 활동에 관심이
많아 6천 명의 코로나19 확진자와 상담을 했다. 한국트라우마스트레스학회
총무위원장, 한국자살예방협회 군자살예방위원장을 맡고 있다.

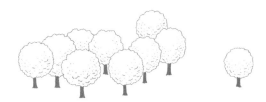

'속보, 경북 포항서 해병대 헬기 추락. 인명피해 확인 중'

　　창원중앙역 대합실에서 서울행 KTX를 기다리는 중에 TV 화면 속의 굵고 새빨간 속보 자막이 눈에 들어왔다. 헬기 추락 사고로 동료를 잃은 해군 장병들과 상담을 마친 직후였다.

　　'아, 오늘 또 헬기 사고라니. 헬기 사고면 인명 피해가 꽤 클 텐데. 조만간 포항으로 가야겠구나.'

　　생각이 채 끝나기도 전에 휴대전화가 바쁘게 울리기 시작한다. 해군본부 의무실이었다.

　　"선생님, 뉴스 보셨어요? 포항에 와주셔야 할 거 같아요. 상황이 좀 더 파악되면 다시 연락드릴게요."

　　며칠 뒤 국군수도병원 정신건강 현장지원팀과 포항 해병대 1사단 사고 부대를 방문했다. 사망한 장병들의 영결식이 끝난 직후라 매우 침통한 분위기였다. 부대 내 최고 서열인 대대장 김정일 대령과 노동환 중령을 포함해 다섯 명이 사망한 큰 사고였다. 더군다나 사망한 故 박재우 병장의 버킷리스트가 적힌 수첩이 언론에 공개돼 보는 이들의 안타까움을 더했다. 버킷리스트 71번은 '헬기 타보기'였고 72번은 '사고 없이 전역하기'였기 때문이다.

보통 사고 부대를 방문하면 부대 지휘관에게 사고 내용과 후속 조치 진행 상황을 듣는 것으로 현장지원팀 일정을 시작한다. 하지만 이번에는 지휘관이 사고를 당한 바람에 공석인 상황이었다. 대신 인사장교를 비롯한 간부들에게 현재 상황을 전해 들었다. 그리고 우리는 2박 3일 동안 진행할 외상후스트레스장애(PTSD, Posttraumatic Stress Disorder) 예방과 부대의 일상 복귀를 위한 심리적 응급처치 활동을 소개했다.

나는 평소처럼 먼저 전체 부대원을 대상으로 '트라우마 이겨내기' 정신건강 교육을 시작했다. 교육 시간은 사고가 발생한 부대의 분위기를 파악하는 중요한 기회다. 어떤 교육이든 교육을 진행할 때 청중이 열심히 집중을 하며 귀를 기울이면 강연자 입장에서 기분 좋은 일이다. 단, '트라우마 이겨내기' 교육만은 그렇지 않다. 열심히 듣는 부대원이 많으면 오히려 긴장과 걱정이 늘어난다. 심리적으로 불안정하다고 느끼는 장병이 조금이라도 도움이 되는 이야기를 듣기 위해 집중한다는 뜻이기 때문이다. 반대로 '너는 떠들어라, 나는 관심 없다'는 태도의 부대원이 많다면, 기분이 나쁘기는커녕 오히려 안심이 된다. '우리는 별문제 없고 괜찮다'는 것을 의미하기 때문이다.

이번 추락 사고를 겪은 해병대 항공대 부대원들은 어느 때보다 진지하게 내 강의를 집중해서 들었다. 이 분위기가 무엇을 의미하는지 아는 나로서는 앞으로 마주하게 될 상황이 두려워졌고 여러 고민들이 머릿속을 스쳤다.

'평소보다 고위험군 장병들이 많을 텐데 지금 당장 국군수도병원 정신과에 입원 병상이 별로 없잖아. 게다가 2박 3일 일정으로 심리적

응급처치를 다 마무리할 수 없으면 어쩌지.'

　평소보다 더욱 긴장한 탓이었는지 결국 예정했던 교육 시간을 훌쩍 넘겼다. 나는 장병들에게 조금이라도 도움이 될 만한 내용을 더 자세히 전했다. 그러나 강의 이후에 진행되는 개인별 정신건강 평가와 상담 시간에 놀라운 반전이 일어났다. 사고로 인해 부대원들의 충격은 매우 컸지만, 모두가 '우리는 이겨내야 하고 이겨낼 수 있다'고 이야기했다.

　병사들은 한결같이 자기들의 부대가 부조리도 전혀 없을 뿐만 아니라 해병대 중에서 가장 분위기가 좋은 부대라는 자부심이 있었다. 간부들은 리더가 직접 지휘하지 않아도 되는 연습 비행을 솔선수범하기 위해 헬기에 오른 것이라며 자신들을 대신해 돌아가신 분들을 진심으로 추모했다. 또한 리더가 갑자기 사라진 상황을 수습할 수 있는 것은 우리 부대원들뿐이라며 다 같이 힘을 합쳐 부대를 일으켜 세워야겠다는 강한 뜻을 전했다. 부대원들 내부에서 이미 트라우마를 이겨내는 자발적인 과정이 시작되고 있었다.

　심리적 응급처치를 잘 마무리하고 한 달 뒤, 나는 평가와 상담을 위해 재차 부대를 방문했다. 부대는 어느 정도 안정화돼 있었다. 다행히 고위험군 장병이 아무도 없었다. 매우 끔찍한 사고를 겪었지만, 부대원들은 자신들이 맡은 임무의 의미와 가치를 잃지 않았다. 평소 군병원 정신건강의학과에서 진료할 때 마주하는 장병들은 대부분 군 생활을 힘들어하고 절반은 죽고 싶은 생각까지 든다고 이야기한다. 이런 장병들을 매일 만나는 것은 힘겨운 일이다. 하지만 이렇게 어려운 여건에서도 건강하게 군 복무를 하고 있는 장병을 만나면 우리 팀도 오히려 힘이 났다.

군 미필자가 가장 많은 군인을 만나다

어쩌다 보니 나는 군에 채용된 첫 민간인 정신건강의학과 전문의가 됐다. 군에는 원래 정신건강의학과 군의관만 있었다. 2011년 국군수도병원에 최초로 민간인 정신건강의학과 의사 자리가 생긴 것은 2010년 연이어 발생한 천안함 피격 사건과 연평도 포격 사건 때문이다. 군대에 외상후스트레스장애 전문가가 없다는 사회의 질타가 있었던 직후였다. 당시에 나는 이제 막 전문의가 돼 대학병원에 남아 전임의로 일하고 있었다. 앞으로의 진로를 고민하던 시기에 정신건강의학과 과장님이 나를 불렀다.

"백 선생, 국군수도병원에서 처음으로 군의관이 아닌 정신과 의사를 뽑으려고 하는데 관심 있어?"

"과장님, 제가 군 생활을 안 해봐서…."

"맞다. 백 선생, 군 생활 안 해봤지? 그래도 한번 생각해봐."

나는 집안의 유전 질환으로 인해 병역이 면제됐다. 군의관 경험이 있는 전임의 선배들은 군 생활을 하지 않은 나를 보며 국군수도병원에 취직하는 것을 말렸다. 군병원은 병원이 아니라 군대나 마찬가지니 군의관을 해본 사람이라면 절대 군병원에 취직할 리가 없다고 했다(국군수도병원에 오래 있어본 결과 그것은 사실이었다. 군의관 경험이 있는 분이 취직하는 일은 거의 없었다).

당시 나는 전공의 때부터 가고 싶었던 병원에 지원했지만 일이 꼬여 못 가게 된 상황이었다. 마땅히 가고 싶은 병원도 없던 차에 아무도 가지 않았던 새로운 길을 경험해보는 것도 나쁘지 않겠다고 생각하며 취직을 결심했다. 그렇게 군대도 가지 않았던 나와 군 장병의 인연은 우연히 시작됐다.

2011년 4월부터 근무를 시작한 나는 1년 동안 준비해 다음 해에 PTSD 클리닉을 오픈했다. 천안함 피격이라는 전대미문의 사건이 있은 뒤라 병원에서는 과할 정도로 클리닉을 지원해줬다. PTSD 치료에 효과가 탁월한 EMDR(Eye Movement Desensitization and Reprocessing), 즉 안구운동 민감소실 및 재처리 치료 장비를 무려 다섯 대나 구매해줬다. 당시만 하더라도 모두가 아는 대형 대학병원에도 없던 장비였다. 좋은 장비를 갖추고 열심히 준비했음에도 불구하고 예상과 달리 PTSD 환자는 찾아오지 않았다. 국방일보를 비롯한 여러 군 매체에 홍보를 해봤지만 크게 달라지지 않았다. PTSD 클리닉 진료실에 혼자 가만히 앉아 있을 수 없었던 나는 어쩔 수 없이 일반 진료와 동일한 진료를 했다. 1년 동안 상황이 달라지지 않자 속이 탔다.

어느새 공무원 정신이 생겼는지 누가 뭐라고 하지 않았는데도 실적에 대한 걱정이 들기 시작했다. 클리닉 팀원들과 고민 끝에 병원에 가만히 앉아서 환자를 기다리지 말고 부대에서 사고가 나면 우리가 찾아가기로 했다. PTSD를 겪고 있는 환자를 치료하는 것이 아니라 사고 초기에 개입해 PTSD 진행을 예방하는 적극적인 방법으로 접근한 것이다. 당시만 하더라도 국내에서는 PTSD를 예방한다는 개념이 희박할 때였다. 하지만 미국 국립 PTSD 센터, 세계보건기구(WHO)의 PTSD 가이드라인과 심리적 응급처치 매뉴얼을 공부하면서 우리 군에도 이 시스템을 적용해볼 수 있겠다고 생각했다. 그리고 2013년부터 사고 부대를 직접 찾아가는 정신건강 현장지원팀 활동을 시작했다.

PTSD가 닥치기 전에 미리 준비하는 사람들

2014년 세월호 침몰 사고로 수많은 정신건강의학과 의사가 안산으로 자원봉사를 갔을 때 나는 강원도 고성으로 향했다. 한 병사가 남방 한계선 철책선인 GOP에서 총기를 난사해 동료 장병 다섯 명이 사망한 끔찍한 사건이 발생했기 때문이다. 고성에 도착했을 때 국방부 정신건 강 담당자도 그곳을 방문했다. 담당자는 우리 팀에게 9년 전인 2005년 에 있었던 연천 총기난사 자료를 보여줬다. 여덟 명이 사망한 거의 동일한 사건이었다. 당시에는 심리적 응급처치라는 개념이 없어 사고 직후 부터 사건 수사만 진행이 됐고 생존 장병 가족들은 '우리 아들은 가해 자가 아니라 피해자'라며 1인 시위를 해야 할 정도였다.

뒤늦게 심리지원이 시작됐지만 그때는 이미 늦었던 것이었을까? 2005년 자료에는 당시 사건 현장에 함께 있었지만 몸을 전혀 다치지 않 은 10여 명의 장병도 심리적인 후유증으로 의병 전역을 했던 전례가 있 었다. 또 사건과 관련된 뉴스를 검색해보니 매해 희생 장병 추모식 소식 과 함께 사건을 겪은 장병들의 인터뷰 기사가 있었다. 그들은 악몽과 재 경험을 비롯한 PTSD 증상이 수년이 지난 뒤에도 지속되고 있다고 증언 했다.

사건 기록과 기사를 보며 긴장이 됐다. 비슷한 사례로 남지 않기 위 해 이번 사건 현장에 있었던 장병들은 제대로 돌보고 관리해야 한다는 부담이 컸다. 이런 끔찍한 사건을 경험한 경우에 나타나는 흔한 정서적 인 반응은 우울, 불안으로 알려져 있다. 하지만 실제 사고 직후 장병들 의 정신 상태는 말 그대로 정신이 없는 것에 가깝다. 눈앞에서 벌어진 일이 너무나도 믿기 어려운 현실이기에 실제로 일어난 사건임을 받아들 이는 것조차 충분한 시간이 필요한 경우도 있다. 이렇게 넋이 나간 사람 앞에서는 감정 상태를 묻는 것이나 간단한 말을 건네는 것조차 조심스 러울 수밖에 없다. 임시로 마련된 상담실에 단둘이 있는 어색한 분위기에서 어떻게 말을 꺼내야 할까?

"부대 사람들 다들 너무 경황이 없는 거 같은데, 좀 어때요?"

"그냥… 멍합니다."

"그렇죠, 여전히 정신이 없을 거 같기도 해요. 아직 실감이 잘 나지 않을까 싶기도 하고요."

"네, 그렇습니다."

"혹시 스스로가 지금 위험한 상태로 생각되지는 않아요? 예를 들어 스스로 행동을 조절할 수 없을 거 같다던지."

"그럴 정도는 아닌 거 같습니다."

"아, 그런 점은 정말 다행이네요. 몸은 좀 어때요? 어디 안 좋은 곳은 없고요?"

"아픈 곳은 없는데 몸에 힘이 좀 없습니다."

나는 첫 면담 때에는 사건에 대해 자세히 묻지 않는다. 사건에 대해 이야기하도록 하는 것이 안정을 찾는 데 도움이 되지 않기 때문이다. 마음에 대해서도 자세히 묻지 않는다. 본인이 원해서 스스로 병원을 방문하는 환자와 달리, 불쑥 부대를 찾아온 난생처음 보는 정신건강의학과 의사에게 갑자기 자신의 마음을 터놓기란 쉽지 않다. 심지어 처음부터 마음에 대해 자세히 물어보면 거부감을 가지는 경우가 많다. 따라서 오히려 몸의 반응에 대해 물어보고 관계를 형성하면서 스트레스 반응을 살핀다.

트라우마를 겪은 이들의 스트레스 반응은 몸에서 나타나는 경우가 많다. 너무나도 경황이 없어 몸의 통증도 제대로 느끼지 못하는 경우도 있다. 한 병사는 사건 발생 며칠 뒤 상담 도중 나에게 왼팔을 내밀며 파편이 박힌 거 같다고 했다. 실제로 팔뚝에 자그마한 파편이 보였다. 정신이 없어 며칠 동안 파편이 박혀 있는 줄도 몰랐다고 했다. 사건을 직접 겪지 않은 장병들도 충격은 적지 않았다. 사망한 장병들은 함께 일한 동료보다 온종일을 함께 동고동락한 전우에 가깝기 때문이다.

사고 이후 대부분의 업무가 중단됐고 평소의 생기를 잃은 채 부대 전체가 매복한 듯 보였다. 큰 사건인 만큼 군 최고위층 여기저기에서 종종 연락이 왔다. 온종일 TV에서 총기 난사 사건 뉴스가 나올 때라 TV를 못 보게 해야 되는 거 아니냐는 이야기도 나왔다. 이럴 때면 나는 오히려 계급이 없는 것이 편했다. 별을 몇 개씩 단 장군의 의견이라도 아닌 것은 아니라고 정확하게 말할 수 있었기 때문이다. 실제로 군은 전문성에 기반한 우리 팀의 의견을 존중해줬다. 실제로 사고 부대를 방문했을 때 우리 팀만 군인이 아니었다. 장병들은 군복이 아닌 사복을 입는 우리를 신기하게 바라보기도 한다. 하지만 군복을 입지 않은 덕분에 상담을 할 때 제일 중요한 신뢰가 좀 더 쉽게 생기는 장점도 있다.

군에서 큰 사고가 생기면 부대에서는 가장 먼저 '표정 관리해라', '볼 차지 마라(축구금지)'와 같은 지시를 내린다. 큰 사고일 경우 부대 내 대부분 업무가 중단된다. 하지만 아무것도 하지 않고 가만히 앉아 있다가 사건 조사만 받는 것 자체가 큰 스트레스다. 나는 사고 부대를 방문하면 장병들과 상담도 해야 하지만 영결식 이후 장병들이 영화와 예능 프로그램도 볼 수 있게 하고 공도 다시 차도록 만드는 일을 한다. 가능하다면 중국집에서 짜장면도 먹게 하고 사우나나 부대 인근 휴양림도 가게 한다.

일상을 회복할 수 있도록 그리고 원래대로 건강한 활동을 할 수 있도록 만드는 것이 상담만큼 중요하다. 이것이 심리적 응급처치다. 심리적 응급처치는 이름과 달리 심리적인 것만 다루지 않는다. 대한민국이 뒤집힐 만큼 워낙 큰 사건이라 예상보다 오래 강원도 고성에서 장병과 함께 있었다. 처음 3주간은 부대에서 지냈고 1개월, 3개월, 6개월 뒤에도 부대를 방문해 병사들의 컨디션을 살폈다. 다행히도 몸을 다치지 않은 장병 중에 PTSD로 의병 전역한 장병은 한 명도 없었다.

이후에도 해마다 군에서는 네댓 건 정도의 큰 사고가 발생했고 군에서 요청하면 언제나 국군수도병원 정신건강 현장지원팀이 출동했다. 2019년까지 사고가 발생한 부대를 방문해 평가하고 상담한 인원만 3천여 명으로 추산된다. 그중에 PTSD로 전역한 장병은 단 한 명에 그쳤다. 그 친구는 정상적인 복무를 수행하기 어려운 수준임에도 불구하고 군 생활을 계속하기를 원했다. 하지만 더욱 증상이 나빠질 수 있어 여러 번 설득해 치료를 성공적으로 마무리하고 집으로 돌려보냈다. 또한 우리 팀이 심리적 응급처치를 시행한 수많은 사고 중에 나중에라도 PTSD 증상으로 고통받고 있다는 장병의 기사가 나온 적이 한 번도 없었다.

이런 사례가 차곡차곡 쌓여가자 PTSD는 예방할 수 있는 질환이라는 확신이 생겼다. 1년에도 몇 번씩 전국을 떠돌며 고된 원정길을 떠나는 우리 팀이었지만, 집에서 멀리 떨어진 곳에서 임무 수행하는 장병들을 보면서 우리도 우리 임무의 의미와 가치를 깨닫게 되었다.

꾀병과의 싸움

[기억상실로 방문한 병사로 꾀병이 의심돼
평가 위해 의뢰 드립니다.]

기억상실 증상으로 다른 군병원에서 진료를 받은 환자의 소견서였다. 멀쩡히 군 생활을 하던 이 병사는 전날 밤 선임에게 꾸지람을 듣고 취침한 뒤 모든 기억을 잃은 상태로 아침에 깨어났다. 본인의 이름조차 기억하지 못했다. 너무 놀란 중대장이 부모님을 모시고 왔지만, 병사는 부모님 얼굴도 못 알아봤다. 머리를 다친 것도 아니었다. 곧바로 가까운 군 병원에서 뇌영상 검사를 했으나 결과는 정상이었다.

현실에서 보기 어려울뿐더러 드라마에서나 나올 법한 상황이 눈앞에 나타나자 정신건강의학과 군의관은 제일 먼저 꾀병을 의심했다. 어느 군의관이라도 그랬을 것이다. 그럼에도 이런 상태로 부대에 돌려보낼 수도 없으니 군의관은 병사를 국군수도병원으로 보냈다.

나에게 온 병사는 어리둥절한 표정이었다. 자신이 왜 군에 있는지 의아해했다. 병사와 함께 온 부모님은 충격에 빠져 있었다. 기억에 관한 몇 가지 질문을 했지만 모두 모르겠다고 답했다. 병사는 다른 사람들이 자신의 옆에 있는 두 분이 자신의 부모님이라고 하니 부모님이 맞나 보다 생각하고 있었다. 기억은 잃었지만 말은 곧잘 했다.

나는 꾀병이 아니라 해리성 기억상실이라는 진단을 내렸다. 환자를 입원시키자 교과서에만 있는 줄 알았던 해리성 기억상실 환자를 실제로 접한 군의관과 간호장교들은 놀라기보다 의심을 품었다. 그들은 환자가 군에 있기 싫어 일부러 기억이 없는 척한다고 생각했다. 난 환자를 치료하는 것뿐만 아니라 꾀병이 아니라는 것까지 증명해야 했다.

해리성 기억상실을 증명하는 법은 간단하다. 치료가 되면 꾀병이 아니다. 꾀병이라면 치료가 안 될 것이다. 해리성 기억상실은 일반적인 심리치료로는 좋아지기 어렵다. 물론 치료제도 없다. 국군수도병원에는 1년에 한 명 정도 해리성 기억상실 환자가 찾아왔다. 매우 드물지만 국군수도병원이니 1년에 한 명이라도 볼 수 있었다. 다른 일반적인 병원에서는 해리성 기억상실 환자를 만날 일이 거의 없다. 나도 해리성 기억상실 환자를 국군수도병원에서 처음 만난 것이었다.

　다른 정신건강의학과 의사도 마찬가지겠지만 처음에는 어떻게 치료해야 할지 몰랐다. 정신의학 교과서에는 최면 치료가 효과적이라고 한 줄 쓰여 있을 뿐이었다. 나는 최면 치료를 정식으로 배우자마자 기억상실 환자에게 실시했다. 매번 효과가 좋았고 이 환자의 최면치료도 성공적이었다. 환자는 아주 어렸을 때 기억부터 최근 기억까지 차근차근 회복했다. 다행히 이 환자도 꾀병이 아니라 해리성 기억상실이었던 것이다.

　군병원에서 내가 했던 일 중 하나가 바로 꾀병과의 싸움이었다. 역설적이게도 꾀병인 환자와 싸운 것이 아니라 꾀병이라고 생각하는 치료진과 싸워야 했다.

　"선생님, 진짜 환자가 아닌 가짜 환자에게 제대로 된 치료를 해줘야 하나요?"

　정신건강의학과 과장인 한 군의관이 공식적인 회의 자리에서 내게 물었다. 당시 그가 있던 군 병원에서는 처음으로 심리치료를 위한 전문가를 채용하기로 했다. 전문 인력의 자리를 마련하기도 어렵고, 마련하더라도 지원자가 없어 뽑기도 어려운 군병원의 현실에서 수년간 고생해 어렵사리 만든 자리였다.

　다양한 심리치료 서비스를 제공하기 위해 마련된 회의에서 그는 줄곧 표정이 좋지 않았다. 굳은 표정을 지은 채 간간이 한숨을 쉬며 한마디 의견도 내지 않았다. 하지만 과를 이끌어가는 과장의 뜻도 중요하니 왜 그렇게 생각하는지 의견을 물어볼 수밖에 없었다. 그의 대답은 완강했다.

　"진짜 환자가 아닌데 우리가 왜 그렇게 좋은 심리치료를 해줘야 하나요? 저한테 오는 애들은 대부분 가짜 환자인데요. 저는 심리치료가 필요 없다고 생각합니다."

그제야 회의 내내 좋지 않았던 군의관의 표정을 이해할 수 있었다. 그는 자신이 진료하는 군 장병을 아픈 환자라고 생각하지 않았던 것이다. 그가 유독 이상했던 걸까? 아니면 이 군의관이 용감하게 다른 군의관들의 마음을 대변했던 걸까?

몇 년 전 의무복무 3년 중 2년을 국군수도병원에서 함께했던 군의관을 떠나보내는 송별회 자리가 있었다. 송별회가 끝날 무렵 군의관이 그동안 못 한 말이 있다며 조심스럽게 이야기를 꺼냈다.

"선생님, 제가 진료했던 장병 중 30퍼센트는 꾀병인 거 같았습니다."

나는 귀를 의심했다. 그동안 함께 일하는 군의관들에게 환자가 꾀병을 부린다고 생각하지 말자고 누누이 말해왔기에 충격은 더욱 컸다. 내가 더욱 마음이 아팠던 점은 그가 2년 동안 열심히 환자를 보살피는 친구였기 때문이다.

'정말 정신과를 방문하는 군 장병 중에 꾀병이 많은 걸까? 내가 환자를 잘못 보고 있나? 아니면 무엇이 어디서부터 잘못된 것일까?'

군에서는 나처럼 국군수도병원에 취직한 의사를 군의관과 구분하기 위해 민간의사라고 부른다. 국군수도병원으로 가기로 마음먹었을 때 주위에서는 겁을 많이 줬다. 다른 진료과와는 달리 정신건강의학과는 계급 없이 진료하는 것이 무리라는 말을 많이 했다. 장병들이 만만하게 여길 것이라고 주의를 주며 계급이 없더라도 병사에게는 반말을 해야 한다고 당부한 선생님도 있었다.

첫 출근을 하기 전, 나는 안경을 굵고 검은 뿔테로 바꿨다. 물리적 행태의 단순한 변화이지만 무서운 인상을 주기 위해 내가 할 수 있는 전부였다. 국군수도병원에서 진료를 시작하자마자 그런 고민이 기우였다는 것을 금방 알아챘다. 무례하거나 만만한 태도로 나를 대하는 장병은 없었다. 그런데도 진료는 무척 힘들었다. 무엇보다 죽고 싶다며 찾아오는 환자가 너무 많았다.

지금은 많이 달라졌지만 처음 국군수도병원에서 진료를 시작한 2011년 당시만 하더라도 폭언, 욕설, 구타 등 가혹행위와 기수열외를 비롯한 왕따가 여전히 많았다. 반복적으로 구타를 당해 응급으로 입원시킨 해병대 이병은 면담 중에 웃통을 벗어 온몸에 멍든 것을 보여주기도 했다. 글로 옮기기도 어려울 정도로, 고문에 가까운 가혹행위를 당한 친구도 있었다. 물론 가혹행위나 왕따를 당하지 않더라도 엄격한 계급사회, 통제된 복무환경에 적응하지 못하고 죽음을 생각하는 장병도 많았다. 입대 전부터 불우한 가정 문제로 고통 속에서 자랐거나 학교폭력과 같은 일로 학교에서조차 적응하지 못했던 장병도 흔했다.

각자 사유는 달랐지만, 진료를 보러 내 앞에 오는 장병들은 본인이 대한민국에서 그 누구보다도 최악의 나날을 보내고 있다고 느꼈다. 이런 사연들 앞에서 꾀병을 떠올리기는 어려웠다. 그럼에도 불구하고 꾀병이라는 단어는 한동안 나를 괴롭혔다. 진료실에서 이야기를 듣다 보면 간혹 다른 장병들의 이야기와는 약간 다른 이상함을 느끼곤 했다. 장병들마다 증상이 다를 수밖에 없고 경험과 마음을 표현하는 방식도 각양각색일 텐데 그럴 때마다 꾀병이 아닐까 하는 의심이 자동으로 엄습해왔다. 군에서 진료하는 상황에서 나타나는 지극히 자연스러운 반응이었다.

꾀병이지 않을까, 환자가 과장하고 있지 않을까 하는 생각이 들면 어느덧 공감의 자리는 사라진다. 뒤이어 환자의 평범한 이야기조차 의심하게 되고 사실을 확인하는 질문을 하게 된다. 그러면 어느새 나는 정신건강의학과 의사라는 신분을 잊게 된다. 이런 내 마음을 알아차렸을 때는 이미 눈앞에 있는 환자에게 화가 난 나 자신을 발견하게 된다. 그리고 내 모습에도 화가 나기 마련이다. 군에서 진료하다가 지치는 이유는 환자가 많아서가 아니라 사람에 대한 믿음이 흔들려서다. 군의관이라면 누구나 같은 경험을 했을 것이다.

정신건강의학과 의사가 진료실에서 환자 이야기의 진실을 가릴 방법은 의외로 별로 없다. 당연하게도 꾀병을 알아볼 검사도 없다. 진료를 받으러 오는 병사와 함께 부대 간부들이 찾아올 때가 있다. 그러면 그들은 진료 직후 진료실에 들어와 꾀병이 아닌지 물어보곤 한다.

초반에는 그런 질문이 당혹스러웠다. 전문가로서 꾀병 여부를 파악해야 하는 것인가 하는 책임감이 들었기 때문이다. 하지만 경험이 쌓이면서 내가 알 수 없는 부분도 크다는 것을 알게 됐다. 짧은 외래 시간을 탓할 것도 아니었다. 정신건강의학과 병동에 입원시키면 상담도 길게 할 수 있고 24시간 내내 환자가 어떻게 지내는지 관찰할 수도 있다. 그렇다고 해서 꾀병을 확실히 가릴 수 있는 것은 아니다. 특히 꾀병은 군에서 범죄에 해당하기 때문에 더욱 신중하게 판단할 수밖에 없다.

군의관들은 보통 3년 의무복무를 하고 전역하지만 나는 1~2년마다 꾸준히 재계약을 했다. 그러다 보니 어느 순간 국내에서 군 장병을 가장 많이 진료한 정신건강의학과 의사가 돼 있었다. 경험이 쌓이자 더 이상 꾀병을 걱정하지 않게 됐다. 정확히 말하면 꾀병을 크게 신경 쓰지 않고 진료를 했다. 어차피 노력하더라도 꾀병인지를 알 수 없기 때문이다.

꾀병인지 의심하며 진료하는 순간 더 이상 환자의 마음을 공감할 수 없게 된다. 정신건강의학과 치료에서 제일 중요한 부분, 즉 치료적 관계를 맺는 것이 불가능해진다. 무엇보다 꾀병을 의심하면서 진료를 하면 내 감정도 금방 소진되고 분노나 짜증과 같은 부정적 정서에도 쉽게 빠진다. 정서적 소진은 내 여생이 줄어드는 느낌이 들 정도로 큰 스트레스였다. 물론 1년에 몇 명 정도는 꾀병으로 진단하는 경우가 있다. 복무 기피 목적으로 진료를 받는 장병들이 있기 때문이다. 하지만 매우 일부일 따름이다. 매우 일부인 꾀병 환자들을 가려내기 위해 정신건강의학과 치료에서 제일 중요한 공감, 협력, 치료적 관계를 포기할 수는 없었다.

　　군 장병 중에 자신의 증상을 좀 더 과장하는 경우가 있다. 이런 경우는 꾀병도 복무 기피도 아니다. 군에서는 자연스러운 질병 행동일 수 있다. 예를 들어 발목이 아픈 병사가 아프다고만 해서는 간단한 처치와 진통제만 받을 것이다. 너무너무 아프다고 사정해야 정밀 검사를 받을 수 있는 큰 병원에 갈 수 있다. 장병들은 군의관 홀로 근무하는 작은 부대 의무실이 병원보다 보건실에 가깝다는 점을 모두 알고 있다.

　　꾀병에서 스스로가 해방되면서 나는 진료받으러 오는 모든 환자에게 "잘 왔다"고 말한다. 그리고 "우리가 도와줄 수 있다"고 한다. 영어로 병원(hospital)과 환대(hospitality)의 어원은 같다. 군 장병이라고 해서 병원에서 환대를 못 받을 이유는 없다. 최근 반가운 소식이 들려온다. 군에서 '꾀병도 병'이라는 모토를 밀고 있다는 것이다. 약간의 과장을 보태면 '가짜 환자'는 없다.

환자를 진단할 수 없었던 병원

　　처음 국군수도병원에 와서 가장 놀랐던 점은 정신건강의학과에서 진료한 대부분 환자에게 진단을 내리지 않는다는 것이었다. 의학이 과학으로 인정받고 우리 삶에서 중요한 역할을 할 수 있는 것은 과학적 근거를 기반으로 한 진단과 치료 덕분이다. 다른 전문 과목과 마찬가지로 정신의학에서도 진단이 중요하다. 대학병원에서 정신건강의학과 교수들은 회진을 돌 때마다 전공의들과 환자의 진단을 놓고 고민한다.

치료는 진단에서 시작된다. 4년 동안 전공의 수련을 받을 때에도 환자 진료의 기본은 진단이라고 배운다. 어느 병원에서건 다르지 않다. 하지만 전문의가 되자마자 군의관이 되는 순간 진단을 하지 않았다. 군병원 전자의무기록도 민간 병원과 마찬가지로 진단을 넣어야만 처방을 할 수 있다. 그러나 국군수도병원에 방문한 정신건강의학과 환자 중 80퍼센트 이상은 진단이 없었다.

2014년 어느 군 병원 진단 통계를 확인할 기회가 있었다. 두 달 동안 그곳에서 500여 명의 환자를 진료했다. 그중 정신건강의학과 진단을 받은 환자는 불면증 네 명, 우울증 한 명이었다. 99퍼센트 이상의 환자들은 진단이 없었다. 민간병원이라면 있을 수 없는 일이다. 물론 이해가 되는 부분도 있다. 군의관은 진단에 대한 책임을 가장 걱정한다. 군병원은 민원이 많기로 악명이 높은데, 혹시나 꾀병인 환자를 잘못 진단했을 때 돌아올 책임을 자신이 지게 되지 않을까 하는 두려움이 있었다. 사정이 그렇다 보니 군의관들은 잘못 진단할 바에는 진단을 한없이 미루거나 진단하지 않는 것이 낫다고 생각했다. 하지만 오랫동안 군에서 진료하면서 진단에 대한 책임으로 문제가 된 적은 없었다. 또 언제까지 진단도 하지 않은 채 진료할 수는 없는 일이었다. 나는 국군수도병원 군의관들에게 우리부터라도 진단을 내리자고 이야기했다.

사실 복무의 어려움을 호소하며 정신건강의학과를 찾아오는 장병에게 충분히 내릴 만한 진단은 존재한다. 바로 '적응장애'라는 진단이다. 여러 진단 기준을 충족해야 하는 다른 질환과 달리, 적응장애는 뚜

렷한 스트레스 요인이 있고 주관적으로 정서적인 괴로움이나 행동 문제가 있으면 진단할 수 있다. 한국 사회에서 군 입대라는 환경적 변화는 명백한 스트레스 요인에 속한다. 따라서 군 장병이 진료실에서 정신건강의학과 진료를 받고 싶을 정도로 '너무 힘들다'고만 하더라도 진단이 가능하다. 다행히 국군수도병원에서 적응장애 진단을 하기 시작하자 다른 군 병원에서도 진단을 하기 시작했다.

하지만 진단만으로는 부족했다. 환자 진료의 기본은 진단이지만, 치료라는 산이 남아 있기 때문이다. 적응장애로 진단을 내려 진료를 했지만, 치료는 달라지지 않았다. 실제 민간병원에서 적응장애 진단을 잘 내리지 않는 탓에 군의관들도 전공의 시절 대학병원에서 적응장애를 공부해본 적이 없었다. 그뿐만 아니라 내 기억에 최근 10여 년 동안 정신건강의학과 전문학회에서도 적응장애에 대한 교육이 없었다.

정신건강의학과 의사들이 적응장애를 가벼운 우울증으로 여기듯 군의관들도 가벼운 우울증으로 생각하며 치료를 하는 것이 일반적이었다. 하지만 군에서 적응장애 진단을 받는 장병들은 가벼운 우울증을 겪는 것이 아니다. 국군수도병원에서 우울증 진단을 받은 장병과 적응장애 진단을 받은 장병을 대상으로 실시한 연구에서 우울, 불안 증상을 비롯한 다양한 정서적 고통이 모두 동일한 수준으로 나타났다. 군 장병 심리부검 연구에서도 자살로 사망한 장병 중 적응장애로 진단할 수 있는 사례가 많았다.

가벼운 우울증이었다면 자살이 많을 수가 없다. 만약 가벼운 우울증이면 쉽게 좋아졌을 테지만, 충분히 치료를 해도 좋아지지 않은 장병들이 흔하다. 따라서 적응장애로 진단을 내리되 증상이 좋아지지 않으면 고용량의 약물치료를 시행하는 경우도 빈번하게 있었다.

반면 적응장애를 가벼운 우울증으로 생각하고 진료하는 군의관들은 약물치료도 가볍게 한다. 여러 가지 고민으로 긴장 수준이 높아 잠을 못 자는 장병에게 수면을 위한 약물도 적게 처방하곤 한다. 이런 경우 치료를 시작해 증상이 좋아질 때가 됐다고 판단되는 환자에게 차도가 없다면 군의관 입장에서는 서서히 화가 치밀어 오를 수밖에 없다. 좋아져야 하는데 좋아지지 않는 이유를 도통 알 수가 없기 때문이다. 그것도 한두 명이 아니라 집단으로.

적응장애를 가벼운 우울증으로 여기는 상황에서는 꾀병 말고는 답이 없다는 생각에 쉽게 빠진다. 좋아지지 않기 때문에 꾀병이라고 여기는 것이다. 이렇게 생각하니 약물치료도 충분히 시도하지 않는다. 악순환의 시작이다.

적응장애를 넘어서는 동기부여

적응장애 장병 치료가 어려운 것은 나도 마찬가지였다. 하지만 나는 반대로 생각했다. 적응장애 장병은 가벼운 우울증이 아니라 치료저항성 우울증이 아닐까 고민했다. 치료저항성 우울증은 충분한 치료를 시행하더라도 호전되지 않는 중증 우울증으로, 우울증 환자 중 가장 어려운 그룹에 속한다. 고용량의 약물치료, 꾸준한 심리치료는 물론이고, 입원치료까지 하더라도 좋아지지 않는 장병들이 많다. 죽고 싶다고 이야기를 꺼내는 환자의 비율이 민간병원 정신건강의학과보다 월등히 높다.

이러한 고민을 친한 정신건강의학과 동료에게 꺼냈다가 혼이 났다. 전역을 하면 한결같이 좋아지는 장병을 치료저항성 우울증이라고 할 수 있느냐는 것이다. 한 선생님은 치료저항성 우울증이 아니라 '복무저항성' 우울증이라고 했다. 그 선생님은 농담처럼 꺼낸 이야기였지만 큰 깨달음을 얻었다. 실제 내가 만난 많은 수의 장병이 복무 의지가 많이 떨어져 있었다. 쉽게 말해 군 복무에 대한 동기가 없는 것이다. 복무 의지가 없는 것과 복무 기피는 명백히 다른 현상이다. 동기가 별로 없는 장병들은 치료하더라도 한계가 있는 경우가 많다. 그럼 군 복무에 대한 동기를 어떻게 올릴 수 있을 것인가?

한번은 유명한 연예인 병사가 진료를 보러 온 적이 있었다. 연기, 노래, 춤 모두 잘하는 팔방미인이라 대중의 사랑을 많이 받는 친구였지만 남모를 상처가 많았다. 어쩌면 그 상처를 잊기 위해 열정을 불살랐는지도 모르겠다. 입대 후 그의 열정은 방향을 잃었고 그동안 억눌러왔던 상처와 고민이 올라와 죽고 싶은 마음이 심각한 수준이었다. 일반적으로 그처럼 위험한 상황에서는 입원을 권하지만 그에게 선뜻 권할 수가 없었다. 치료진이 그가 입원했다는 사실을 누설하지 않을 것으로 생각했지만, 입원 환자 모두를 영원히 입막음할 수는 없기 때문이다. 또한 입원을 시킨다고 그가 오랫동안 받은 큰 상처를 내가 다 치료해 건강하게 군생활을 하도록 만들지 못할 것 같은 두려움도 있었다.

무엇보다 군에서 일하는 정신건강의학과 의사가 가진 고질병인 꾀병에 대한 염려가 전혀 없었다고 할 수는 없을 것이다. 그런데 그는 정신건강의학과에 대한 편견이 심한 현실과 입원 사실이 외부에 알려질 수 있는 상황에도 불구하고 입원을 결정했다. 제발 살려달라는 뜻이었다. 나는 그의 뜻을 받아들여 정신건강의학과 병동에 입원시켜 심리치료를 진행했지만 뚜렷한 효과는 없었다. 짧은 시간에 큰 상처가 치유되기는 힘들었던 것일까? 그의 입원 기간이 길어지자 나는 초조해졌다.

입원 3주 차 주말이 지난 월요일, 환자의 표정이 갑자기 밝아져 있었다. 상담실에 들어오자마자 환자는 국방일보에 실려 있는 육군의 공연 오디션 광고를 보여줬다. 그는 자신에게 어울리는 역할을 찾았다며 그 누구보다도 잘할 자신이 있다고 했다. 하루아침에 군 복무에 대한 동기가 생기면서 갑자기 상태가 좋아졌다. 전혀 예상치 못한 일이었다. 며칠 뒤 퇴원한 그는 육군 공연의 주인공이 되어 예전과 같이 열정적으로 활동을 했고 건강하게 만기 전역을 했다.

정신건강의학과 의사는 치료는 잘할지언정 아직 동기 앞에서는 무력한 경우가 많다. 군의관, 병영생활전문상담관 같은 군 전문가뿐만 아니라 일선 부대에서 장병을 관리하는 간부 중에서 복무 동기를 고취하는 데 자신 있다고 말하는 분은 없을 것이다. 물론 심리상담을 통해 군 복무에 대한 동기를 끌어내는 경우가 있긴 하지만 일부에서만 통할 뿐이다. 뇌과학에서는 동기가 목표, 가치, 즐거움으로 구성돼 있다고 밝혀냈다. 우리 정신건강의학과 의사는 군 복무를 어려워하는 장병에게 목표, 가치, 즐거움을 어떻게 선사할 수 있을 것인가? 과연 그것이 가능한 일이기는 할까? 아직 현재진행형인 고민이다.

현재 나는 더 이상 군에서 일하고 있지 않다. 2020년 1월 국군수도병원에서 사직했다. 그 대신 새로 개원한 국군구리병원으로 옮겨 그곳을 정신건강 전문병원으로 만드는 큰 임무를 맡고자 했다. 하지만 예상치 못하게 그리고 별다른 이유 없이 국군구리병원에서는 채용공고가 한동안 올라오지 않았다. 나는 마냥 백수로 있을 수만은 없었다. 채용될 때까지 잠깐 일할 수 있는 한 달짜리 알바를 어렵게 구해 일하면서 공고가 나길 기다렸다. 그렇게 하염없이 시간이 지나고 한참 뒤 채용공고가 났지만 나는 이미 기다리다 지쳐 군에 돌아가길 포기한 상태였다. 그렇게 2020년 한 해에만 모두 여섯 군데의 병원을 전전하며 근무하다 지쳐 있던 중 마침 모교 병원에서 일할 기회가 생겼다. 꽤 깊은 고민 끝에 경희대학교병원에서 2021년부터 일하고 있다.

　나 스스로 드러내고 이야기하기 조금 부끄럽긴 해도 군에 있는 동안 열심히 일했다. '트라우마 이겨내기' 현장 지원뿐만 아니라 정신건강과 관련된 다양한 교육활동을 하느라 연 50일 이상 전국으로 출장도 다녔다. 그렇다고 해서 환자 진료에 소홀한 것도 아니었다. 군 병원에서도 민간병원과 마찬가지로 진료실적 통계를 집계한다. 2019년에 나는 150명이 넘는 국군수도병원 전체 의사 중 진료 매출이 13등이었다. 군 병원 특성상 매출 비중이 매우 높은 정형외과를 제외하면 6등까지 올라갔다. 다른 진료과보다 진료 실적이 적을 수밖에 없는 정신건강의학과에서는 좀처럼 보기 어려운 일이다. 내가 군에 들어오기 전인 2010년 6,000명 대였던 정신건강의학과 진료실적은 2019년 1만 5,000명대로 2.5배 증가하기도 했다.

　한번은 정신건강의학과 의사가 가장 많이 모인 단톡방에 내 이야기가 올라왔다는 말을 들은 적이 있다. 내가 국군수도병원에서 환자를 많이 본다는 소문이 돌았다는 것이다. '백명재쌤이 하루에 환자를 백 명째 본다면서?', '백명재쌤이 백명재진(하루에 초진을 제외한 재진만 100명) 본다고?' 식의 농담이 오갔다고 한다. 지금 생각해도 무엇이 나를 그렇게까지 열정을 가지고 모든 것을 쏟아붓게 만들었는지 궁금하다.

군대를 떠날 수 없었던 의사

　원치 않게 군에서 나오게 돼 처음에는 원망과 후회도 많았다. 무엇보다 내가 제일 잘할 수 있는 일을 더 이상 할 수 없다는 상실감과 공허감이 컸다. 군에서 나온 지 2년 가까운 시간이 지났고 지금은 이런저런 일로 매달 보훈처도 출입하고 국방부도 출입한다. 글을 쓰는 지금도 나는 국군수도병원 경력 때문인지 입원 환자 중 절반이 군 장병이며 외래 환자 중 다수가 20대 남성이다. 외래 환자의 절반이 20대 남성인 날도 있다. 남성 환자 비율, 또한 20대 비율이 높은 내 진료실은 다른 대학병원에서는 보기 드문 사례일 것이다. 국군수도병원에서 보낸 9년의 경험이 나에게 신기한 희소성을 가져다준 것이다.

   그 덕분인지 지금은 군에 있지 않아도 군과 장병을 위해 할 수 있는 일들이 점차 생기고 있다. 군에서 알게 된 많은 병영생활전문상담관 선생님들이 나를 믿고 가장 어려운 환자들을 의뢰한다. 군 장병은 진료 예약 날짜까지 기다리기 어려운 시급한 경우가 많아 경희대학교병원에서도 가능한 한 응급으로 진료를 제공하고 있다. 예약된 환자 진료를 마치고 진료 마지막에 급하게 온 군 장병을 볼 때면 지칠 만도 한데 그렇지 않다. 오히려 군 장병을 보면 반갑고 조금이라도 더 잘해주고 싶은 마음이 든다. 가장 잘할 수 있는 일을 할 때 행복한 법이다. 그러면서 분노, 원망, 후회의 감정들도 어느새 감사의 마음으로 바뀌어 있었다. 나는 군에서 나왔지만, 군을 떠나지는 않았던 것이다.

우연한 만남, 조금 다른 이별

전진용 ― 울산대학교병원 정신건강의학과 교수

북한이탈주민

탈북민을 만나면서 나는 많은 것을 배웠다.

심리적 외상이나 트라우마를 치료하는 것을 배웠고,

우울증을 어떻게 상담해야 하는지도 배웠다. 탈북민의 심리적

트라우마를 치료하면서 배운 것들은 다른 트라우마 환자를

상담하는 데 많은 도움을 주기도 했다. 하지만 그들을 진료하며

배운 것은 단순한 의학적 지식 이상이다.

전진용

정신건강의학과 전문의. 울산대학교병원 교수.
우리나라에서 북한말을 제일 잘 알아듣는 정신건강의학과 의사다.
전문의를 취득한 후 우연한 계기로 하나원에서 첫 정신건강의학과
공중보건의 생활을 시작한 이후 약 15년간 북한이탈주민의 정신건강을
위한 일을 하고 있다. 이를 계기로 우울증과 외상후스트레스장애에 관심을
가지고 진료하였으며 국립병원에 근무하면서 공공정신보건에 관심을
가지고 진료와 연구를 하였다. 사람에게 관심이 많아 여행을 좋아하며
지금도 북한 관련 드라마나 영화는 빼놓지 않고 보고 있다.

흔히 탈북민을 진료한다고 하면 많은 사람이 혹시 부모님이 실향민이거나 특별한 사연이 있는 것은 아니냐고 물어본다. 하지만 나와 탈북민 환자의 첫 만남은 우연한 기회에 시작됐다. 나는 어렸을 때 반공교육을 받고 자란 세대다. 6월이 되면 반공 글짓기를 하고 포스터를 그려 상을 받은 적도 있었다. 어린 시절 앞산에서 친구들과 놀다가 삐라를 주워 경찰서에 가져다주고 선물을 받은 적도 있었다. 그런 나에게 북한에서 온 사람을 만난다는 것은 두렵기도 하고 한편으로는 신기하기도 한 일이었다.

　　나는 어린 시절 신문에서 본 김만철 씨 일가의 이야기를 보며 북한에서 온 사람을 처음 접했다. 정확히 다 떠오르진 않지만 따뜻한 남쪽 나라를 찾아왔다는 그의 인터뷰와 함께 전 가족의 사진이 신문을 장식했던 것이 기억난다. 그리고 북한의 실상을 묘사하는 그의 이야기를 들으며 북한이라는 곳을 어렴풋이 짐작했다.

　　시간이 지나 의대 재학 시절에는 서울역 노숙인 진료소에서 의료봉사를 했다. 그 당시 나는 취약계층이나 노숙인의 건강 문제에도 관심이 많았다. 노숙인들은 흔히 게으르고 의지가 약하다고 생각하기 쉽다. 그들의 행동 이면에 정신건강 문제와 사회적인 장벽이 자리하고 있는 경우가 많았다. 당시 노숙인 진료소에 정신건강의학과 공중보건의 자리가 하나 있었다. 만약 기회가 주어진다면 내가 노숙인 진료소 공중보건의를 하면 보람 있을 거란 생각을 했다. 하지만 그해 노숙인 진료소의 공중보건의 공석은 없었다. 그나마 경기도에 배치를 받게 됐다.

당시 배치 기관 리스트 세 곳 중 하나원이라는 곳을 처음 접하게 됐다. 인터넷에 하나원을 검색해보니 음식을 만드는 기업체 등 다른 정보들만 나와 정작 필요한 정보를 쉽게 찾을 수 없었다. 나는 주변의 도움을 얻어 하나원이 탈북민 교육 기관이라는 것을 알게 됐고, 호기심이 생겼다. 나와 함께 배치 받은 동기들에게도 하나원에 지원하겠다고 말했다. 그러자 공중보건의 시절 훈련소에서 만난 동기가 하나원과 탈북민에 대한 이야기를 들려줬다.

하나원은 탈북민들이 조사를 마치고 한국 사회에 정착하기 위해 교육을 받는 통일부 산하의 탈북민 정착 교육 기관이다. 탈북민은 하나원에서 3개월 동안 교육을 받으며 건강 검진, 직업 교육, 언어나 사회 제도 숙지를 비롯해 남한 사회 적응에 필요한 모든 준비를 마치고 퇴소를 한다. 나중에 하나원에 근무하면서 탈북민을 지원하는 많은 분들과 교류하게 됐는데 그분들 역시 나처럼 우연한 기회에 탈북민 지원을 하게 된 경우가 대부분이었다. 한 지원단체장 선생님은 나처럼 노숙인에 관심을 가지고 일하다가 탈북민을 처음 접하면서 일을 하게 됐다고 했다. 또 난민을 도와주다가 탈북민을 도와주는 일을 하는 분도 있었다. 나에게 조언을 많이 해주는 한 기자분은 우연히 북한 취재를 따라갔다가 북한학 박사까지 하고 북한 관련 일을 했었다고 했다. 그분들의 말을 들으니 어쩌면 나와 탈북민의 만남은 정말 우연이라 느껴졌다.

　탈북민을 이야기할 때 하나원을 빼놓을 수 없다. 지금은 〈이제 만나러 갑니다〉, 〈모란봉 클럽〉과 같은 예능 프로그램에서도 탈북민의 이야기를 쉽게 꺼낼 수 있고 하나원에 대해서도 자주 언급된다. 하지만 내가 하나원을 접할 당시에는 정말 생소한 곳이었다. 특히 탈북민들과 상담을 하다 보면 하나원을 제2의 고향, 마치 친정 같은 곳이라고 말한다. 하나원에서 5년 동안 근무한 나도 비슷한 생각이 들 때가 많았다. 지금도 하나원에 가면 마음이 편안해지곤 한다.

　탈북민을 처음 만나면 어떤 기분이 들까? 첫 탈북민을 만나게 됐을 때 설레기도 하고 두렵기도 했다. 하나원에 배치를 받게 됐을 때 나는 탈북민을 진료했던 선생님들에 대한 이야기, 한국 사회의 탈북민에 대한 이야기들을 찾아봤다. 그리고 북한 사람들이 사용하는 언어에 대해서도 찾아봤다. 정신건강의학과 분야에서는 연세대학교 의과대학의 전우택 교수님이 쓴 칼럼이나 책이 많았다. 전 교수님은 정신건강의학과 의사로는 거의 최초로 탈북민을 진료하고 연구했으며 사회문화정신의학에 관심을 가지고 통일 이후의 사회 통합이나 남북한의 문화적 차이 등에 대해 많은 연구를 해온 분이었다. 나는 교수님께 도움을 구하기 위해 메일을 보냈고, 이내 친절한 설명과 더불어 한번 만나자는 답변을 받았다.

　하나원 근무 시작 전날 한 카페에서 교수님을 만나게 됐다. 교수님은 하나원 정신건강의학과 의사는 매우 중요한 자리라고 했다. 특히 탈북민들을 돕는 일은 추후 통일을 위한 준비를 하는 과정인 셈이며 도움이 필요하면 언제든지 연락하라는 말씀과 함께 책 몇 권을 추천해주셨다. 그중 교수님의 저서 《사람의 통일, 땅의 통일》, 《웰컴투코리아》 등은 하나원 근무를 할 때 많은 도움이 됐다.

　나의 불안하던 마음은 교수님을 만나고 조금 가라앉았지만 여전히 해소되지 않은 것이 있었다. 하나원에 출근한다는 의미가 어쩌면 무거운 부담을 짊어진 것 같다는 생각, 한편으로는 내가 통일에 조금이라도 보탬이 될 수 있겠다는 생각이 머릿속에서 양립했다.

가위바위보와 돌가보

　언젠가 북한을 여행한다면 어떤 느낌이 들까? 나는 하나원으로 첫 출근을 하며 마치 내가 한국에 있는 작은 북한에 들어가는 것 같다고 생각했다. 주변을 둘러보니 북한 사투리로 이야기하는 것이 자연스럽게 들렸다. 난생처음 북한에서 온 사람들을 직접 만난다는 생각에 긴장도 됐다. 그렇게 첫 환자를 만났다.

　"어디가 아파서 오셨어요?"

　"지네 속골이 아프고 가슴에 랭이 있고(머리가 아프고 가슴이 딱딱한 느낌이 들고)…."

　분명 같은 우리말이라 대강의 의미는 알아듣겠지만 깊은 의사소통에 문제가 있겠다 싶었다. 심한 사투리보다 좀 더 거리감이 있는 대화였다. 학창 시절 국어 시간에 '얼음보숭이 = 아이스크림' 식의 교육을 받은 적이 있다. 당시에 나는 북한 사람과 대화하면 우리랑 많이 다르겠다고 생각했었다. 하지만 탈북민을 계속 만나면서 의외로 언어 때문에 고생을 하기 시작했다. 해결책이 필요하겠다 싶어서 그날부터 진료를 할 때 못 알아듣는 말을 자세히 물어본 후 엑셀 표로 하나씩 정리했다. 그분들이 말하는 북한의 각 도시가 어디에 위치하는지 북한 지도를 펼쳐가며 찾아보기도 했다. 북한에서도 생일에는 미역국을 먹는지, 북한에서도 가위바위보를 하는지 등 궁금한 것들을 물어보면서 탈북민과의 대화에 빠져들게 됐다.

북한에서는 '가위바위보'를 뭐라고 할까? '돌가보'라고 한다. 영어에서 '바위-가위-종이(Rock-Scissors-Paper)'라고 하는데 같은 언어권에서도 이렇게 다르게 표현할 수 있구나 싶었다. 또 우리가 흔히 먹는 '오징어'를 북한에서는 '낙지'라고 부른다. 한때 통일부 홍보 페이스북에는 오징어가 북한으로 헤엄쳐서 가면 낙지가 된다는 안내글이 올라오기도 했다. 문득 나는 이런 생각이 들었다.

'만약 탈북민들이 나가서 진료를 받는다면, 만약 남북 교류가 더 활발해진다면 의료진뿐만 아니라 더 많은 사람이 나처럼 고생하지 않을까? 탈북민들도 하나원을 나가 남한 사람들을 만나면 충격을 겪지 않을까?'

탈북민을 도와주는 것이 통일을 위한 준비 과정이라는 전우택 교수님의 말씀이 떠올랐다. 그때 나는 앞으로 탈북민을 계속 진료하면 어떨지 상상했었다. 그리고 현재까지도 직간접적으로 탈북민 관련 일을 하고 있다.

현실적으로 우리는 알게 모르게 탈북민과 같이 살고 있다. 지인들을 만나다 보면 자신의 학교, 직장, 교회에서 탈북민과 교류하고 있다는 이야기를 듣곤 한다. 최근 넷플릭스에 방영된 〈오징어 게임〉이라는 드라마에도 탈북민이 나오고 〈강철비〉, 〈공조〉, 〈사랑의 불시착〉 등 북한과 관련된 드라마나 영화도 수없이 많다. 하지만 영화나 드라마에서 바라보는 북한, 탈북민은 정형화돼 있기도 하고 때로는 나를 불편하게 만들기도 한다. 고위 계층의 탈북민들을 주인공으로 삼거나 탈북민들의 안 좋은 측면을 부각시키기 때문이다. 마치 의사로서 의학 드라마를 보면서 말도 안 된다고 말하는 상황처럼 북한 관련 드라마나 탈북민 관련 드라마를 보면서 공감을 하지 못하는 이유다.

"탈북민은 우리와 같은가요? 아니면 다른가요?"

이 질문에 대한 대답을 놓고서 나는 매번 고민한다. 탈북민과 남한 사람들은 많은 공통점이 있다. 일단 같은 민족이고 한국어라는 같은 언어를 사용한다. 1950년 이전까지는 서로 왕래도 하면서 살았다. 우리에게 익숙한 평양냉면이 있는 것처럼 음식도 비슷하고, 여러 가지 풍속도 같다. 또 북한과 관련된 소식을 친숙하게 접하고 있다. 사실 TV만 켜봐도 북한 관련 소식이 거의 매일같이 뉴스를 장식한다. 지금 이 글을 쓰는 시점에도 북한의 코로나 상황에 대한 뉴스가 TV에서 나오고 있다. 이처럼 남한과 북한은 많은 공통점이 있다. 이러한 착각이 때로는 나를 헷갈리게 만들었다.

"언제 식사 한번 해요."

우리가 사람들을 만날 때 흔하게 사용하는 표현이다. 남한 사람들은 이 말을 실제 식사를 하자는 의도로도 쓰지만 그저 친근감이나 인사처럼 쓰기도 한다. 남북의 표현을 비교하자면 남한의 표현은 조금 더 돌려서 말하는 것이 많고 북한의 언어는 조금 더 직설적인 것이 많다. 탈북민들은 이러한 언어 이면의 차이를 이해하지 못하겠다고 내게 호소하는 경우가 많았다. 심한 경우에는 사소한 오해를 불러일으키기도 했다. 상담을 하면서 체감하는 언어나 문화적 차이는 길었던 분단의 시간만큼 간극이 컸다. 하지만 이러한 문화와 함께 이들이 겪은 이야기는 나에게 더 큰 다름으로 다가왔다(이후에 나오는 사례는 탈북민의 보호를 위해 상담 내용을 각색했으며 가명을 사용했다).

희망 고문

많은 사람이 이별의 고통으로 나에게 상담을 하러 온다. 직장의 퇴직, 연인 사이의 이별, 친구 사이의 이별, 사별의 아픔을 겪은 후 그 상처를 극복하기 위해 상담하러 온다. 이처럼 사람 간의 이별은 슬픔으로 다가오는 경우가 많다.

나와 친한 친구 한 명은 인도네시아 주재원으로 우리나라를 떠나 있다. 그 친구와 나는 1년에 한 번 정도는 인도네시아 또는 서울에서 만나기도 하고 가끔 카카오톡이나 SNS를 통해 연락을 한다. 또 러시아에 살고 있는 친구 한 명도 가끔씩 카카오톡을 통해 연락을 한다. 오키나와에 살고 있는 일본인 친구도 한 명 있다. 코로나19가 유행하기 전까지 나는 해마다 일본이나 한국에서 그 친구를 만나곤 했다. 이런 친구들의 경우 곁에 없다는 허전함은 있지만 인터넷이 발달한 요즘 같은 시대에 실시간으로 대화가 가능하고 화상 통화도 할 수 있다. 코로나 이후 화상 회의 등을 활용해 서로 멀리 떨어져 있는 사람들이 얼굴을 보는 것은 일상화됐다.

하지만 탈북민의 이별은 결이 조금 다르다. 만약 북한에 어머니가 있다면 북한에 있는 어머니와 쉽게 만날 수 있을까? 소식은 매번 주고 받을 수 있을까? 안부 인사를 할 수는 있을까? 그들이 다시 만나는 것은 정말 어렵고 서로의 소식을 알기도 매우 어려울 때가 많다. 나는 사별과 이별에 대해 깊게 생각해보게 됐다. 사람들이 사별을 더욱 힘들고 슬퍼하는 이유는 다시 만날 수가 없기 때문이다. 물론 먼 외국에 살면서 거의 못 보고 사는 가족과 떨어져 있는 것도 매우 슬픈 일이지만 마음만 먹으면 비행기를 타고 가서 만날 수 있다. 하지만 탈북민의 이별은 사별과 모호한 경계선상에 놓여 있다. 한 탈북민은 면담을 하면서 나에게 이런 이야기를 했다.

"선생님, 저는 북한을 떠나면서 '어머니는 이제 영영 못 만나는구나. 마치 돌아가신 것과 같구나'라고 생각했어요. 제가 오다가 잡힐 수도 있고 또 무사히 한국에 온다고 해도 제가 어머니를 다시는 만날 수 없잖아요. 그리고 연락조차 하기도 힘들고요. 제가 돈을 많이 벌어 어머니가 한국에 오는 것을 도와드릴 수도 있다는 희망, 또다시 만난다는 희망이 있지만, 실제로 이게 가능할지 아닐지는 아무도 모르니까요. 사실 어머니가 북에서 건강하게 살아계신 것만으로도 그저 다행이라 여기고 살아요."

나는 이별에 대해 많은 상담을 한다. 오늘도 외래 진료에서 남자 친구와의 이별로 힘들어하는 사람을 상담했다. 하지만 막연한 물리적 이별이 사별과 같은 경우가 존재할까? 지금부터 소개할 이야기는 '사별'과 같은 '이별' 이야기다.

정신건강의학과 전문의 자격증에 잉크도 마르지 않은 나에게 하나원 근무는 쉬운 일이 아니었다. 특히 레지던트 시절에 접하던 환자들과는 깊이가 조금 다른 환자들을 진료하던 중 영희 씨가 진료실로 찾아왔다. 그녀 역시 다른 탈북민처럼 탈북 과정에서 받은 스트레스 때문에 상담을 진행하고 있었다. 그런데 그녀의 이야기를 듣다 보니 이렇게 기막힌 사연이 있나 싶었다.

영희 씨는 북한에서 아들 둘을 키웠다. 그런데 한국으로 오는 과정에서 여러 사정 때문에 모두 데려오기 힘들었다. 물론 둘 다 데리고 오면 좋았겠지만 탈북은 워낙 위험한 과정인 데다 잘못되면 잡히기 때문이다. 그렇다고 북한에 아들 둘을 두고 오자니 나중에 둘 다 탈북하기는 어려울 것 같았다. 그녀는 큰아들을 데려오는 것이 안전할지 작은아들을 데려오는 것이 안전할지 고민에 빠졌다. 아예 둘 다 두고 오는 것도 고민했다. 영희 씨는 조금 더 나이가 있는 큰아들과 이야기를 나눠보기로 했다. 중학교 저학년인 큰아들은 동생이 먼저 가는 게 맞는 것 같다고 동의해 결국 작은아들만 데리고 탈북을 감행했다. 북한에서 잘 지낼 것 같은 큰아들은 외할머니에게 맡아달라고 부탁했다. 당시만 해도 부모가 먼저 탈북해 돈을 벌고 정착한 다음 아이를 데리고 오는 경우가 간간히 있었다. 아마 그녀도 흔한 방법을 택했던 것 같다.

예상대로 영희 씨는 탈북 과정에서 정말 죽을 고비를 넘겨야 했다. 그녀는 한국에 와서도 오로지 빨리 돈을 벌어 큰아들을 데리고 와야겠다는 생각만 했다. 빨리 하나원에서 나가 돈을 벌어야 하는데 마음이 급하고 답답할 뿐이었다. 하나원에 있는 다른 아이들을 보니 큰아들 생각이 더 많이 났기 때문이다. 이런 스트레스와 괴로움으로 그녀는 나를 찾아왔다.

"선생님, 제가 한 행동이 잘한 일일까요?"

나는 어떻게 이야기를 해야 할지 갈피를 잡지 못했다. 나라면 과연 어떤 선택을 했을까? 먼저 탈북을 하고 나중에 두 아들을 데려왔을까? 아니면 영희 씨처럼 작은아들을 데리고 왔을까? 한국으로 오는 과정이 고되니 작은아들은 조금 더 성장하게 두는 것이 나았을까? 이런 고민은 들어본 적도 해본 적도 없었다. 아마도 나는 이미 일어난 일을 고민해봐야 아무것도 해결이 되지 않으니 열심히 일해서 아들을 데리고 오도록 노력하라고 하고 상담을 끝맺은 것 같다. 이후 작은아들도 상담을 진행했다. 어머니와 달리 아들은 담담하게 이야기했다. 그리고 몇 번의 상담 이후 영희 씨는 퇴소를 했다.

나는 정신건강의학과 의사로서 무력함을 느꼈다. 사별도 이별도 아닌 상황을 접하면서 내가 해줄 수 있는 것은 그저 들어주는 것뿐이었다. 그 후 영희 씨는 하나원을 퇴소했다. 나는 가끔씩 영희 씨가 생각난다. 퇴소 후 잘 적응을 하고 있는지, 아들을 데려오기 위해 돈을 많이 모았는지, 아니면 이미 아들과 같이 살고 있는지.

탈북민은 한국에 들어와도 북한과 연결돼 있는 경우가 많다. 대부분의 탈북민이 북한의 가족을 데려오기 위해 열심히 일한다. 운이 좋게 정말 가족 모두 한국에 오는 경우도 있다. 짧게 이산가족이 됐다가 다시 만나기도 한다. 하지만 모든 경우가 그렇게 순조롭게 이루어지지 않는다. 어떨 때는 영영 이산가족이 돼버리기도 한다. 가족들이 올 수 없는 상황이 되기도 하고 계획대로 잘되지 않아 탈북이 좌절되기도 한다. 이런 경우 만남에 대한 기대는 이들에게 일종의 희망 고문이다. 당장 다시 합쳐지지 못하는 가족이 있지만, 언제 다시 만난다는 기약 없이 사는 가족도 있다. 이런 희망 고문이 끝없이 이어지고 때로는 상담자를 무력하게 만든다.

영희 씨가 나중에 큰아들과 다시 만났는지는 알지 못한다. 하지만 탈북민 중에는 수많은 영희 씨가 있다. 그들 중 일부는 가족을 만나고 일부는 가족과 만날 날들을 기다리고 있다. 많은 영희 씨들이 기약 없는 희망을 품기보다 실제로 가족과 다시 만날 날을 간절히 기대해본다.

이별은 슬프고 만남은 기쁘다는 이분법

흔히 사람들은 탈북민들의 헤어짐을 이야기하면 북한에 있는 가족과의 헤어짐을 생각한다. 하지만 사람은 누구나 살아가면서 스트레스를 받을 때가 있다. 탈북민들도 여느 사람들과 마찬가지로 일상의 스트레스로 힘들어한다. 직장 스트레스로 괴로워하고 부부관계의 갈등으로 힘들어하기도 한다. 탈북민의 스트레스는 탈북 과정뿐만 아니라 남한 정착 과정에서도 지속되는 경우가 많다. 하지만 사람들은 그저 탈북 과정에서 겪는 이별에만 관심을 갖는다.

나도 탈북민을 처음 상담했을 당시에 탈북 과정에서 겪은 헤어짐에만 관심을 가졌다. 그러다가 순희 씨를 만나게 됐다. 그녀를 만난 것은 하나원을 그만두고 국립병원에서 근무하던 때였다. 그녀도 일반적인 탈북민처럼 탈북 과정에서 힘든 경험을 했다. 그런 탓에 잠을 잘 못 자고 깜짝깜짝 놀라는 등 힘든 점들이 있었다. 하지만 하나원에서는 상담을 오래 받지 않았고 그곳에서 나와 일하는 과정에서도 증상이 심하지 않아 그런 대로 적응도 잘하면서 지냈다. 다행히도 순희 씨에겐 한국으로 함께 온 언니가 있었다. 둘은 서로 많이 의지했다. 특히 순희 씨의 언니는 순희 씨보다 더욱더 고생을 했다. 한국까지 오는 과정은 언니가 순희 씨보다 힘들었다. 언니가 먼저 한국 와서 자리를 잡고 순희 씨를 부른 덕분에 오히려 한국까지 수월하게 올 수 있었다. 순희 씨는 나와 상담을 하고 약물 치료를 병행하면서 다행스럽게도 한국에 잘 적응을 하는 듯했다. 불안 증상도 좀 나아졌고 직장생활도 잘했다. 무엇보다 언니가 있으니 적응하는 데 많은 도움을 받을 수 있었다.

나는 순희 씨 언니를 만나보지는 못했지만 언젠가는 한번 만나보고 싶었다. 어느 날 상담 중에 순희 씨는 언니가 아프다는 이야기를 꺼냈다. 다른 국립병원에서 검사를 받았다고 했다. 나는 별일이 없기를 바랐지만 안타깝게도 예상은 여지없이 빗나갔다. 언니가 자궁암 진단을 받은 것이다. 나는 속으로 사실이 아니길 바랐다. 혹시 잘못된 것은 아닌가 하는 생각도 들고 왜 순희 씨 언니에게 이런 일이 일어난 것인지 원망했다. 언니는 치료도 열심히 받았고 순희 씨도 언니가 나을 것이라는 희망을 품고 있었다. 하지만 순희 씨 언니의 병세가 점점 안 좋아진다는 이야기를 전해 들었다. 하루는 순희 씨가 진료실로 들어서는데 표정이 무척 안 좋았다. 나는 순간적으로 불길한 예감이 들었다. 순희 씨는 진료실에서 힘들게 말을 이어갔다.

"선생님… 저희 언니가 결국….”

순희 씨 이야기에 따르면 지난 진료 후 결국 언니가 사망했다고 했다. 정말 그렇게 되지 않기만을 바랐는데, 결국 우려하던 일이 일어나고 만 것이다. 나는 눈물이 날 것 같아 말을 잇기 어려웠다.

"선생님, 우리 언니 정말 고생해서 한국에 왔는데, 별로 살아보지도 못했어요. 우리 언니 불쌍해서 어쩌죠?”

나는 순희 씨에게 힘든 점이 있으면 도와주겠다는 이야기를 하고 서둘러 면담을 끝냈다. 그동안 나는 사별을 경험한 환자들을 많이 만나봤다. 남겨진 사람들은 사별로 인한 애도 반응으로 많이 힘들어한다. 탈북민은 아니지만 나와 상담을 진행했던 한 분은 아들이 교통사고를 당한 후 내가 근무하던 병원으로 실려 와 사망했다. 그는 원래 우울증이 있던 환자였지만, 호전되고 있던 중이었다. 그 일 이후로는 나에게 우울증 약을 처방받으러 올 때마다 죽은 아들 생각이 난다고 했다. 나는 그분을 다른 병원으로 보내 치료받게 하는 것도 고민했었다. 그러다 몇 개월이 지나면서 증상은 조금씩 나아졌다.

의사는 환자가 겪는 감정의 영향을 받는다. 특히 나는 환자가 느끼는 슬픔의 영향을 많이 받는 편이라 레지던트 시절에도 이를 극복하기 위해 많이 노력했다. 한편으로는 나의 슬픔이 프로답지 못하고 잘못된 감정은 아닌지 고민도 많이 했다. 의사는 매번 환자 앞에서 감정의 중립을 지키도록 훈련받는다. 내과나 외과계 의사들의 경우는 특히 더 그렇다. 감정에 휩싸이면 올바른 판단을 할 수 없기 때문이다. 만약 감정적으로 상황을 받아들이면 처치를 그르치게 된다. 정신건강의학과 의사라면 공감 능력이 매우 중요한 자질이지만, 중립을 지키는 것이 중요하다. 하지만 의사도 인간인 탓에 환자의 안타까운 상황 앞에서 때로는 슬프고 힘들다. 모든 환자들의 사별이 나를 힘들게 만들지만 탈북민의 사별은 더욱더 나를 힘들게 만들었다.

다른 탈북민들과 마찬가지로 순희 씨는 언니 이외에는 한국에 아는 사람이 없었다. 언니가 한국에 먼저 와서 순희 씨에게 연락을 해 한국까지 오게 됐는데, 언니를 다시 만난다는 기쁨 하나만 바라보고 한국에 왔는데, 언니와 만난 시간은 고작 1~2년 정도에 불과했다. 결국 또 다시 영원히 헤어진 것이다.

'왜 하필 순희 씨의 언니였을까? 순희 씨가 언니와 같이 살 수 있게 몇 년만 시간을 더 주면 안 됐을까? 왜 이들은 같이 살 기회를 가지지 못하고 이렇게 고통스럽게 헤어져야 할까?'

나는 세상이 참 불공평하다고 생각했다. 하지만 슬픔을 뒤로하고 순희 씨가 아픔을 이겨내고 잘 적응할 수 있도록 도와줬다. 상담도 하고 약물치료도 했다. 그녀는 시간이 지나면서 조금씩 힘든 마음을 이겨나갔다. 탈북민이라고 해서 인생의 어려움을 모두 빗겨갈 수는 없다. 탈북민도 이혼을 하고 교통사고를 당하고 병에 걸린다. 북한에서부터 건강이 나빴는데 한국으로 오면서 적응을 하려고 애쓰다 보니 병에 걸린 것조차 모르고 병을 키우는 경우도 종종 있다.

우리 곁에는 이루 말할 수 없는 이별이 무수히 존재한다. 나를 찾아온 많은 사람이 겪은 이별의 아픔에 공감하며 그들 곁에서 도움을 줬던 과정이 나를 정신건강의학과 의사로 성장하게 만들었다. 흔히 사람들은 이별은 힘들지만, 만남은 기쁘다고 단순하게 생각한다. 특히 오랜 이별 이후의 만남은 당연히 기쁠 것이라고 생각한다. 물론 특별한 만남은 나에게 기쁨으로 다가왔다. 나도 탈북민을 만나면서 내가 가진 생각의 틀을 좀 더 넓힐 수 있었고, 탈북민과 만나며 보람을 느끼고 즐거운 일도 경험했다. 하지만 이러한 만남에도 다양한 색깔과 감정이 있다. 단순히 이별은 슬프고 만남은 기쁘다는 이분법식 구분을 넘어 탈북민과의 만남은 다양한 기쁨으로 나를 채워줬다.

제2의 고향, 하나원

하나원을 그만두고 국립병원에서 일할 때였다. 진료실 문이 열리고 60대 여성이 들어오셨는데 나를 보자마자 눈물을 흘렸다.

"선생님, 저 알아보시겠습니까? 저는 하나원 ○○기입니다."

"아, 네… 낯은 익은 것 같은데, 제가 진료한 환자가 워낙 많아서… 죄송합니다."

"저 선생님께 여러 번 상담 받았었는데… 선생님 약 먹고 진짜 좋아졌거든요."

"네. 기억이 나는 것 같기도 합니다."

사실 하나원에서 진료를 본 환자들이 워낙 많아서 이름을 듣고 일일이 다 기억을 못 하는 경우도 많았다. 한번은 지하철에서 어떤 분이 "선생님 저 알아보시겠습니까? 저 ○○기 ○○○입니다"라고 인사를 건넨 경우도 있었다. 길을 가다가 탈북민을 만난 적도 있고, 식당에서 어떤 분이 나를 알아본 적도 있고 자신이 하나원 ○○기라며 반찬을 서비스로 주신 적도 있었다. 마치 학교를 졸업한 학생이 선생님을 다시 만난 듯 그분들은 나를 만나 반가워했다. 그런데 이렇게 진료를 보면서 옛날에 만났던 환자를 다시 만나니 다양한 감정이 오갔다. 이 분은 왜 나를 보면서 눈물을 흘릴지 생각했다.

순자 할머니는 내가 하나원에 처음 배치를 받았던 2008년에 진료를 한 분이다. 당시 탈북 과정에서 잡힐 뻔한 일을 겪은 후로 잠을 잘 못 자고 종종 놀라는 증상 때문에 상담도 하고 약물도 처방받았다. 그러고 나서 증상이 좀 나아진 상태로 하나원에서 퇴소하게 되면서 ○○시로 배정을 받았다. 퇴소 후 한동안 괜찮다가 2~3년 후부터 다시 잠을 잘 못 자고 놀라는 증상이 지속됐다. 이후 여러 병원을 다니고 상담도 하고 약도 먹었지만 증상은 계속됐다. 그렇게 오랜 기간 동안 잠도 잘 못 자고 깜짝깜짝 놀라면서 생활을 하던 중에 우연히 한 탈북민에게 내가 있는 병원 이야기를 듣게 됐다. 할머니는 마지막 지푸라기라도 잡는 심정으로 나를 찾아온 것이다.

"아… 네, 그러셨군요. 그동안 지내신 것들에 대해 몇 가지 여쭤보겠습니다."

나는 그동안 할머니가 겪은 힘든 일에 대해서 듣게 됐다. 하나원에서 나와 처음 일을 하면서 힘들었던 점, 물건을 사면서 어떻게 할지 몰라서 힘들었던 점 등을 전해 들었다. 특히 할머니는 한국 사회에 와서 많이 힘들었는데 아는 사람이 없어 많이 외로워하고 있었다. 또 스트레스를 받아 잠을 잘 못 잤는데 왠지 다른 병원에 가서는 마음 편하게 상담을 받지 못했다. 그러다 보니 한국의 의사 선생님들이 자신을 잘 이해하지 못한다는 마음이 들었다고 했다.

"저는 이제 선생님을 만났으니 고칠 수 있겠네요. 그동안 여러 번 상담도 해보고 약도 먹어봤는데 도통 잠을 못 잤어요. 그때 먹었던 약이 뭔지 하나원에 전화해서 물어보고 다른 데서 처방받아도 효과가 없더라고요."

사실 예전에 하나원에 근무하면서 비슷한 경험이 몇 번 있었다. 한 번은 탈북민이 퇴소 후에 가려움증이 지속된다고 하면서 전화를 했다. 그는 하나원에서 받았던 연고의 이름을 물었다. 그 연고는 일반적인 스테로이드 연고(피부 염증에 바르는 연고)여서 이름을 알려줬지만 그의 가려움증은 빨리 좋아지는 것 같지 않아 보였다. 약보다 마음의 불안에서 비롯한 빈곳을 채워주는 위로가 필요했던 것이다.

나는 그를 보며 학생 때 배운 플라세보 효과가 이런 것이 아닌가 하는 생각을 했다. 플라세보 효과는 효과 없는 약을 주어도 의사를 향한 환자의 긍정적인 믿음으로 인해 병세가 호전되는 현상을 말한다. 레지던트 시절에도 이전에 썼던 약이나 특정한 색의 약에 환자가 반응하며 조금 더 빨리 회복되는 경우가 있었다. 예상대로 순자 할머니는 몇 번의 진료를 통해 많이 회복됐다. 잠도 어느 정도 자게 됐고 불안 증상도 많이 줄었다. 나는 하나원에서 처방했던 약을 기억하지는 못했지만 약의 이름은 크게 중요하지 않았다.

순자 할머니는 왜 좋아졌을까? 문득 내가 탈북민의 말을 알아듣고 그들이 알기 쉬운 이야기를 나누려고 한 노력과 또 할머니가 이전에 증상이 좋아졌던 기억이 모여서 나를 명의로 만든 것은 아닌지 궁금했다. 누구나 흔히 어린 시절 먹었던 음식에 대해 좋은 기억을 갖는 경우가 많다. 별것 아닌데도 어린 시절에 먹었던 음식이 기억나기도 한다. 나도 어린 시절 초등학교 앞에서 먹었던 떡볶이, 어머니와 졸업식 후 먹었던 자장면이 기억날 때가 있다. 탈북민도 마찬가지다. 북한에서 먹던 음식도 기억나지만 하나원에서 먹었던 음식부터 물건까지 모두 소중하게 기억하고 있는 경우가 많다.

간혹 내가 하나원에서 근무했었다는 이유만으로 나에게 친절하게 대하고, 나에게 많은 이야기를 하는 탈북민을 만난다. 그래서 그들을 상담할 때면 다른 의사들보다 조금 더 유리한 위치에서 시작하는 듯하다. 순자 할머니도 남한에서 만났던 첫 의사에 대해 좋은 기억을 가졌던 것은 아니었을까? 고향에 가지 못하는 분들에게 하나원은 마치 어린 시절 고향에서 가족들과 지냈던 추억처럼 새겨지기도 한다.

탈북민이 스승이다

서울에서 살다 보면 지하철에서 아는 사람을 우연히 만나기가 그리 쉽지 않다. 특히 출퇴근에 모든 신경을 집중하다 보면 설사 아는 사람이 있더라도 알아채지 못하고 지나치기 일쑤다. 그런데 우연하게도 탈북민들과 진료실 밖에서 만나기도 한다.

출근길에 지하철을 갈아타려고 서두르던 어느 날이었다. 누군가가 친근한 목소리로 나를 불렀다. 나는 처음에 나를 부르는 것이 아닌 줄 알고 다른 쪽을 보고 있었다. 그런데 목소리가 점점 더 나를 향해 바짝 다가왔다.

"선생님, 안녕하세요. 선생님, 저 은별이에요."

목소리가 나는 쪽으로 고개를 돌려 얼굴을 보니 정말 은별 씨가 서 있었다. 하나원에서 만난 수많은 탈북민을 모두 다 기억하지 못하지만 그녀는 기억하고 있었다. 그녀는 북한에서 의과대학을 졸업하고 산부인과 의사로 근무한 경력이 있었다. 한국에 와서 의사가 되고 싶다고 해 하나원 공중보건의 시절 내가 의대생들이 주로 사용하는 수험서(벌써 졸업 후 한참 지나 약간 낡은 것이었다)를 빌려주기도 하고 한국의 의료 환경을 설명해주기도 했다. 내 모교의 교수님께 부탁해 의과 대학생들과 같이 시험을 볼 수 있도록 돕기도 했다.

탈북민이 북한에서 가졌던 직업을 남한에서 이어가기는 정말 어렵다. 만약 내가 북한에서 운전면허증을 갖고 있었더라도 남한에서는 다시 운전면허시험을 봐야 한다. 남북한의 교통 법규가 다르고, 특히 남한의 신호 체계는 더 복잡하므로 새로운 환경에서 운전할 수 있는지를 검증해야 하기 때문이다. 또 내가 북한에서 교사를 했다고 해서 남한에 와서 교사를 할 수 있는 것도 아니다. 다른 직업도 마찬가지다. 내가 북한에서 기술자로 일했다고 해서 남한에서 똑같이 기술자로 생활하려면 많은 어려움이 따른다. 그럼에도 불구하고 현실의 어려움을 극복하고 남한에 정착한 분들이 있다. 물론 정착 이후에는 다른 적응의 어려움이 기다리고 있다. 남한 문화에 적응해야 하고 탈북민이라는 차별도 몸소 겪는다. 기술은 얼마 지나면 다시 익숙해져도 남한 사람을 대한다는 것은 또 다른 통과의례다.

다른 직종에도 많은 어려움이 따르지만 의사들은 한층 더 진입장벽이 높다. 남북은 의학 용어도 다르고 의료 체계도 다르다. 북한의 의학 용어는 주로 러시아어에서 온 것이 많은 반면, 남한의 의학 용어는 주로 미국식을 따른다. 또한 북한의 의사들은 드라마나 어린 시절 역할놀이를 하는 꼬마 의사처럼 청진기 하나로 모든 진단을 내려야 하는 경우가 많다. 반면 남한에서는 첨단 기기에 대한 의존도도 높아 엑스레이(X-ray), 초음파, 시티(CT), 자기공명영상(MRI) 등 다양한 검사 결과를 종합해서 진단해야 한다. 게다가 우리의 병의원들은 처방이나 검사, 판독 등이 전산화돼 있어 컴퓨터에 익숙하지 않으면 이를 따라가는 데 많은 어려움이 있다. 요즘에는 기술이 발전해 스마트폰이나 태블릿 PC로도 검사 결과를 확인하는 환경이라 스마트 기기에 익숙지 않으면 적응을 해야 한다. 무엇보다 남한에서 의사를 하려면 새로 의사국가고시에 합격해야 한다. 예를 들어 내가 다시 의사국가고시를 본다면 정신건강의학과 이외에도 내과, 소아청소년과, 외과, 산부인과와 예방의학 및 의료 관련 법규 등도 다시 공부해야 하는 셈이다. 고등학교 졸업장을 갖고 있다고 해도 다시 수험생 신분이 돼 시험을 보면 성적이 제대로 나오지 않을 것이다. 내 머릿속에 다른 과 진료 지식이 남아 있어도 시험을 보는 것은 완전히 다른 차원의 문제다. 그렇기 때문에 북한에서 의사를 하다 남한에 온 의사들이 다시 의사라는 직업을 가지지 못하는 경우도 많다. 일부는 다른 일로 직업을 옮기지만 상대적 박탈감을 느끼기도 한다.

　　하지만 은별 씨는 달랐다. 하나원에서부터 나에게 많이 물어보고 남한 적응을 위해 많이 노력했다. 쉬는 시간이면 강의실이나 하나원 휴게 공간의 의자에 앉아 내가 빌려준 책을 보기도 했다. 퇴소 후에는 의사국가고시에 한 번 실패한 후 그다음 해에 다시 도전해 합격했다는 소식을 들었다. 수련은 하지 않고 일반의로 일하게 됐다고 했다. 이후 한동안 소식이 없었는데 서울의 지하철에서 만나게 된 것이었다. 그녀는 근처 병원에서 일반의로 봉직을 하고 있었다.

　　탈북민에게 낯선 곳에서 살아가는 삶은 어떤 것일까? 넷플릭스 드라마 〈김씨네 편의점〉을 보면 미국으로 이주한 초창기 교포들이 한국에서 가졌던 직업을 포기하고 슈퍼마켓을 창업하는 등의 이야기가 그려진다. 그처럼 낯선 땅에서 문화적으로 적응하고 일도 함께 시작하기란 쉽지 않다. 교포들도 어려움을 겪는데 탈북민들이라면 더욱더 취업하는 과정이 험난하다.

　　은별 씨의 경우 내가 상담을 하면서 처음으로 만난 의사 출신 탈북민이었다. 나는 그녀가 진심으로 잘되기를 바랐다. 그리고 의사가 됐다는 이야기를 듣고는 정말 기뻤다. 대학병원에 와서 지도했던 레지던트가 시험에 합격한 기분과 비슷했다. 이제 그녀는 나와 같은 대한민국의 의사로 활동하고 있다.

의사에게 최고의 보람은 환자가 좋아지는 것이다. 또 수련 병원에서 오래 근무한 나로서는 수련을 받은 선생님들이 나와 비슷한 처방을 내리고 또 내가 미처 생각하지 못한 것을 제안할 때 기쁨을 느낀다. 간혹 레지던트 선생님이 처방을 내린 것을 내가 쓴 것으로 혼동할 때도 있다. 반대로 내가 잘못한 것을 레지던트 선생님이 찾아내기도 한다.

탈북민을 진료하는 의사로서는 또 다른 기쁨의 순간이 있다. 탈북민이 한국 사회에 와서 적응을 하고 대한민국의 일원으로 살아가는 것을 볼 때다. 많은 탈북민이 나와 상담을 하고서 각자 직업을 가지고 살아간다. 생활에 많은 어려움을 겪는 분들도 있지만 몇 년 지나면 각자 자신의 몫을 해내는 것을 많이 지켜봤다. 탈북민 정착을 도와주는 의사로서 가장 큰 보람을 느끼는 순간이다. 그들을 바라보는 것은 환자가 좋아지는 것만큼이나 나에게 큰 기쁨을 안겨준다.

나는 지금도 가끔씩 은별 씨와 연락을 한다. 이제 그녀는 의사로서 당당하게 생활하고 있다. 얼마 전에는 코로나19 이후 진료 때문에 힘들었다는 소식도 전하고, 자신의 병원에서 코로나19 검사를 시작했다는 소식도 전했다. 미용 시술을 병행하고 있다면서 나한테 피부관리를 받으러 오라는 말도 농담처럼 했다. 내가 그녀에게 북한 관련 의료 내용 중 잘 모르는 것을 묻기도 한다. 어느덧 그녀는 나의 든든한 동료가 됐다.

의사들은 종종 환자가 스승이라는 말을 한다. 전공의 시절 수련을 받으며 진료했던 환자는 여전히 내 머릿속에 남아 있다. 또 당시의 경험들을 다른 환자들의 치료와 상담에 활용하기도 한다. 교과서에서 배운 지식을 환자 진료를 통해 구체화하는 과정이다. 그래서 나는 수련 병원에 있으면서 전공의들에게 환자들과 상담한 경험의 소중함을 일깨워주고 싶었다. 그들도 나처럼 소중한 경험을 가질 수 있도록 자주 대화하려고 노력했다.

지금 생각해보면 나는 우연한 기회에 탈북민을 만났다. 2008년 처음으로 탈북민과 상담을 했으니 벌써 10년 넘게 탈북민을 만나고 있다. 처음에는 호기심으로 탈북민을 만났지만 시간이 흘러 만나면 만날수록 그들에게 매료됐다. 자연스럽게 '환자가 스승이다'라는 말에서 '탈북민이 스승이다'라는 말이 겹쳐 보인다.

탈북민을 만나면서 나는 많은 것을 배웠다. 심리적 외상이나 트라우마를 치료하는 것을 배웠고, 우울증을 어떻게 상담해야 하는지도 배웠다. 탈북민의 심리적 트라우마를 치료하면서 배운 것들은 다른 트라우마 환자를 상담하는 데 많은 도움을 주었다. 하지만 그들을 진료하며 배운 것은 단순한 의학적 지식 이상이다. 탈북민에게서 만남과 이별에 대해서도 배웠다. 그 덕분에 나는 의사라는 직업에 국한되지 않고 한 인간으로서 변화하고 성장할 수 있었다.

역설적이게도 나는 탈북민을 만나면서 그들의 이야기를 하는 데 많은 고민을 했다. 영화나 드라마에서처럼 내 실수 때문에 탈북민에게 부정적인 시각이 생기지는 않을지 고민도 됐다. 자칫 나의 이야기가 탈북 과정에 영향을 줄까 봐 걱정되기도 했다. 무엇보다 사람들이 하나원을 모르는 것이 탈북민들에게 도움이 된다는 생각에 〈이제 만나러 갑니다〉나 〈모란봉 클럽〉 등에서 거론되기 전까지는 그곳의 이야기를 꺼내지도 않았다. 주변에서 탈북민에 대해 물어도 대답 하나까지 심사숙고했다. 하지만 이젠 내가 만난 탈북민의 이별, 만남 이야기를 사람들이

듣고 세상이 조금 더 탈북민을 이해하면 좋겠다는 바람이 생겼다. 더 이상 숨겨야 하는 이야기가 아니라 우리와 함께 이 사회에서 호흡을 공유하는 그들과 진정한 하나가 되기를 바랄 뿐이다.

용서 이야기

정찬영 ― 광주동명병원 원장

국가폭력

헌혈과 주먹밥이, 이웃을 위해 선한 희생을 한
수많은 삶이 우리에게 묻는다. 당신의 삶을 잘 알 수 있는
좋은 질문이기도 하다. "당신을 가장 잘 소개할 수 있는
당신의 친구들은 어디에 있는가? 그들은 서로 친하며
이웃을 위하는가?"

정찬영

정신건강의학과 전문의. 광주동명병원 원장.
2013년부터 광주트라우마센터에서 국가폭력 생존자와 유가족을 대상으로
증언치유를 해온 것을 계기로 세월호, 학생 자살 및 트라우마 위기개입,
탈성매매여성, 화순 노예피시방 사건, 학동 붕괴 사고, 코로나19에
이르기까지 재난과 사회적 트라우마 영역에서 활동해왔다.
사회적 트라우마 치료에 있어 증상 중심의 개인 치료를 넘어 공동체에
기반한 사회적 치유를 지향한다. 5.18 가해자 헌정 뮤직비디오를 발표했고,
2021 오월어머니상을 수상했다. 한국트라우마스트레스학회 교육부위원장
등으로 활동하고 있다.

나는 여느 때처럼 회진을 위해 진료실을 나서 로비로 나왔다. 병원 로비 구석 침침한 곳에서 웅크리고 있던 검은 늑대가 날카로운 이빨을 번득이며 내게로 성큼성큼 다가왔다. 사납게 으르렁거리는 거대하고 무시무시한 늑대였다. 나는 몹시 두려웠지만 도망가지 않고, 내 목을 물어뜯으려 달려드는 늑대의 목을 힘껏 베었다. 회진을 위해 흰 가운을 걸치고 있던 내 허리에 큰 칼이 채워져 있던 것을 늑대의 목을 베고서야 알아차렸다.

늑대의 목은 단칼에 몸에서 떨어져 나갔다. 나는 늑대의 머리를 들고 다시 진료실로 들어가 진료실 책상 위에 올려둔 채 두근거리는 가슴을 진정하며 의자에 앉았다. 늑대의 머리를 살피고 있는데, 갑자기 늑대가 빨갛게 충혈된 눈을 부릅떴다. 늑대의 머리는 피 흘리는 사람의 머리로 변하며 고통스러워했다. 나는 소스라치게 놀라 진료실 밖을 향해 소리를 질렀다.

"빨리 구급차! 구급차!"

이윽고 꿈에서 깨어났지만, 쉽사리 진정되지 않았다. 꿈이라서 너무나 다행이라고 안심했던 기억이 생생하다.

꿈속 늑대는 나와 내 직원, 내 병원과 다른 환자들을 다치게 할 수 있는, 나를 힘들게 하는 환자들이었다. 정신건강의학과 환자들은 온순하고 점잖은 분들이 많고, 병세가 호전돼 큰 보람을 느끼게 해주는 분들도 많다. 하지만 치료를 못 받아 공격적이거나 편집적인 환자, 숨겨진 전과가 있거나, 죄를 짓고 병원에 입원한 환자들도 종종 있었다.

내 안의 트라우마, 늑대를 만나러 가다

2007년, 나는 도심의 작은 정신건강의학과 입원 병원을 개원하고서 현실을 혹독하게 배우고 있었다. 당시는 지금보다 지역사회의 정신보건 자원이 열악해 정신건강의학과 입원실의 역할과 책임이 더 무거웠다. 나는 개원할 때부터 자발적인 입원을 고집했다. 정신건강의학과 입원 환자 중 비자의 입원 환자 비율이 90퍼센트가 넘던 시절이다. '자진해서 입원하는 방식'을 고집하다 보니 정신증적 증상이 심한 환자나 중독 환자, 조증 환자, 거친 환자, 병에 대한 인식이 부족한 환자들이 병동 생활에 잘 적응하고 치료를 잘 받아들이도록 만들기까지 몇 배의 에너지가 들었다. 바람 잘 날 없었다. 자율적인 치료는 장점도 많지만, 경계를 훌쩍 넘어버리는 위험한 환자들 덕분에 가슴 철렁한 일들도 많았다.

병원 바로 앞 주유소에서 주유기 호스 손잡이를 한 손에 쥐고 한 손엔 라이터를 쥔 채 영화처럼 경찰과 대치했던 환자, 퇴원 직후 병원 앞 여관 주인을 칼로 살해하고 연쇄 살인을 일으킬 뻔했던 환자, 휘발유 통을 들고 나타나거나, 외출 혹은 외박 중 돌연사나 동사, 자살, 타살로 변사체로 발견돼 충격을 줬던 환자, 다른 환자나 직원 혹은 나를 공격했던 환자까지.

그들도 도움이 필요한 환자들이었다. 치료자로서 그들에 대한 양가감정이 '늑대-사람' 꿈으로 나타났다. 이 꿈은 어쩌면, 국가폭력에 이르기까지 수많은 인간의 폭력성과 인간성 사이에서, 치유와 용서를 고민하는 정신과 의사의 숙명을 상징하는 듯하다.

나는 당시에 운영하던 100여 병상의 병원을 200여 병상 규모로 이전 확장하고 재활의학과를 신설했다. 병원의 규모가 커지면서 안정시키느라 여념이 없었다. 피곤했던 탓인지 독감에 걸려 열이 나고 온몸이 쑤시던 어느 겨울날, 광주 트라우마센터장이었던 용주 형에게서 전화가 왔다. 형은 서울에 함께 다녀오자고 했다. '진실의 힘'이란 단체에서 주관해 조작간첩사건 등 고문 피해자들을 모시고 증언을 듣는 프로그램에 함께 참석하자는 것이었다. 새로 생긴 광주 트라우마센터에서 증언프로그램을 맡아달라는 뜻이라는 걸 설명하지 않아도 알 수 있었다. 난처했다. 병원 일도 마음에 걸렸고, 두렵기도 했다. 형은 비행기 표 다 끊었으니 몸만 오라며 껄껄 웃기만 했다. 누가 맡아도 어려운 프로그램이었다. 32년간 방치된 국가폭력 트라우마였다.

대학병원 수련 때부터 경험했던 국가폭력 당사자들은 거칠고 감당하기 어려운 존재였다. 중독 문제가 심각한 경우도 많았다. 피해 당사자들 간에 내부 갈등의 골이 깊다는 것도 알고 있었다. 더구나 나는 정신건강의학과 의사였다. 정의나 인권을 바라보는 시각만으로는 부족했다. 트라우마에 대한 접근과 프로그램의 구성이 모두 의학적으로도 타당하고 준비된 것이어야 했다. 맡는 순간 그에 대한 책임은 나에게 주어졌다. 내 한숨은 깊었다. 거절할 수 없었다. 용주 형은 1980년 5월 피 흘리던 광주에서 총을 잡았던 고등학생 시민군이었다. 전남대 의대에 진학한 형은 총을 버리고 도망친 죄책감으로 학생운동을 하다 15년에 가까

운 기간을 감옥에서 살았다. 그런 형의 부탁이었다. 다른 의사들도 부담
스러워해 맡길 만한 사람이 없다 했다.

결국 나는 열이 나고 오한이 든 몸을 이끌고 서울행 비행기에 올랐
다. 인생에서 생각지도 않은 많은 중요한 순간은 인연으로부터 오는 듯
하다. 그것이 내 인생에서 얼마나 중요한 한 발을 내딛는 순간이었는지,
얼마나 큰 배움과 인연의 큰 문을 열게 된 것인지 나는 나중에야 알게
됐다.

1980년 5월 광주, 나는 초등학교 5학년이었다. 어느 날 학교가 쉰다
고 해 마냥 좋았다. 동네 친구한테 들를 겸 늘 놀러 다니던 광주공원 쪽
으로 놀러 갔다. 한 아주머니가 겁에 질린 채 손사래를 치며 계단 저쪽
으로 절대 가지 말라고 했다. 그 순간 멈칫했지만, 맨날 뛰어놀던 곳이
라 나는 조심스레 다가갔다. 시민회관 계단에서 당시 구동체육관 쪽 계
단 아래를 내려다봤다.

계단 맨 아래쪽에 있었던 하얀 해태 동상 바로 아래에는 상의가 다
벗겨진 어른들이 뒷짐을 진 자세로 무릎을 꿇고 머리를 수그린 채 이열
횡대로 가지런히 엎드려 있었다. 맨살이 드러난 등은 벌겋게 부어올라
한눈에 봐도 많이 맞은 것을 알 수 있었다. 모두 아무 소리도 못 내고 쥐
죽은 듯 머리를 무릎 사이로 숙이고 엎드려만 있었다. 흰 머리가 난 분
들도 보였다. 바로 아래 세워진 군용 트럭 위에서는 개머리판과 군화발
로 무차별 폭행이 계속되고 있었다. 총검으로 무장한 군인들이 동네 아
저씨, 아주머니들에게 무자비하게 폭력을 가하는 장면을 초등학교 5학
년 소년이 목격한 것이다. 계단 끝 위에 숨죽이고 혼자 서 있던 나의 아
랫배에서 뭔가 알 수 없는 것이 끓어 올라왔다. 나는 오장육부에서 뿜
어져 나오는 듯한 괴성을 고래고래 지르고 있었다.

"야! 이 나쁜 놈들아!"

그 순간 총을 든 군인 두어 명이 내가 있는 쪽을 날카롭게 쳐다보더니 곧 계단을 마구 뛰어올라오기 시작했다. 가슴은 방망이질 쳤고, 나는 잡히면 죽는다는 생각으로 겁에 질려 온 힘을 다해 도망쳤다. 나도 모르게 오장육부에서 나왔던 그 소리를 기억한다. 순간적으로 겁이 났지만, 겁을 무릅쓰고 터져 나오기까지 몇 초가 걸리지 않았던 그 괴성은 어쩌면 그날 위험에 처한 이웃들을 보고 거리로 뛰쳐나왔던 시민들 마음속에 일어난 것과도 비슷한 것이 아니었을까. 트라우마를 공부하면서 알게 됐다. 집단에 위기가 찾아왔을 때 우리 안에서 이웃을 위한 선한 에너지가 폭발적으로 뿜어져 나온다는 것을.

존재하지만 존재할 수 없었던 기억

2013년부터 증언치유 프로그램 '마이데이'가 본격적으로 시작됐다. 증언자들은 증언하기 전에, 먼저 트라우마센터에서 개인 및 집단 상담과 더불어 원예치료, 사진치료, 미술치료, 꿈 분석 작업, 몸동작치료 같은 프로그램에 참여했다. 증언할 의사가 있고, 증언이 가능하다고 생각되는 분들은 증언을 위한 몇 시간의 예비 면담을 가졌다. 가족관계와 성장 과정, 직업과 대인관계, 과거 트라우마 등 주인공 개인을 먼저 이해하는 과정이다. 증언자들은 국가폭력 경험과 그로 인한 생의 변화에 대해 예비 면담에서 이야기한 후, 40~50여 명의 시민들 앞에서 증언했다. 장소는 주로 무각사 사찰의 대형 온돌방이었다. 증언 후반에는 시민들의 공감과 상호작용의 시간을 가졌다. 모든 증언은 기록되어 책으로 엮였고, 5.18민주화운동기록관에서 진행된 세 번의 증언집 출판기념회에서 주인공들은 다시 소감을 나눌 수 있었다.

나는 준비하는 내내 걱정이 태산이었다. 내 능력으로 온전하게 다루기에 벅차지는 않을까. 내가 도움이 되지 못하고, 증언자들이 재트라우마로 더 힘들어하지 않을까. 공감받지 못하고 위로받지 못한 느낌으로 마음을 더 닫게 되는 분은 없을까. 여러 생각이 교차하고 책임감이 나를 긴장시켰지만, 예비 면담에서부터 최대한 부드럽고 천천히, 그리고 온전히 증언을 다루려고 노력했다. 따뜻한 차나 시원한 물을 늘 가까이에 두었고, 예비 면담을 진행할 때부터 증언자의 표정과 몸 상태를 살피며 고통에 압도되는지 항상 살폈다. 필요할 때는 쉬었다.

온전한 증언을 준비하는 것은 건강한 분만을 준비하는 것과 닮았다. 트라우마 기억이라는 태아와 산모의 상태를 살피고 건강하고 안전한 분만을 준비해야 한다. 거칠고 혹독한 세상에서 끔찍한 기억의 태아는 얇은 양막 속에서 쉽게 자극돼 아프게 만져지고 괴롭게 움직였지만, 오랫동안 위험한 세상으로 온전히 나올 수 없었다. 세상은 가해자가 여전히 지배하는 가혹한 곳이었다. 폭도라는 낙인과 감시와 차별이 지속되는 한겨울이었다. 고통스런 기억은 몸부림치다가 사산되거나 유산되곤 했다.

"5.18 가족을 사람 취급하지 않았어요. 이야기할 데가 없었어요. 쉬쉬하고 피하거나 수군댔어요. 펄쩍펄쩍 뛰고 울기만 하지 어디에도 원망하지 못했어요. 죽고 싶다는 생각도 많이 했어요. 이웃들은 우리가 어떻게 사는지도 몰랐어요. 형사들에게 감시받고, 투쟁하고 다녀도 아는 이웃들이 없었어요."

"투쟁은 같이해도, 자세한 이야기는 피했어요. 꺼내면 힘든 이야기들이라. 우리끼리도 서로 어떤 일을 당했는지 알지 못하고 살았어요."

나는 오랫동안 묵혀둔 트라우마 기억을 분만하는 산모 곁의 산파였다. 트라우마 기억의 산통이 시작되면, 산모의 편도체에 빨갛게 불이 켜진다. 산모의 떨림과 오열을 보며, 내 편도체에도 거울신경에도 빨갛게 불이 켜진다. 나는 산모와 태아의 안전한 분만을 위해서 압도되면 안 됐다. 기억의 양수가 쏟아지면, 트라우마 기억의 태아가 창백하게 세상에 나와 고통스럽게 팔딱인다.

"총 구멍 난 자리에서, 하유… 이만한 벌레가 나와요. 흐윽… 생때 같은 내 새끼 몸에서 구더기가… 기가 막혀서. 오메 내 새끼 몸에서 이것이 뭐시다냐…."

흰 가운을 입고 차량으로 부상자를 실어 나르다 총격을 받고 사망한 스물네 살 아들의 얼굴은 총탄에 맞아 형체를 알아볼 수 없이 일그러졌다. 아들을 찾아 나선 어머니는 얼굴을 알아볼 수 없는 시신을 보며 "어째 너는 얼굴이 그래 버렸냐…" 하며 혀를 차고는 그냥 지나쳤다가 다음 날 그것이 아들이었음을 알고 실신하셨다. 어머니는 말없이 누워 있는 아들의 시신에 생긴 총알구멍에서 연신 나오는 구더기를 보면서 그렇게 무너져 내렸다. 33년이 지난 일을 바로 지금 일인 것처럼 이야기하며 우리 앞에서 오열하셨다.

트라우마는 단숨에 타임머신을 타고 끔찍한 고통의 순간으로 우리를 데려간다. 우리는 압도되지 않기 위해 한 발은 현재에 남겨둬야 한다. 트라우마를 만날 때마다 시간의 저편으로 건너가 버리기만 한다면 기억을 그대로 반추하다 고통스런 기억에 그대로 빠져 익사하듯 압도되거나 소스라쳐 도망치며 기억의 문을 닫아버리게 된다. 그렇게 곱씹듯 똑같이 반추하기만 하는 끔찍한 기억은 현재를 살아가기 힘들게 한다. 증언자들의 기억은 고백과 표현의 산도를 통과해 세상으로 나올 엄두를 내지 못했고, 사람들의 따뜻한 위로와 공감을 받을 수 없었다. 나는 증언자들이 안전한 분위기에서 격려를 받으며, 과거의 눈이 아닌 현재의 눈으로 과거의 고통을 천천히 다시 볼 수 있게 도와야 했다. 필요할 때마다 과거와 지금을 오가며 노출의 수위와 속도를 조절했다.

수십 년 만에 뱉어내는 증언자들의 이야기는 태아의 다리부터 나오는 난산처럼, 순서 없이 자주 이리저리 오가거나 멈춰버리거나 압력에 의해 마구 쏟아져 나왔다. 나는 집중해서 공감하려고 노력하고 있었지만, 증언자의 경험이 온전히 도달할 수 없는 맥락의 세계라는 것도 인정해야 했다. 내 자식이 전두환 같은 인물의 지시로 군인에게 잔인하게 죽임을 당하고 폭도로 내몰린다면, 내가 끔찍한 고문을 당하고 폭도 취급을 받았다면 얼마나 고통스러웠을 것인지, 나라면 어떻게 살았을지 끊임없이 물으며 증언자가 살아온 삶의 맥락 속으로 들어가 가늠하고 상상하려고 노력했다. 어느새 그들은 서서히 공감할 수 있는 따뜻한 인간으로, 책임감을 가진 현실의 부모나 이웃으로 내게 들어왔다.

어머니의 아들은 청각장애인이었다. 금남로를 지나다 계엄군의 곤봉과 개머리판에 무차별 폭행을 당해 사망한 아들의 시신을 처음 발견했을 때를 회상하며 내게 말씀하셨다.

"눈도 빠져 불고 턱도 빠져 불고 발도 잉그라졌는디, 애기가 추운 데를 못 있는데 냉동실에다가 할랑 벗겨서 넣어놨더라고. 그거 보니까 기가 막혀서, 얼마나 춥냔 생각에 그 시간이면 밤이라 다 문 닫았을 텐데 아는 가게에 전화해서 베를 떠다가 아들에게 옷을 입혔어."

그 뒤로 어머니는 아들을 때려죽인 국가로부터 학생들을 구하려고 애를 쓰셨다. 학생들과 같이 시위하다 함께 잡혀 들어가면 "여기서 잡혀 들어가면 너는 죽어. 너는 오늘부터 내 아들이다" 하며 죽은 아들의 이름, 생일, 주소를 가르쳐주고 그것으로 대신 말하라고 했다. 어머니는 기회가 있을 때마다 학생을 잡아가는 경찰들을 막았다. "남의 자식, 그러면 안 된다! 내 자식도 군대 보내놨다" 하면서 학생들을 구했다. 당신의 아들 대신 학생들이 살아야 한다고 생각했다.

많은 유가족이 자식이나 남편의 희생이 의미 없는 희생이 되지 않도록 생애에 걸쳐 싸우고 헌신했다. 자식의 누명을 벗겨야 한다며 전두환의 차에 뛰어들었고 전국을 다녔다.

"우리 여자들이 앞에 서서 해야 했어. 남자들은 앞장서면 전부 구속해버리고, 부상당하고, 학생들은 들어갔다 하면 반 죽어서 나오고. 할 사람이 우리 엄마들밖에 없었어."

기억이라는 태아를 출산하는 고통

죽을 것을 알고도 최후까지 도청에 남은 사람들은 어떤 사람들이었을까. 1980년 5월 26일 전남도청 2층에서 시민군 윤상원 대변인은 기자들에게 이렇게 말했다.

"오늘 우리는 패배할 것입니다. 그러나 내일의 역사는 우리를 승리자로 만들 것입니다."

최후까지 도청에 남았던 그 선한 결의의 숨결들이 내게로 왔다.

스무 살이었던 한 시민군은 임신 9개월의 아내가 나가지 못하게 옷을 감춰버려 처남의 빨간색 운동복을 입고 거리로 나왔다. 가정 형편상 초등학교를 못 가서 문맹이었던 그는 당시 그대로 가만있으면 군인들이 더 많은 광주시민을 죽일 것 같았고, 거대한 탱크들이 광주의 건물들을 다 밀어버릴 것처럼 보였다고 했다. 군인들은 학원에서 공부하는 수험생, 지나가는 행인, 경조사에 참석한 하객, 집에 있었던 청년들, 자영업자들, 헌혈하고 나오는 사람, 부상자를 나르는 사람, 임산부에게까지

곤봉과 대검, 총격으로 살인적인 폭력과 학살을 자행하고 옷을 벗겨 트
럭에 싣고 잡아갔다. 시민들은 "때리지 말라", "죽이지 말라"며 항의하
고 저항했다. 시민들의 수는 많았지만, 대검으로 찌르고 총을 쏘는 군인
들의 상대가 되지 않았다. 계엄군은 저격수를 동원한 조준 사격으로 수
십 명의 목숨을 앗아 갔다. 탱크와 장갑차, 공수부대가 광주를 압도했
고, 헬기에서의 난사도 있었다. 광주가 완전히 고립된 데다 시위 차량이
총격으로 몰살당하는 사건이 전해지고 군인들끼리 오인 사격으로 서로
쏴 죽이고 그 보복으로 시민들을 인간 사냥하듯 총으로 학살하는 동안
점점 집으로 들어가는 시민들이 많아졌다. 그러나 그는 집으로 돌아가
지 않았고, 죽는다는 것을 알고도 최후까지 도청에 남았다. 그는 시신들
사이에서 생포됐고, 계엄군에게 무자비하게 맞으며 상무대에 끌려갔다.

배우지 못해 애국가를 부르지 못하는 데다 빨간 운동복을 입어 빨
갱이라며 혹독한 구타와 고문을 당했다. 고문을 당하는 동안에도 살아
서 나간다는 생각은 손톱만큼도 하지 않았다. 십수 년 받은 구형도 고
스란히 살아야 한다고만 생각했다. 그곳에서 당한 일을 발설하면 가족
이고 친척이고 다 죽여버린다는 협박을 받았고 말하지 않는다는 각서
를 쓰고 나왔다. 몸은 만신창이가 돼 나왔지만, 무슨 일이 있었는지 가
족에게도 말하지 못했다. 시름시름 앓다 죽어간 이들도 적지 않았다. 그
것이 전부가 아니었다. 겨우 풀려났지만 여전히 폭도였다. 안기부나 정
보과 형사의 감시를 받았고, 행동이 의심스러우면 불려가서 고초를 당
했다. 그는 오랫동안 여자처럼 보이기 위해 몸빼 바지를 입고 다녔고 사
람이 다니지 않는 산길로만 다녔다. 그는 폭력을 몰랐던 다정한 사람이
었다. 그런데 그곳에서 고문을 당한 후에는 가족에게 정신없이 폭력을
휘두르곤 했다. 그는 "그때 죽었어야 했다. 그러면 가족 고생을 안 시켰

을 것인데"라며 우리 앞에서 괴로워했다. 나는 이야기를 듣는 내내 부끄러웠다.

나는 그를 만나기 전까지, 그렇게 많은 사람이 상무대에 끌려가 고초를 당했는지 몰랐다. 저학력, 문맹인 사람의 시각에서 이웃을 지키려고 목숨을 걸고 나선 경험이 어떤 것인지 생각해본 적도 없었다. 거꾸로 매달려 물고문당하고, 매질을 당하며, 치욕적인 기합을 받았고, 조작된 조서에 사인해야 했고, 그곳에서 부당한 군사재판을 받고 감옥에 수감된 사람들이 그렇게 많았다는 것도 잘 몰랐다. 내 주변의 많은 사람은 아직도 잘 모른다. 진압 이후의 과정과 생애, 가족을 다룬 영화도 드라마도 거의 없는 듯하다.

기억의 태아가 고백을 통해 사람들 앞에서 몸을 드러내면, 사람들은 기억의 면면을 껴안고 이름 붙이고 의미를 부여하며 상호작용했다. 과도한 죄책감이나 수치심은 집단의 공감을 만나면서 누그러졌다. 필요하다고 생각되면 당시 희생된 고인과의 만남을 재연했다. 주인공은 수십 년 만에 사람들 앞에서 고인에게 말하는 기회를 가졌다. 청중 집단이 고인의 목소리를 내도록 함으로써 고인에게 가진 과도한 죄책감을 덜고 오랜 슬픔을 위로했다. 산모는 사람들의 따뜻한 위로와 격려를 받았다. 고통스러운 증언에 온전히 함께하는 증언 행사를 마치고 나면, 사람들은 서로를 무척 살갑게 대했다. 진심으로 고통을 온전히 듣고 나누는 과정은 서로를 가깝게 만들었다. 증언자들은 트라우마센터가 생겨서 자신들이 사람대접을 받는다고 고마워하셨고, 어디다 못 했던 이야기를 할 수 있어서 좋았다고 했다. 또 다음 증언 행사에 참관인으로 참여해 발언해주셨고, 그렇게 이어진 지속적인 상호 공감은 서로를 더욱 가까이 이어줬다.

증언자들은 이전보다 더 활발히 참여하고 활동했다. 여러 교육 프로그램에서 자신의 경험을 바탕으로 증언하거나 강의하는 분들도 늘어났다. 위안부 할머니, 세월호 유족들을 돕는 활동에도 나섰다. 많은 자리에서 합창단으로 노래하셨고, 코로나 때는 대구에 도시락을 정성껏 만들어 보내기도 하셨다. 〈오월어머니의 노래〉라는 공연은 전국 순회가 계속되고 있다. 나는 가까이서 지켜보거나 함께할 수 있었다. 국가폭력과 관련해 큰 배움을 얻었던 곳은 진료실 밖이었다.

용서로 가는 긴 여정

이제 어려운 주제, '용서'에 대해 이야기해보려 한다. 그녀는 증언자 중 용서에 대해 나와 가장 많은 이야기를 나눈 사람이다. 그녀는 언제부턴가 마음속에 너그러움이 생겼다고 했다.

"군인은 힘이 없잖아요. 어디 간 줄도 몰랐대요. 차출을 가서 보니까 광주였대요. 부당한 명령이었지만, 군인은 거부하기 어렵잖아요. 나이 들면서, 그런 생각이 들었어요. 어떤 면에서 그들이 우리보다 더 힘들 수 있겠다는 생각이 들었어요."

그녀는 어떻게 그런 마음을 먹을 수 있었을까?

"구속자들을 모아놓고 용서에 대해서 이야기해보고, 그중 친한 사람들하고 용서에 대해 많이 얘기해봤어요. 그들도 피해자라고요. 정신병원 다니는 사람도 있고, 우리랑 만나고 싶어 하는 사람도 있다는데, 우리한테는 가해자지만 불쌍하지 않냐고요. 나는 그 사람들 용서할 수 있을 거 같다고 그랬어요. 이렇게 말하면 '불려 가서 명령에 따를 수밖에 없었겠지, 하고 싶어서 했겠는가. 그 사람들이 뭔 죄가 있당가 군대는 명령에 살고 명령에 죽는데, 지금에 와서 용서 못 할 것도 없재' 했어요. 이것들 만나면 가만 안 두겠다고 말하는 사람 한 명도 못 봤어요."

처음으로 용서에 대해 쏟아놓는 증언자였던 그녀는 나를 깊게 몰입시켰다.

당시 그녀는 1학년 여고생이었다. "아들들이 집에 안 들어오는데, 목구멍에 밥이 넘어가냐!"시던 할머니의 성화에 엄마, 할머니와 함께 오빠들을 찾아 난리통인 시내를 헤맸다. 여고생은 소년이 이틀 전쯤 악을 쓰며 내려다보던 그 광주공원 광장을 돌아보다 태극기로 덮인 채 리어카에 실린 시신을 봤다. 생전 처음 시신을 본 여고생은 두려운 마음에 가슴이 철렁하여 엄마와 할머니를 찾았으나 주위엔 모르는 사람들뿐이었다.

대중교통이 끊긴 상태였으니 서둘러 걷다가 집 방향으로 갈 수 있다는 말에 미니버스를 탔다. 그제야 남자들이 총과 무전기를 들고 있는 것이 보였다. 뒷자리에 앉아 있던 다른 여고생이 손짓으로 불렀다. 통성명을 하고 같이 탄 남학생과 사귄다는 이야기, 한 3~4일 같이 시위하며 다녔다는 이야기들을 하고 있을 때였다. 주남마을 앞에서 갑자기 버스에 총탄이 날아들었다. 총을 쏜 사람은 안 보이는데, 산 쪽에서 총알이 날아왔다. 메가폰에서 사람들더러 버스 창가로 붙으라는 말이 들리더니, 다시 총알이 빗발치듯 날아들었다. 그녀는 본능적으로 의자 밑으로 기어들어갔다.

총탄으로 파편 튀는 소리에 귀가 찢어지는 듯했다. 배가 아파 죽겠다는 청년의 울부짖는 소리가 바로 옆에서 들렸고, 조금 전까지 얘길 나누던 여학생은 자기 엉덩이가 없어졌다며 비명을 지르고 있었다. 그쪽으로 가봐야 할 것 같았지만, 빗발치는 총탄 때문에 가볼 수가 없었다. 얼마 지나자 주변이 고요해졌다. 군인이 버스에 올라와 쓰러진 몸들

을 군화발로 툭툭 치고 갔다. 부상자는 끌어내렸다. 군인은 무전기로
보고했다.

"흰색 마이크로버스, 18명 중 16명 사망, 부상 2명 이상 끝."

조금 있으니까 군인이 다시 올라왔다. 군인이 여고생의 다리를 힘
껏 군화발로 차버렸다. 학생은 비명소리를 냈다. 군인이 그녀를 끌어내
렸다. 버스 바닥에는 배가 아프다던 청년의 배에서 흘러나온 내장이 흩
어져 있었다. 사람 내장이 그렇게 큰 줄 몰랐다. 버스에서 끌려 나오는
데 내장이 발에 밟혔다.

그때까지 그녀는 자신의 몸이 온통 피투성이였다는 것을 몰랐다.
파편들이 팔과 다리에 무수히 박혀 있었다. 감각이 멍했다. 구급차가 조
금 있다가 왔다. 부상자 한 사람은 눈이 빠져버리고 없었다. 또 다른 한
사람은 팔에 총상을 입었다. 간호사가 우선 피나는 곳을 솜과 붕대로
지혈하고 나니, 군인은 구급차를 보내버렸다. 그녀가 간호사를 따라가
서 치료받겠다고 했지만 군인은 못 가게 막았다. 그때, 여고생은 생각했
다. 살려줄 생각이 없구나. 자포자기했다.

잠시 후 어딘가에서 경운기가 왔다. 부상당한 셋을 실었다. 군인이
뭐라고 묻는데 몸이 죽은 듯했고, 말도 안 나왔다. 군인은 "니도 젖가슴
도려내고 싶냐"며 대검을 목에 들이댔다. 이상하게 군인도 대검도 더 이
상 무섭지 않았다. 어차피 죽는다고 생각하니 더 이상 무섭지가 않았다.
경운기가 마을을 빠져나가자 군인들은 리어카를 가지고 와 두 청년을 싣
고 어디론가 데리고 갔고, 얼마 후 총소리가 들렸다. 두 청년은 사살됐다.

그 사이 대기하던 군인은 그녀에게 말했다. "살려면 무조건 모른다
고 해라"라고. 그녀는 어둠 속에서 헬기를 타고 공군비행장으로 이송
됐고 군부대로 옮겨졌다. 군부대인 상무대 앞에서 흰색 삼각팬티만 입

고 손은 뒤로 묶인 채 줄줄이 끌려가는 젊은이들을 수도 없이 봤다. 그 많은 수에 놀랐고, 그들이 멀쩡히 풀려날 수 없을 거라는 생각에 괴로 웠다.

그녀는 광산경찰서로 수감됐고, 낮에는 상무대로 끌려가서 조사를 받았다. 군인의 말대로 무조건 모른다고 했다. 병원에 데려다 달라고 했더니 군인이 와서 마취도 안 하고 손과 팔에 난 상처를 꿰맸다. 조사실에서 전두환, 노태우도 만났다. 누군지도 몰랐다. 그날 TV에서 그 얼굴들을 보고 알았다. 죽일 거라 생각했던 시간들이 지나갔고, 여고 1학년생 그녀는 석 달 만에 풀려나 학교로 돌아갔다. 친구들이 어떻게 된 거냐고 묻기는커녕 아예 옆에 오지도 않았다. 짝꿍에게 물어보니 안기부에서 교실과 교장실, 그리고 집에도 와서 뭐든 물어보면 잡아간다고 협박을 하고 갔다 했다. 안기부로부터 계속 감시를 당하니 불편해서 소풍, 수학여행 한번 가지 못했다.

사건 후 3년간 버스 안에서 울부짖던 소리가 환청처럼 들렸다. 엉덩이가 없다는 소리, 배 아프다는 소리였다. 내장이 버스 바닥에 널브러진 광경이 눈을 감고 있어도 선명하게 나타났다. 죄책감에 시달렸다. 팔에 남은 파편 자국이 흉해 병원에 갔더니 납 중독이라면서 평생 약에 의지해 살아야 한다고 했다. 그녀는 지금도 크고 검게 얼룩진 흉터를 손수건으로 감고 다닌다.

고등학교 졸업 후에도 안기부 직원이 계속 따라다녔다. 이유도 없이 경찰서로 끌려가서 감금되는 일도 잦았다. 탤런트가 되고 싶어 시험 봐서 합격증을 받아들었지만, 5.18 이력이 있어 할 수가 없었다. 진학도 취업도 불가능했다. 어느 곳에도 설 자리가 없게 느껴졌다. 군복만 보면 화가 났고, 소리 안 나는 총으로 쏴 죽이고 싶었다. 그러던 중 큰오빠가

입대를 했다. 그녀는 군복을 입고 온 오빠를 바라볼 수가 없었다. 죽도
록 미웠다. 오빠가 아니라 적으로 보였다. 휴가 나올 때마다, "오빠는 적
이 아니고 내 큰오빠다. 큰오빠다"를 수없이 되뇌어야 했다.

가해자, 배신자, 피해자의 굴레를 넘어 인간으로

1985년, 언니가 광주 기독교 방송에서 주남마을 미니버스의 유일
한 생존자를 찾는 광고가 나오더라는 얘기를 해줬다. 방송국을 다녀오
고 투쟁해야겠다는 마음이 생겼다. 그해 여름, 공수부대원 한 명이 양
심선언을 하고 광주 YWCA를 방문했다. 그 계엄군이 주남마을 현장에
있었다며, 현장에 가서 증언한다고 해 유일한 생존자로서 따라갔다. 암
매장을 했던 곳을 설명하는데, 그녀는 끓어오르는 화를 주체하기 힘들
었다. 양심선언하러 왔다고는 하는데, 그녀 눈에는 그렇게 보이지 않았
다. 그를 보자마자 죽여버리고만 싶었다. 확인 사살을 했다는 설명을 할
때 그녀는 폭발했다.

"느그들이 죽여서 죽었는데, 왜 또 쏘느냐! 정신병자냐!"

그녀가 멱살을 잡고 악 쓰는 바람에 옆에서 말려야 했다.

몇 년 후, 그 공수부대원이 돌아가셨다는 소식을 들었다. 소문에는
배신자라고 동료들에게 맞아 죽었다고 했다. 그 사람이 그렇게 죽고 나
니, 그 사람도 참 힘들었겠구나 싶었다. 심하게 화냈던 것이 못내 미안
해졌다.

2018년, 그녀는 다른 공수부대원을 만날 기회를 가졌다. 제주 강정
마을 행사를 계기로 한 공수부대원과 연락이 가능하게 됐다. 함께 의미
있는 일을 해보자는 그녀의 제안은 거절당했다. 그녀의 거침없는 설득
이 이어졌다.

"당신은 양심도 없는 사람이다. 그러면서 용서받기 바라느냐. 당신이 못 온다면 내가 가겠다. 조금이라도 죄책감이 있으면 같이하자. 당신들 정신병원 다닌다는 거 알고 있다. 아무리 다녀봐라. 우리를 만나서 소통하고 해야 용서받지, 정신병원 가봤자 일시적인 거밖에 안 된다. 지금에 와서는 당신들을 용서할 마음의 준비가 다 돼 있다. 정식으로 용서를 구하고 사과해라. 자리만 만들어달라. 설득은 내가 하겠다. 암매장한 곳이 있으면 알려주고, 같이 일을 하자. 당신들도 피해자다. 우리는 떠들고 다니지만, 당신들은 그럴 수가 없지 않느냐."

그녀는 어떻게 이런 설득의 말을 거침없이 뱉어낼 수 있었을까? 1985년도에 광주 YWCA를 찾아왔던 공수부대원과의 경험이 없었다면 가능했을까? 그녀는 총살당할 줄만 알았던 주남마을에서 "살려면 무조건 모른다고 해라"라고 했던 군인, 경찰서와 군부대를 오가는 호송을 맡아 잘 대해줬던 대위에게 언젠가부터 고마움을 느낄 수 있게 되었다고 했다. 호송을 맡았던 대위를 수소문해 직접 만나 얘기를 나누었고 고마운 마음을 전했다.

2018년에 만나게 된 공수부대원과는 아직까지 연락을 주고받는다. 그도 동료들이 죽으려고 해 피해 다닌다는 얘기를 들었다. 그녀는 그렇게 가해자들을 만났고 그들을 이해하고 그들의 인간성을 마주할 기회가 더 주어졌다. 그런 경험들이 용서가 싹트는 데 매우 중요하게 작용한 것으로 보인다.

그녀는 나중에 공수부대원 한 분을 더 만났다. 그도 주남마을 현장에 있었다. 그는 오른쪽 가슴에 황금박쥐 마크를 달았던 11공수 특전여단 소속 계엄군이었다. 죽기 전에 다시 기회가 없을 수도 있겠다는 생각으로 41년 만에 광주를 찾았다 한다. 그는 무엇보다 버스 의자 밑에 처참하게 엉켜 있었던 시신들을 잊을 수 없다고 했다. 살아 있는 그녀를 보더니 부둥켜안고 눈물을 쏟았다. 그는 오랫동안 공황장애, 우울증으로 치료를 받아왔다고 했다.

그는 방송을 통해 공수부대원들에게 이렇게 말했다.

"나를 욕해도 좋습니다. 저 새끼 왜 나와 쓸데없는 소리 하나 이런 말을 해도 좋은데, 생각해달라고 부탁하고 싶습니다. 지금 실종자들이 너무 많습니다. 우리 부대원들은 알고 있잖아요. 그 한마디만 좀 해주면. 그래도 우리가 명색이 특전사 아닙니까, 특전 요원답게 나섭시다."

이런 마음의 목소리를 가진 계엄군들이 많으리라 생각한다. 먼저 용기를 내주신 참으로 고마운 분들이다.

우리는 살면서 크고 작은 문제로 용서라는 문제에 부딪힌다. 누구나 잘못을 하고 용서를 구하며, 때로는 용서한다. 용서에 대한 태도는 자신과 타인을 대하는 인생의 태도다. 나는 내게 체벌을 하곤 했던 아버지를 한동안 미워했었다. 체벌을 심하게 했던 선생님도 미워했다. 아무리 미워도 같이 살아야 할 아버지, 늘 마주쳐야 할 선생님이란 존재를 미워하는 것은 힘든 일이다. 늘 곁에서 봐야 하는 어른을 상처받은 마음, 토라진 마음으로 마주해야 하는, 그 상처 입은 마음이 어떤 마음인가. 닫힌 마음으로 상대를 피하고, 원망 혹은 분노에 차 있으며, 관대하고 개방적인 마음을 갖기 어려운 경직된 마음이다. '원한' 혹은 '피해의식'이라고 불리는 감정이다. 상처에 대한 자연스러운 반응이지만, 그런 마음이 지속된다면 삶을 유연하고 개방적으로 살기 어렵다. 먼저 상처를 준 아버지가, 선생님이, 국가가 사과하고 상처받은 마음을 진정으로 풀어준다면 좋겠지만, 그런 일은 세상에서 흔치 않아 보인다.

그녀는 용서에 대해 이렇게 말했다.

"내 마음이 불편하면 용서가 안 돼요. 용서도 내가 좋아지려고 하는 거 같아요. 5.18은 피해의식이 있어요. 맨날 당하고만 살아서 욱해요. 계엄군과 만나는 것이 쉽지 않겠지만, 같이 어딘가를 가서 얼마동안 시간을 보내보고 싶어요."

끔찍한 국가폭력을 다루는 내내 용서는 늘 내 마음 속에서 큰 주제였다. 그렇지만, 당사자들에게 용서라는 주제는 꺼내기조차 어려웠다. 끔찍한 고통 속에 있는 피해자들은 '용서'할 정신을 가다듬기 힘들다. 반성 없는 가해자에게 면죄부를 주는 것에도 강한 거부감이 있다. 나는 용서와 화해를 위해 계엄군의 증언이 중요하다고 생각했다. 이것을 노래하는 '5.18 가해자 헌정곡'을 만들고, 뮤직비디오로 제작해서 유튜브와 음원사이트에 공개하기도 했다.

나는 그녀의 용서 이야기가 영국인 에릭 로맥스의 자서전 《레일웨이 맨》에 나와 있는 용서 이야기와 매우 닮아 있음을 느낀다. 제2차 세계 대전 당시 일본의 전쟁 포로로 끌려가 3년 반 동안 강제 노역과 고문을 당했던 로맥스는 자신이 고문당할 당시 바로 옆에서 통역을 맡았던 나가세를 만나 용서를 한다. 무려 50여 년이라는 긴 시간이 걸렸다. 처음 40여 년간은 용서와 관련해 아무 일도 일어나지 않았다. 그녀가 그랬듯 로맥스도 용서를 전혀 불가능하고 상상도 할 수 없는 일이라 여겼다. 하지만 긴 시간의 치유 과정을 거치고, 가해자의 진심 어린 뉘우침을 접하면서 서서히 용서의 문을 열 수 있었다. 용서를 오랫동안 연구한 사람들은 트라우마가 크고 끔찍할수록 용서의 과정이 길며 매일 다시 시작해야 할 수도 있다고 했다.

남아프리카공화국의 진실화해위원회에서는 용서 부추김 현상과 영웅적인 용서 신드롬을 일으켰다. 자크 데리다는 이를 비판했다.

"용서는 가벼운 것이 아니다. 결코 화해의 치유법 정도로 간주해서는 안 된다."

용서 부추김은 정당한 원한과 가해자의 충분한 뉘우침을 방해할 수 있다. 섣부른 용서는 가해자의 진정한 변화를 퇴색하게 만들 수 있다. 용서 욕구는 가해자보다 강한 힘을 가지고 있다는 착각이나 소망에서 나오기도 한다. 용서는 얼마든지 피해자에게 다시 상처가 된다. 피해자가 용서하지 않더라도 그것은 존중받아야 한다.

일본은 역사를 왜곡하고, 위안부 할머니들에게 사과하지 않고 있다. 독일도 전후 초기에는 심각한 역사 왜곡과 책임 회피가 있었지만, 1960년대부터 현재까지 다양한 방법을 통해 역사를 반성하고 속죄하고 있다. 우리는 두 전쟁 범죄에 대해 전혀 다른 감정을 경험한다. 피해 당사자는 더 그럴 수밖에 없다. 전두환, 노태우를 비롯한 5.18 책임자들은 반란 행위의 처벌을 받았을 뿐, 광주에서 저지른 반인륜적인 살인 진압과 발포 명령, 고문 등의 중요 국가폭력에 대해서는 법적 책임을 지지 않았다. 오히려 가해자들은 반성이 아닌 왜곡을 일삼았다. 잔학한 폭력에 대한 불처벌과 왜곡된 사회적 담론은 공감과 용서를 어렵게 만든다.

어떤 이들은 '사면은 국가가, 면죄는 신이, 용서는 개인이 하는 것'으로 이야기한다. 그러나 이들이 완전히 독립적인 별개의 영역일까 싶다. 영화 〈밀양〉은 결코 그렇지 않다는 것을 다뤘다. 고문하거나 자식을 죽이는 것처럼, 타인에게 돌이킬 수 없는 상처를 주는 것은 갚을 수 없는 빚을 지는 행위다. 그러기에 용서는 정의보다 더 어려울 수 있다.

반성 없는 가해자를 공감하는 것은 불가능하거나 해로울 수 있다. 뉘우침과 용서는 야수의 행동을 한 가해자의 내면에 있던 인간성과 피해자가 지닌 인간성이 만나 서로 이해하고 수용하는 과정이다. 고통에 담긴 의미를 발견하는 것, 복수나 체념이 아닌 정의를 추구하는 것, 비탄과 울분에서 벗어나 이미 일어난 일임을 받아들이는 것, 가해자를 인간으로 보고 가해자의 내면에 있을 수 있는 자책이나 고통을 찾아내고 공감하는 것이 용서의 중요한 주제다.

　5.18 국가폭력을 치유하는 광주트라우마센터는 10년 전에야 생겼다. 이제는 명령에 의해 국가폭력 가해자 역할을 강요당함으로써 생긴 계엄군의 정신적 피해에 대해서도 공식적으로 다뤄야 할 때다. 그것을 다루는 동안 계엄군의 증언은 자연스럽게 늘어나게 될 것이다. 계엄군과 피해 당사자가 서로 공감할 수 있는 기회도 늘어날 것이다. 어쩌면 그 과정에서 행방불명자 가족의 숙원을 비롯해 중요한 진상을 밝힐 단서를 얻을 수 있을지 모른다. 화해와 용서를 향한 현실적인 징검다리가 될 수도 있다. 그런 과정에서 용서는 자유의사를 가지고 자발적으로 일어날 수 있다. 용서와 화해는 과거의 것이 아니라 미래의 것이다.

선한 에너지와 회복탄력성의 샘, 뮤추얼 프렌드*

　2021년 나는 오월어머니상을 수상했다. 내겐 상이라기보다 오월어머니들이 주시는 크디큰 사랑이자 조용히 내리치는 죽비였다. 지난 십 년간 증언자들을 모시는 가운데, 고통 한가운데의 사람에게서 피어나는 선한 에너지와 지혜가 내게로 왔다. 큰 사랑을 주시는 어머니들과 당사자 선생님들, 그들을 걱정하고 아끼는 많은 사람이 내 가까이에 있었다. 그들은 많은 선한 자리에 나를 초대했다. 내 주위의 선한 사람들에

---

* 사전적 의미는 서로 아는 친구다. 서로 아는 친밀한 공동의 친구가 또 다른 공동의 친구가 표하는 칭찬과 인정, 공감과 감사를 전해 들을 때 우리는 앞으로 나아갈 큰 힘을 얻는다. 선한 공동체의 공동의 벗을 통해 우리가 누구이고 무엇을 해야 하는지 더 잘 알게 된다.

비하면, 나는 그리 선한 사람은 아니었던 듯하다. 일상의 작은 양보에서부터 시작해서 자신의 것을 내주고, 남을 위해 몸을 부지런히 움직이며, 기꺼이 선한 일에 뛰어드는 사람들을 보며 부끄러웠던 적이 많았다. 공부하지 않으면 안 된다는 책임감에 다양한 공부를 쫓아다니느라 바빴다. 병원 경영으로도 바빴다. 바쁜 일로 가득한 사람은 친절하기 힘들다. 남의 고통을 나누고 선한 행동에 머물 여력이 부족하다. 나의 오랜 모순이었다. 고통을 나누고 배우는 과정에 맺은 선한 인연들은 인생의 우선순위를 흔들었다.

진료실에서 환자를 잘 치료하는 것, 의사가 필요한 공적 기관에서 근무하는 것만으로도 충분히 훌륭한 의사가 될 수 있다. 그럼에도 우리가 사는 세상 도처에 의사나 정신건강의학과 의사가 필요하다. 과거에는 진료실에 온 환자와 공동체가 된다는 개념을 생각해본 적이 없었다.

나는 폐소공포증이 있다. MRI 통 속에 들어가거나 비행기를 탈 때, 좁고 어두운 연극 극장의 철문이 닫힐 때면 폐소공포증이 올라왔다. 어느 날 주인공이 200미터의 하수관을 기어 탈옥하는 영화 〈쇼생크 탈출〉을 봤다. 내가 경험하는 공포의 폐소가 그 오물이 가득 찬 200미터의 하수관보다는 낫다고 생각해봤다. 폐소공포를 조절하는 데 도움이 됐다.

이 글을 쓰고 있는 지금 나는 두 번째 코로나 감염 상태다. 살면서 의사도 건강과 질병의 회전문을 돈다. 우리 삶은 고통과 공존한다. 해결되지 않는 고통을 안고 살기도 하고, 국가폭력으로 자식을 잃은 부모와 같이 크게 고통받고 있는 타인과 공존하며 지혜와 가치를 배운다. 언젠가부터 "출근할 때는 정신과 의사, 퇴근하면 정신과 환자"라고 나를 소개하면 사람들은 웃으며 좋아한다. 누구나 취약할 수 있고 도움 받을 수 있는 인간임을 받아들이면, 방어적인 마음이나 낙인이 가벼워지는 듯하다. 의사로서의 자의식으로부터 자유로울수록 관계는 더 자유로워졌다.

나처럼 전문 직업인들은 많은 시간 1:1 상황에서 사람을 대한다. 인생의 맥락과 고통을 깊이 있게 다루지만, 그것을 맥락 가운데서가 아닌 상담실에서 다룬다. 반면, 공동체에서 우리는 맥락 안으로 함께 들어간다. 공동체는 서로 아는 친구인 '뮤추얼 프렌드'를 서로 소개하고 유지하는 경험을 하기 좋다.

삶에서 '뮤추얼 프렌드'의 힘은 커 보인다. 언젠가 한 공동체에서 가까이 지내는 동생이 누군가 소개시켜 주겠다고 해서 나갔는데, 뜻밖에 우리 병원의 중간 관리자가 앉아 있었다. 서로 깜짝 놀랐지만 자리를 함께하면서 평소 직장에서 늘 보아온 사람이었어도 서로 친한 벗을 통해 만나니 장점이 더 잘 보인다는 것을 느꼈다. 우리를 이어주는 긍정적인 끈이 생겨난 느낌이 들었다. 뮤추얼 프렌드의 힘이다. 이는 자신이 집단 속에서 어떤 사람인지, 사람들은 어떤 맥락에서 사는지 가장 잘 배울 수 있게 해주고 서로 장점을 잘 발휘할 수 있게 해준다. 선후배 위계가 강하게 작동하거나 업무적인 관계들보다 수평적이고 가치를 공유하는 다양한 사람들과 의미 있고 선한 일을 지속하면서 우리는 더 많은 협력적인 사회성과 지혜를 배운다.

내가 속했던, 착하고 의미 있는 일을 하는 공동체 속에도 늘 다양한 사람이 있었다. 과시하는 사람, 남의 험담을 많이 하는 사람, 실속만 차리는 사람, 선행 가운데에서도 부정을 저지르는 사람, 갈등을 계속 일으키는 사람, 혼자 있지 못하는 사람, 그런 사람들과의 관계에 효과적으로 잘 대처하는 사람들도 있었다. 나는 누구에게 영감을 받고 따라

배울 것인지 누가 향기 나는 사람인지를 살피며 멘토와 친구, 지혜를 자유롭게 얻었다.

자살률이 높고, 공동체 지수가 낮은 우리나라에서 선하고 친밀한 뮤추얼 프렌드 집단은 정신건강에도 큰 자산이 될 거라 생각한다. 태어날 때부터 받아들여야 하는 극한 경쟁의 질서가 우리 삶과 대인관계를 지배하는 듯 보인다. 바쁘지만 외로운 사람들은 마치 사막 한가운데서 협력보다 각자도생하려 아우성치는 사람들 같았다. 무기력한 청년, 외롭고 불안한 환자들은 경쟁 사회 속에서 친구가 없거나 사람들로부터 상처받고 고독하게 지낸다. 그런 가운데 흔히 게임, 음주, 도박 등 중독 행동에 젖어 있다. 그런 사람들에게 공동체는 지나친 경쟁관계에서 만들어낸 긴장과 상처를 누그러뜨리고 수평적인 협력관계와 우정, 멘토, 롤모델을 제공했다. 유머 감각도 사람과 사람 사이에서 서서히 옮겨지는 것 같았다. 공동체에서 밝고 유머 있는 사람들과 친밀하게 지내는 것은 유머 감각을 향상시키는 효과적인 방법이었다. 치유도 용서도 삶의 맥락 속에 있다.

국가폭력 트라우마를 다루는 동안 생각하게 됐다. 인류가 국가폭력 트라우마로부터 배우지 못했다면 인권과 민주주의가 이만큼이라도 발전할 수 있었을까? 세계 대전과 아우슈비츠, 4.3과 5.18, 세월호와 같은 트라우마로부터 아무런 배움이 없었다면, 우리는 지금 어떻게 살고 있을까? 국가폭력 트라우마의 치유는 당사자와 가족의 치유를 넘어, 사회적 정의와 사회적 치유를 포함한다. 현실에서의 국가폭력 트라우마의 사회적 치유와 정의 실현은 선행 공동체만으로는 부족하다. 법과 효과적인 정치가 필요하다. 정치, 경제, 사회 모든 면에서 민주주의와 정의가 더 구현될 수 있도록 민주적이고 강한 정당과 결사체가 필요하다. 끈

끈한 선행 공동체들은 여러모로 정당과 결사체의 훌륭한 토양이 될 것이라 믿는다.

내가 글을 쓰고 있는 지금, 병원 건물을 신축하고 있다. 건축 자재비가 무섭게 오르고 금리가 치솟는 지금은 경영에 매우 도전적인 상황이다. 수많은 고민과 의사결정에 둘러싸여 있다.

많은 분들이 고맙게도 "원장님은 그 많은 사람들의 트라우마를 듣고 병원을 운영하며 쌓인 스트레스를 어떻게 풀어요?" 하고 걱정스레 물어본다. 매일 진료실에서 트라우마와 고통을 듣고 경영이라는 숙제를 풀다 보면 몸과 마음이 굳어진다. 이어폰을 꽂고 수영하거나 독서와 음악에 몰입할 때가 내게는 스트레스를 푸는 시간이다. 환자들, 지인들, 공동체 구성원들과 나누는 연주와 노래는 훌륭한 재충전 수단이다.

근로정신대 소송을 지원하는 나고야 소송지원단 일본인들 앞에서 일본 동요를 연주하고 뜨거운 눈물을 함께 흘렸던 기억, 고려인 청소년들과 함께 열심히 준비해 자선공연 무대에 섰던 기억은 평생 잊을 수 없는 추억이 됐다. 동시에 내게 선한 공동체 활동은 트라우마와 스트레스의 강력한 해독제이며 지혜의 원천이다. 함께 여행하고, 음악과 놀이, 선행, 가치, 인생을 나누는 좋은 사람들이 내겐 평생 가는 가장 강력한 충전기가 됐다. 헌혈과 주먹밥이, 이웃을 위해 선한 희생을 한 수많은 삶이 우리에게 묻는다. 당신의 삶을 잘 알 수 있는 좋은 질문이기도 하다.

"당신을 가장 잘 소개할 수 있는 당신의 친구들은 어디에 있는가? 그들은 서로 친하며 이웃을 위하는가?"

편집 후기

청력검사실에 들어가본 사람은 알 것이다. 일종의 방음 공간이라 처음 들어가서 문을 닫으면 바깥 공간의 차음을 넘어서 내 귀가 물속에 있는 것처럼 먹먹하게 느껴진다. 조금 있다가 좌우 헤드폰 너머로 가느다란 소리가 들린다. 온몸의 신경을 집중해서 어느 쪽에서 들려오는 소리인지 인지하고 유리 너머에 있는 검사자에게 손을 들어 표시한다.

—

사람이 다쳐서 외상이 생기는 경우는 누구나 파악할 수 있다. 생채기가 나든지 피를 흘리든지 뼈가 부러지든지 정도의 차이만 있을 뿐 이게 어느 정도 위중한 상황인지 알 수 있다. 그러나 정신과 환자는 겉으로는 누구나 같은 모습이다. 환자가 말하지 않으면 마음에 어느 정도의 내상을 입었는지 알 수 없다. 찢어지고 출혈이 없어도 마음의 상흔만으로 죽음에 이를 수도 있다. 눈에 보이지 않는 위급 상황이 항상 도사린다. 정신과 의사의 역할은 마치 차음벽 너머의 유리창에서 안에 있는 사람의 내상을 진단하는 것과 비슷하다. 소리치지 않아도 그 사람의 상태를 읽어내고, 때로는 환자가 용기 내서 그 방에서 스스로 나오게끔 기다려주는 사람이다.

　정신건강의학과 업무를 20년 넘게 가까이서 봐왔지만, 정신과 의사의 가족으로서 그 내용을 알아서는 안 된다는 윤리 의식이 우선이었기에 그동안 관련 글을 본 적이 없다. 그러다 우연히 마주한 정신과 학회지 중 하나의 사례를 읽고 의사가 환자를 치료하는 과정은 의사 자신이 변화하고 더 나은 사람으로 성장하는 드라마라는 것을 알게 됐다. 더군다나 우리 사회 곳곳에서 벌어지는 재난 상황에 우리 자신도 모르는 트라우마에 직면했을 때 그것을 극복하게 도와주는 역할을 맡은 사람들이 있다는 것이 다행이라 여기며 가슴을 쓸어내렸다. 그리고 진료실을 벗어나 사회 곳곳의 현장에서 일하는 정신과 의사의 모습을 담은 책을 지어야겠다는 결심을 했다.

　《그대의 마음에 닿았습니다》는 아홉 명의 정신과 의사 자신들의 성장 이야기다. 고통 속의 환자를 치료한다는 자신감에 찬 의사라기보다는 그들의 이야기를 경청하고, 공감하고, 함께 울어주고, 말없이 옆에서 걸어주는 친구에 가깝다. 우리 사회의 사각지대에서 이들의 손길은 분명 따뜻한 빛과 같은 존재가 되어줄 것이다. 아홉 개의 이야기를 통해 가감 없이 뜨겁고 아름다운 본질을 보여준 9인의 정신과 의사에게 숙연한 감사의 마음을 전한다.

플로어웍스 편집인
윤지영

그대의 마음에 닿았습니다

지식이 아닌 공감을 전하는 아홉 명의 정신과 의사 이야기

초판 1쇄 발행 2023년 1월 9일
초판 3쇄 발행 2024년 4월 24일

지은이
9인의 정신과 의사
김은영, 정찬승, 심민영,
천영훈, 백종우, 이정현,
백명재, 전진용, 정찬영

삽화
박정은

디자인
로컬앤드

펴낸이
윤지영

편집
윤지영, 김승규

교정
김승규

펴낸곳
플로어웍스

출판등록
2019년 1월 14일

이메일
flworx@gmail.com

홈페이지
floorworx.net

인스타그램
@floorworx_publishing

페이스북
@Flworx

ISBN
979-11-978533-9-5 03810